RUMBO A LA MUERTE

Antonio Pons

Contenido

Prologo

Hijos, familiares y amigos me han pedido escriba sobre las cosas que les he contado acerca de la lucha que en mi país, Cuba, miles de hombres y mujeres libraron y aún libran contra la dictadura que a partir de 1959 se fue incubando para implantar un sistema atroz que dejaría la isla caribeña en la miseria. No soy escritor, usaba decirles, escribir lleva tiempo, dominio avanzado del arte de las letras y a mí me falta todo eso. No obstante, insistían alegando la necesidad de que esos hechos fueran conocidos por las generaciones futuras y no desaparezcan con el tiempo. La misma dictadura intentará desaparecer toda huella tanto de sus crímenes y torturas como de la heroicidad y sacrificios de esa pléyade de cubanos dignos de respeto mundial, que fueron abandonados a su suerte por la potencia que debió ayudarlos hasta sus últimas consecuencias. Hombres y mujeres, ciudadanos de todas las categorías a quienes el mundo entero dio las espaldas haciéndose con ello cómplices silenciosos de la incipiente dictadura. A partir del 10 de Octubre de 1962, luego que los dictadores cubanos intentaron llevar a La Unión Soviética y Estados Unidos a una descabellada conflagración mundial tras la cual, luego de no darse, consiguieron que Estados Unidos firmara un documento en el cual este país se comprometía a no atacar la isla ni permitiría que los ciudadanos cubanos exiliados en Estados Unidos lo hicieran. A partir de esa entrega llamada "Pacto Kennedy–Khrushchev", los cubanos quedamos abandonados mientras el régimen era fortalecido con la continua ayuda de los soviéticos. A partir de ese momento los combatientes internos, defensores de la democracia, quedaban inermes, sin

iv

ayuda y los del exilio comenzaban a ser perseguidos por todos los servicios de inteligencia amigos de Estados Unidos incluyendo al CIA y el FBI.

No es esta mi historia ni la historia de un solo hombre. Es un conjunto de historias enlazadas de forma novelada de la mejor manera que he podido. Nada es parte de la imaginación, esta tan solo ha servido para entretejer los sucesos en los que algunas veces fui parte de ellos, en otras amigos muy cercanos los produjeron o me los contaron. Sí puedo decir que a partir de mis trece años de edad es la vida que he llevado y el mundo que he vivido. Algún día se sabrá de los crímenes cometidos por esta dictadura y de cómo una isla que en 1959 era la más próspera del continente americano ha sido llevada a ser la más pobre y necesitada del mundo.

Muchos de los hombres que forman parte de estas historias, murieron fusilados por el régimen que aún esclaviza mi patria, otros murieron defendiendo sus vidas en las calles de las distintas provincias cubanas, miles de hombres y mujeres fueron a parar a las prisiones con largas condenas y de estos miles y miles de prisioneros, un gran número de ellos fueron asesinados en los campos de concentración donde eran obligados a trabajar bajo deplorables condiciones humanas. Allí los asesinaban a bayonetazos, a golpes o a tiros. Algunos de ellos murieron en huelgas de hambre en protestas por los maltratos y por no aceptar los trabajos forzados. Muchos que lograron no caer en prisión o ser asesinados escaparon refugiándose en embajadas o en salidas clandestinas de la isla esclava alcanzando el exilio (3 millones de exiliados regados por todo el mundo) para desde allí continuar la lucha. Debo mencionar y hacer énfasis en que este exilio ha sido el más pujante, heroico y sacrificado de todas las historias que alcanza mi conocimiento y que gracias a los hombres que lo formaron y aún lo forman, el régimen dictatorial cubano por mucho tiempo, a pesar de sus engaños, el apoyo internacional recibido por los traidores al pueblo cubano y sus   mentiras propagandísticas para confundir los países de casi todo el mundo, ha tenido que ponerse a la defensiva porque la verdad siempre nos ha acompañado.

Quiero dedicar un párrafo para hacer mención especial a las mujeres cubanas quienes, no tan solo fueron a las prisiones con largas condenas, sino que también las torturaban de múltiples maneras, a las que se les aplicaba la experiencia atroz de los medios   de represión soviéticos. Las encontrábamos en las montañas peleando bravíamente o en acción y sabotajes en las calles de la isla, escondiendo fugitivos, tomando fotos de los encubiertos campamentos soviéticos para   informar, con pruebas, sobre los misiles que la unión Soviética intentó poner en Cuba para atacar los Estados Unidos,   yendo a las prisiones a dar apoyo a los miles de presos que inundaban y aún inundan las cárceles de la isla e introduciendo en las cárceles equipos para fabricar radios y hasta camaritas para tomar fotos en Isla de Pinos de la dinamita con la que iban a volar los miles de prisioneros que allí habían.

Durante 55 años, el heroísmo, sacrificios, sufrimientos, nostalgias, desesperación, dolor y sangre han rodado por todas y cada una de las calles cubanas, por las montañas donde tantos miles de hombres fueron asesinados y en la muchísimas cárceles alrededor de la isla. Este esfuerzo inmaculado y digno de ejemplo para todas las generaciones, para mis hijos, nietos, y para quienes quieran conocer de cómo se quiere una patria y de cómo se está dispuesto a darlo todo por ella, es que hago estas historias en tres libros diferentes.

No es todo, es tan sólo un reflejo infinitamente pequeño de esta, nuestra historia que ya llagó a los 56 años. Es una parte infinitamente pequeña del todo porque fue por donde estuve, por donde pasé y a lo que he entregado mi vida. El universo de atrocidades cometidas por los dirigentes malévolos de esa revolución comunista impuesta en Cuba están impresas en todos nuestros hogares divididos, en los ciudadanos adoctrinados, en nuestro pueblo roto en pedazos gritando auxilio desde cada rincón del planeta a los oídos sordos de los aprovechados y (o) vendidos.

No hay nombres porque los nombres son todos los que participaron y participan en este proceso. No hay nombres porque hay muchos de ellos que aún viven dentro de la patria esclava. No hay nombres porque la lista sería interminable. Han sido todos, desde los que vendieron un bono en busca de un peso para el soporte de la lucha, los que regaban propaganda por las calles para difundir la verdad o los que se jugaban sus vidas a diario en actividades violentas. Todos, absolutamente todos se dieron al sacrificio por la redención de la patria, todos fueron soldados de la democracia, la libertad y la justicia, todos arriesgaban sus vidas porque la dictadura asesinaba y aun asesina según sus conveniencias políticas en favor de la Unión Soviética o en favor de sus lucros personales.   Todos han sido héroes, todos son merecedores de ese aplauso silencioso de los amantes de la democracia. La mayoría de ellos fueron encarcelados, como anoté antes, con muchos años de prisión o vilmente asesinados por el régimen de una u otra manera. Otros han muerto dentro de este largo exilio pero sin dejar de luchar, sin dar sus espaldas al deber. Ellos son los hijos de la patria y no aquellos que por conveniencia personal, cobardía o lucro se hicieron serviles esbirros de una dictadura que hundiría a nuestra patria en la miseria. Como ejemplo debo mencionar que Cuba fue hasta 1959 el primer país azucarero del MUNDO. Cuba ya no produce azúcar ni para abastecer su pueblo.

Cuando oigas a alguien decir, yo luché contra la dictadura en Cuba, puedes asegurar que ESE, o ESA con letras mayúsculas, es un verdadero patriota cubano y amante de la democracia. ESOS o ESAS estaban arriesgando sus vidas.

Quiero, antes de terminar estas líneas gritar al mundo que mi pueblo, el pueblo cubano ha sido vilmente traicionado por todos los partidos y gobernantes de Estados Unidos. Todos nos prometían lo que nunca han cumplido que es el apoyo y la ayuda necesaria para liberarnos por nosotros mismos, con nuestros esfuerzos y nuestros combatientes. Nos han prometido siempre en épocas de elecciones para buscar el voto cubano mientras por detrás los servicios de inteligencia de ambos países se intercambiaban información. A partir del fracaso de Playa Girón por la traición del presidente Kennedy, nunca más los Estados Unidos nos dieron ayuda combativa y a partir de 1962 no tan solo nos negaban ayuda sino que detenían a nuestros combatientes que intentaban enfrentarse a los comunistas cubanos. Posteriormente comenzaron a acusarnos de terroristas negándonos el derecho de luchar por la libertad de nuestra patria. ¡Nunca hemos sido terroristas somos combatientes por la libertad y la democracia de nuestro pueblo!

Gracias por leerme y que el Ser Superior bendiga todos los mártires de la patria.

Antonio (Tony) Pons

Ninguna filosofía confunde, engaña, miente y destruye más a una nación que la Marxista Leninista (Comunistas) que con el pretexto de salvar el proletariado de los "abusos" la "pobreza" e "injusticias sociales" hunden a los pueblos en la miseria y la esclavitud, mientras sus dirigentes forman una nueva clase, enriqueciéndose, para dejar al proletariado como esclavos voluntarios e indefensos serviles del nuevo régimen.
-Antonio Pons

Nota Aclaratoria

Como dije anteriormente, no soy escritor ni tengo el dominio semántico del idioma para lograr maniobras difíciles que obliguen al lector a esfuerzos mentales para descubrir qué quise decir. Quizás alguna vez en mi juventud pensé llegar a ser un intelectual pero la gravedad de la situación dentro de mi país me impusieron el escoger entre la dignidad, el deber, el compromiso con uno mismo y ante la historia o someterme a la imposición, cerrar los ojos para no ver el crimen que se cometía contra mi patria y levantar los pies para que no se salpicaran de la sangre que comenzaba a correr en toda la isla.

Escogí el camino más duro, la defensa de mis principios e ideales. El precio hasta ahora pagado ha sido muy alto: Prisión y luego destierro. No me pesa.

Ahora, a los 70 años de edad y luego de tantas experiencias vividas, no me preocupa tanto no ser un intelectual y sí me apasiona la idea de lo que estoy escribiendo puede llegar y ser entendido por los que, como yo, no han podido estudiar demasiado. Prefiero que si alguien me lee, sean gentes de pueblo para que aprendan a no ser tontos útiles y no se dejen llevar por líderes inescrupulosos y llenos de ambición que intentan confundir las masas para usarlas a su antojo como es el caso de Cuba, Venezuela, Nicaragua, Ecuador y otros.

Por suerte y gracias a mis padres, a muchos compatriotas de las prisiones por donde anduve y mi pasión por la lectura, no soy del todo analfabeto y ese poquito que ha recibido mi materia gris, lo deposito en todas estas páginas para que queden como testigos del crimen que se ha cometido contra mi patria y las traiciones de las que hemos sido víctimas por más de 56 años.

Los nombres, los lugares y acciones de estas historias los he cambiado para no perjudicar a personas ya muy mayores de edad que aún viven dentro de Cuba o en otros lugares del exilio.

Mis hijos: Tanya, Mayra, Cindy y Anthony saben que desde el día de sus nacimientos todo lo que he hecho ha sido para ellos. Mi esposa Mayra J. también lo sabe.

Mis hermanos: Ángel, Celia, Dulce e Ignacio son partes invisibles de estas historias. Ellos también han arriesgado sus vidas y han sufrido en sus carnes, tanto o más que yo, las crueldades de ese sistema de odio que esclaviza nuestra patria.

A mi amiga Belia Verdecia quien fue parte activa de la guerra contra ese sistema de opresión y aun hoy, en el exilio, sigue entregada a la causa. Casi sin tiempo disponible, desde la distancia, ella en Miami y yo en New Jersey, mediante el teléfono, puso todo su empeño en ayudarme.

¡Gracias Belia!

Doy gracias también a las personas de estas historias que aun están vivas y que me han permitido escribirlas con la condición de omitir sus nombres.

¡Que Dios los bendiga a todos!

Rumbo a La Muerte

¡Pero no olviden!...
Que un adolescente es más que gesto,
Poliéster cargado de sudor y grasa
Donde el carmín resbala,
Y una bala atrapa la muda voz del que
se siente muerto.
-Raúl Carmenate

Orlando vivía en la clandestinidad, la policía lo buscaba afanosa por toda la ciudad. En ese entonces estaba por cumplir sus diez y seis años. Las casas de seguridad donde escondían las personas que eran buscadas se estaban agotando. Había tanta represión que cientos de hombres se habían visto en la obligación de vivir clandestinamente. Él era uno más de los cientos que dependían de las personas que tuvieran el valor de esconderlo. Era un joven intranquilo, idealista y el hecho de que la policía lo buscara no lo retenía en sus escondites. Siempre había algo que hacer contra la dictadura y él era un hombre de acción.

Esa noche Orlando, junto a otros dos, habían incendiado un edificio que pertenecía al Ministerio del Interior. Antes había sido las oficinas de una compañía americana que los comunistas intervinieron. El gobierno la fue transformando secretamente en un departamento de inteligencia. Con la ayuda de alguien que trabajaba dentro lograron regar fosforo vivo en los pisos inferiores. Cuando salían fueron vistos por una patrulla de milicianos que les dieron el alto. Pasaban de las dos de la mañana por lo que a pesar de ser una zona céntrica no había movimiento alguno. Los tres hombres se detuvieron respondiendo al alto que los dos milicianos le habían dado. Prepararon sus pistolas para usarlas en caso que fuera necesario a la vez que se ponían a conversar de manera natural. Los milicianos una vez cerca de ellos le dijeron Buenas noches compañeros, ¿ustedes trabajan en este edificio?

Si, somos empleados, -contestó uno de ellos- además yo soy oficial del DIER (Departamento de Investigaciones del Ejército Rebelde) –Al decir esto sacó de su bolsillo un carnet que enseñó a los milicianos pero sin darles tiempo a que leyeran su nombre porque en realidad era un miembro de ese departamento de investigaciones. Los milicianos estaban turbados además de faltarles experiencia. La preocupación de los tres hombres era que de un momento a otro comenzarían a salir las llamas y el humo. Debían partir cuanto antes.

Los milicianos cuadrándose ante el oficial fueron a disculparse pero el militar no les dio tiempo. Compañeros, debemos irnos pues tenemos una misión importante que cumplir. Para nosotros –les dijo- sería más útil que vigilen el ala oeste del edificio, por ahí hay muchos maleantes. -El militar les ordenaba ir en dirección contraria al lugar donde ellos dejaron estacionado el carro que los sacaría de esa zona- Buenas noches compañeros –Terminó diciendo a la vez que les daban las espaldas para dirigirse al carro-

Los milicianos obedeciendo la orden de vigilar la otra ala del edificio se dirigieron al lugar. Ahora el problema estaba en que les habían visto la cara. El militar del DIER no estaba fichado o quemado como se decía en el argot de los que conspiraban, ni el otro acompañante de ellos sólo Orlando era muy buscado.

Tomaron el auto alejándose precipitadamente del lugar. Más tarde escuchaban el ruido de las sirenas de los carros de bomberos yendo hacia la zona que ellos minutos antes habían abandonado. Manejaron durante más de tres cuartos de hora huyendo del área. El tercer hombre que era quien guiaba dejó a Orlando, a petición de este, en una parada de ómnibus, los otros dos siguieron. Ninguno de los tres hombres se conocían por sus nombres, ninguno podía decir quién era el otro.

Nuevamente, esa noche, Orlando tenía que dormir en la calle, sin techo.

Margarita, era el enlace entre la Dirección Nacional de la organización con los grupos clandestinos. Tenía, además, la misión de conseguir lugares seguros para esconder los elementos que se quemaban y comenzaban a ser perseguidos. Estaba desesperada, no sabía qué hacer con ese joven pues a pesar de que le pedía no saliera sin autorización, no se controlaba pero también cuando la Dirección Nacional necesitaba de él siempre estaba presente para cualquier empresa por peligrosa que fuera. Al fin, Margarita había encontrado un lugar donde ubicar a Orlando. Cuando sonó el timbre del teléfono en el apartamento donde ella pernoctaba, supuso que era él, esperaba su llamada porque el joven no tenía donde pasar la noche y llevaba dos días sin un lugar donde dormir. También supo que se le había encargado una misión peligrosa y no sabía de él ni de los resultados. Al escuchar la voz del joven su corazón latió con fuerza. Le gustaba oírlo y hasta se sentía segura cuando la acompañaba a hacer algún trabajo designado a ella. Él era un imposible, un niño con una mujer de 27 años no cabía en su cabeza, no obstante, pensaba en él día y noche. Se había convertido en una obsesión. Tomó el teléfono y contestó. Sí Orlando, soy yo–respondió al reconocer su voz y sentirse llamada por su nombre- Vamos a vernos en el mismo lugar que sabes, es un sitio seguro, estaré allí en 20 minutos, depende lo que demore el ómnibus. Ella iba a seguir hablando pero él, con un OK a modo de respuesta, colgó el aparato.

Eran las seis y media de la tarde cuando se encontraron en las calle Galiano y San Rafael. Había mucho movimiento a esa hora en las calles cosa que aprovechaban como medida de seguridad. Luego de saludarse ella comenzó a darle detalles de los últimos acontecimientos relacionados con fusilados en la fortaleza de la Cabaña, actividades de los insurgentes en las montañas, quemas de cañaverales azucareros, etc.

Orlando la escuchaba con atención pero realmente se sentía cansado, con hambre y sueño. Ella se dio cuenta por lo que cambió de tema bruscamente. Caminaban rumbo al malecón, a ella le hubiera gustado sentarse un rato junto a él sobre el muro mientras las olas golpeaban los arrecifes, sentía placer ver el agua de mar elevarse espumeante para luego caer cerca de ellos. Este no era el mejor momento pensó. Orlando te he conseguido un buen lugar para que te alojes. Es la casa de un profesor de la Universidad de la Habana que se marcha junto a su familia para España. Todos son muy buenas personas.

Ahora mismo nos esperan aunque tengo que llamarlos primero para anunciarles que ya voy contigo. Margarita se detuvo frente a un teléfono público que colgaba en la pared de un edificio y comenzó a llamar. A pesar de estar muy cercas uno del otro el joven no pudo escuchar casi nada de lo que ella decía pues hablaba en voz muy baja.

Vamos a coger un ómnibus, -le dijo al mismo tiempo que colgaba el teléfono- es importante apurarnos porque iban a cenar y ahora nos esperaran para que cenemos juntos y eso es muy bueno porque sólo tengo veinte cinco pesos para dejarte.

De esa manera nos ahorramos pagar una comida ¿Tú vas a cenar también con nosotros? –Preguntó él- sí voy a acompañarte y luego me voy; tú sabes bien que siempre he querido compartir contigo mi apartamento, es un lugar seguro y allí estarías bien. Margarita –respondió él- no comiences con lo mismo a ti te respeto, eres mi compañera de lucha. Ya probamos una vez estar juntos y siempre parabas en lo mismo. No puedo tener una relación seria contigo ni con nadie cuando mi mente está en la lucha, en mis hermanos de lucha presos, en las madres de esos muchos que hay en la prisión de la Cabaña con condenas a muerte. Tú eres demasiado celosa y quieres abrigarme como si fuera tu hijo. Casi no quieres que salga de los lugares donde me escondo y sabes que no lo resisto, es mejor que no me quede en tu apartamento además, por razones de seguridad es muy importante que no te detecte la policía y si estoy contigo corres ese riesgo. Pero cambiemos el tema. -Cortó él sin esperar respuesta de ella- ¿Cómo es la familia y dónde viven? –preguntó-

Margarita rabiaba por dentro, si él le hubiese dicho que sí aunque solo fuera por una o dos noches ella hubiera sido feliz sin importarle los riesgos, no obstante, tragando saliva, comenzó a responder como si nada pasara dentro de ella. Bien –comenzó a decirle al tiempo que se aclaraba la garganta- él es un profesor o un académico de la Universidad, no es una persona vieja al igual que su esposa. Son gentes elegantes y de muy buenas costumbres. Hace una semana lo conocí a través de alguien. Él me puso sus reglas pero las va a decir cuando estemos allá. Allí viene el ómnibus, no hablemos más del tema hasta llegar

El edificio donde se dirigieron estaba casi frente a la Universidad de la Habana aunque la entrada principal daba por la calle San Lázaro, exactamente allí donde la calle se abre expandiéndose para recibir aquellos intrépidos estudiantes que bañaron con su sangre el pavimento duro, gravado con los ejemplos de aquellos gigantes de las décadas históricas.

Antes de entrar en el edificio Orlando quiso mirar hacia la escalinata, su primer recuerdo fue el de José Antonio Echevarría "Manzanita", luego cabalgaron en tropel por su juvenil pensamiento ejércitos de juventudes que, libro en mano, marchaban hacia la libertad. Por su mente pasaban torrentes de los inquietos muchachos que forjaron la República y que ahora un canalla entregaba a una potencia extranjera para hundir al país en la miseria.

Margarita lo miraba impaciente, no le gustaba el área a esa hora desolada. Podían verlo pero no quiso interrumpirlo. Orlando movió la cabeza como para botar algo que le molestaba y se acercó a Margarita. Sigamos –dijo- Entraron al vestíbulo del edificio donde un hombre entrado en años, meticulosamente vestido en traje de etiqueta color carmelita, cabeceaba tras una pequeña oficina. Al sentirlos se incorporó

Antonio Pons

sonriente ¿En qué puedo servirlos? –preguntó mientras se arreglaba la corbata de punta ancha pero que combinaba elegantemente con su traje. Mientras Margarita se acercaba al hombre para que llamara arriba y avisara de su llegada, Orlando se entretenía mirando las pinturas que adornaban el lujoso lobby. Eran pinturas renacentistas quizás de media calidad –pensaba- pero hermosamente enmarcadas con ribetes dorados "Desposorios de la Virgen" (Milán) de Rafael -leyó el joven en el primer cuadro que encontró a su derecha, para después continuar con otro "La sibila Eritrea" de Miguel Ángel, Tiziano, Bramante, todos llamaban su atención lo sacaban del cerco político en que vivía. Primero la lucha contra Batista desde sus trece años de edad y ahora esto. Haber mirado la escalinata de la Universidad donde siempre soñó estudiar y la imposibilidad de hacerlo. La voz de Margarita llamándolo lo sacó de sus pensamientos. La muchacha se le acercó diciéndole que ya los venían a buscar. A sus espaldas la puerta de un elevador se abrió para dar paso a un hombre de unos cuarenta y tantos años de edad, delgado, cabello medianamente largo, descuidadamente peinado, con gafas montadas al aire que caían sobre una nariz que había amenazado con crecer un poco más de la cuenta. Finamente vestido con un lujoso traje azul de muy delgadas rayas blancas y una corbata de color azul algo más pálido que el traje con pequeñas bolitas blancas.

Orlando, absorto en los cuadros, se había detenido frente a uno de Tiziano. Esa es una fotografía burda de una maravilla de pintura, si les gusta este tipo de arte se van a quedar perplejos con algo mejor que tengo arriba –dijo el hombre a la vez que extendía su mano derecha para recibir a los recién llegados- Buenas noches –continuó diciendo- Orlando volteándose y al ver la mano ya extendida se apresuró a alargar la suya para contestar el saludo. Margarita lo abrazó dándole un cariñoso beso en la mejilla.- El hombre, como si los conociera por mucho tiempo, puso sus brazos sobre las espaldas de los dos jóvenes apremiándoles tomar el

8

elevador a la vez que daba las gracias a Dominico por recibir a sus visitantes. Llegaron al cuarto piso del confortable edificio. Todo brillaba de limpio. Pisos de granito blanco y negro, paredes empapeladas y ribeteadas en color oro. Estaban en un pequeño vestíbulo ornamentado con flores que parecían reales, hermosamente colocadas en búcaros de jaspe sanguíneo. Encima de la puerta que daba entrada a un pasillo ancho, colgaba una réplica maravillosa del Juicio Final de Miguel Ángel. Los ojos de los jóvenes se movían en todas direcciones tratando de abarcar con la mirada su entrada a un mundo que desconocían, al mundo de los que una vez habían sido ricos pero ahora huían en desbandada del sanguinario bullicio de esa revolución despiadada que destruiría toda Cuba.

El apartamento abarcaba el cuarto piso del edificio y al parecer él era el propietario del mismo. La puerta de entrada parecía de roble pulido y molduras del mismo material, barnizado en un carmelita oscuro. El hombre abrió la puerta sin necesitar llaves, la había dejado semiabierta. En un ademán de absoluta y complaciente cortesía la mano del señor se extendió para, en forma de abanico, moverla invitando entrar a los recién llegados. Una extensa sala comedor se extendía ante la mirada curiosa de ambos jóvenes; Margarita que durante muchos años había trabajado como decoradora de interiores quedó impresionada ante la perfección de colores, ubicación de muebles, adornos, cortinas, floreros, cuadros. Las mujeres tienen la habilidad de recoger de un vistazo todo su alrededor sin aparentar curiosidad, pero este no fue el caso, plantada en medio de la sala o recibidor, con la boca semiabierta miraba en detalle todo lo que su vista pudo abarcar, sin disimular su curiosidad. Es perfecto –atinó a decir- exageradamente perfecto y al decir esto se dio cuenta que todos los presentes la miraban sin decir palabras y sin interrumpir su deslumbre. Perdón, dijo entre nerviosa y avergonzada, fue entonces que notó la presencia de otra persona que permanecía parada junto al hombre.

Mi nombre es Miguel de Albornás Gutiérrez y ella es mi esposa Alicia Conde. Al decir esto, la hermosa señora se adelantó hacia Margarita y con un delicado abrazo y beso en la mejilla de la joven sellaba su cordialidad y recibimiento. Por su parte Orlando, con extrema simpatía y respeto, hizo una reverencia a modo de saludo pero ella, rompiendo todo tipo de etiqueta, se acercó al muchacho para, cariñosamente abrazarlo y depositar un beso en su cara. Siéntense, por favor, -dijo ella- siéntense donde gusten. Creo que mi esposo desea, antes de pasar al comedor, intercambiar unas palabras con ustedes pero –dirigiéndose a Orlando- con usted principalmente jovencito pues nos preocupan algunas cosas y debemos despejarlas. Hasta entonces él no se había fijado mucho en la mujer que tenía delante. La miró de arriba abajo con cierto disimulo mientras sonreía en respuesta a la hermosa y cordial sonrisa que la señora le tendía mientras se sentaban.

¿Pudiera saber tu nombre? –Preguntó el hombre dirigiéndose a Orlando- me parece importante saber cómo te llamaremos si te vamos a tener con nosotros en casa. Todos, incluyendo a Margarita miraban al joven. Pueden llamarme Orlando, Orlando Montes, quizás este no sea mi verdadero nombre pero es por el que respondo y además me gusta usarlo. El muchacho estaba nervioso pero trataba de controlarse, sabía de sobra que iba a ser objeto de un interrogatorio y se sentía molesto. Orlando –continuó el hombre- no te sientas incomodo, no voy a hacerte ninguna pregunta y menos cuando sé que no debes contestarlas, solo quiero ponerte al tanto de la situación de mi casa y de mi familia. Nosotros somos cuatro, mi esposa dos hijas y yo. Te tenemos destinado un cuarto dormitorio con todas las comodidades para que no tengas que salir de él para nada. A pesar de que últimamente no recibimos muchas visitas, ocasionalmente cae alguien por aquí y por nada del mundo pueden verte o saber que hay otra persona viviendo con nosotros. De todas formas si algo pasa diré que te conocí en la Catedral que está en Reina y Belascoain a través del padre Javier quien me dijo que tus padres se habían tenido que marchar del país y tuvieron que dejarte solo, con una tía que enfermó y murió más tarde. A partir de la muerte de tu tía no tenías donde vivir por lo que me pidió que estuvieras en mi hogar por un tiempo hasta que tú resolvieras lo del Servicio Militar Obligatorio y pudieras marchar junto a tus padres en España. Eso es lo único que se de ti y no sabes nada de mí, solo de nuestra amistad con el Padre Javier. -Orlando fue a preguntar por el tal Padre Javier pero Miguel lo interrumpió diciéndole. El Padre Javier acaba de salir del país sin regreso. Eso debe estar muy claro, no puedes olvidarlo no quiero arriesgar mi familia ni nuestro muy próximo viaje de salida del país. Te vamos a tener aquí a pesar de los riesgos que eso implica por razones de humanidad, obligación con la causa ya que este sería mi modesto y pequeño aporte y por último porque estoy muy obligado con la persona que me presentó a Margarita y quien me planteó el problema que tenían para esconder los hombres que son buscados por estos esbirros. Podrás salir de tu habitación tan solo cuando mi esposa o yo lleguemos a la casa y eso siempre será en horas de la tarde. Los dos enseñamos en la Universidad y lo hacemos a diario. El gobierno sabe que nos vamos del país vía España pero no sospecha que por desafección con ellos sino es algo que estaba planificado desde antes con mis padres que eran españoles y murieron allá. Nosotros íbamos a marchar antes del triunfo de la revolución y eso a ellos les consta. Además tenemos amigos en posiciones altas que lo saben y nos ayudan -hizo un descanso como si pensara, luego continuó- No sé qué edad tienes pero se te ve demasiado joven, mis hijas tienen, quizás tu misma edad, ellas están de vacaciones por lo que no están yendo a la escuela y pasan todo el día aquí leyendo, jugando o viendo televisión. Para que no estés todo el tiempo solo ellas te visitarán a tu habitación cuando estén desocupadas o dispuestas a hacerlo, tendrán mi permiso. Nuevamente hizo silencio mirando a Orlando como si esperara alguna respuesta de este. El joven se percató de ello y sin titubear le contestó.

Señor Albornás, Señora Conde. No quiero decir como soy ni que haré en su casa durante el tiempo que ustedes me estén dando albergue o durante el tiempo que pueda permanecer aquí. Mi concepto de lucha es la patria y la patria comienza por uno mismo, si no puedo respetarme a mí que dejaré para mis ideales. Desde ahora les estoy muy agradecido pero les aclaro que soy la clase de persona que le gusta oír las quejas de frente, el error que cometa me lo dicen que sabré enfrentarlo, si llego a cometerlo. Por favor, no teman decirme nada -Margarita fue a hablar pero el joven, con cariño, le dijo que no hacía falta pidiéndole permaneciera escuchando pero en silencio-

-La señora que hasta ese momento se dedicaba a escuchar, y sin articular palabra alguna, de pronto, dirigiéndose a Orlando, preguntó– ¿Muchacho, que edad tienes?

Diez y seis años -contestó el aludido-

Pero ella no paro ahí, ¿trajiste alguna ropa para cambiarte? Con una leve sonrisa en sus labios el joven contestó. No señora disculpe, no es fácil andar con un fardo de ropas cuando se está en este tipo de vida, o cuando se tiene que pasar la noche viajando en un ómnibus hasta el amanecer; tampoco tengo cepillo para cepillar mis dientes. Mis únicas pertenencias son estas que llevo puestas y creo son suficientes.

¿Y cómo te cambias de ropa y te aseas si andas así todo el tiempo? -Preguntó ella-

Hay personas, como Margarita por ejemplo, que son dedicadas a nosotros y arriesgan la seguridad propia y hasta sus vidas por ayudarnos en todas nuestras necesidades- fue la respuesta del Joven-

¿Crees que vale la pena tanto sacrificio, el sufrimiento de tus padres y de los padres de otros tantos? Acabamos de pasar por un proceso de guerra fratricida que duró siete años y ya estamos comenzando otro que sabrá Dios cuanto va a durar, procesos en los cuales son ustedes los jóvenes los que ponen su sangre y me refiero a las dos partes. –La señora buscaba dentro del muchacho respuesta a sus dudas internas, pensó no encontrarlas en una persona tan joven con la intención, quizás, de desviarlo de su posición tan peligrosa y salvarlo- No sabía que tropezaba con un muro, el muro de las ideas que forjaron a las juventudes de esas décadas históricas.

Orlando, con su mano derecha en la barbilla y la izquierda cruzada en el pecho, cerró sus ojos pensativo. Escuchaba atentamente a la dama que cuestionaba la necesidad de defender hasta con la vida la nueva República, la libertad y los ideales por los que tantos hombres y mujeres habían muerto. De pronto, en voz muy baja, dirigiéndose a Miguel que permanecía sentado al lado de su esposa escuchando el diálogo que ella había iniciado, ¿Sr Miguel, usted me dijo que en su casa viven usted, su esposa y sus dos hijas, verdad? Si, -respondió él, extrañado del giro que el joven dio a la conversación, sin responder a la señora-

Pues bien -prosiguió- si no hay nadie más en esta casa, sus dos hijas están escuchando nuestra conversación a nuestras espaldas, escondidas.

El matrimonio se miró extrañado y sorprendido mientras Miguel se ponía de pie para, muy en silencio, ir a sorprender sus hijas escondidas.

Ambas muchachas, sentadas sobre el suelo alfombrado en el salón que hacía de biblioteca o de reposo y recostadas a la pared más cercana a la sala no se percataron que alguien se acercaba, se asustaron al ver frente a ellas a su padre quien con gesto cariñoso las levantó del piso y las llevó consigo a la sala donde permanecían los demás.

Estas son mis hijas Betty y Rachel –dijo dirigiéndose a Margarita y a Orlando. Luego, dirigiéndose a sus hijas, agregó. Ellos son nuestros invitados Margarita Rodríguez y Orlando Montes.

Orlando se puso de pie y a modo de saludo, como era su costumbre ante una dama, no extendió su mano para estrecharla, tan solo hizo una reverencia con su cuerpo mientras decía. Es un placer conocerlas señoritas. Cuando enderezaba su cuerpo lo hizo mirando a las dos jóvenes las cuales, nerviosas y muy sonrojadas, no atinaban a contestar. Luego de unos segundos, Rachel, la mayor de las dos dio las gracias y dirigiéndose a su padre dijo. Papá nos vamos a nuestra habitación para que conversen ustedes

No señoritas, -respondió él- si ustedes estaban escuchando sin nuestro permiso escondidas ahora tienen la obligación de quedarse y escuchar con nuestro permiso gústeles o no lo que hablemos; así que por favor siéntense.

La severidad y el amor se confundían en las palabras del padre quien con esa actitud imponía una enseñanza, un delicado castigo y un freno para que en el futuro no volvieran a hacerlo.

El matrimonio no preguntó a Orlando como se dio cuenta de la presencia de las chicas. Eran personas inteligentes y pensaron que en ese tipo de vida los sentidos se juntan para prever el peligro. De todas formas quedaba pendiente la respuesta de Orlando quien, mirando a la señora, preguntó ¿Podemos continuar?

Sí -contestó ella- podemos continuar.

En respuesta a su pregunta puedo decirle que a todos los ciudadanos de este país, sin importar la raza, edad, sexo etc. nos han dado cinco opciones que son la de resignarnos a ser esclavos bajo un sistema de oprobio, convirtiéndonos en parte de ese oprobio, o miramos en silencio, y es lo que hace la mayoría, la entrega del país a una potencia extranjera, optamos por marchamos para que otros carguen con la responsabilidad de lo que suceda, o salimos a defender la dignidad de nuestra nación.

-La señora fue a interrumpirlo pero el joven con un leve gesto de su mano y sin dar tiempo a que ella hablara continuó diciendo- Muchos tienen razones muy propias para marcharse del país, como es el caso de ustedes que lo hacen con dignidad y arriesgan en sus últimos momentos la posibilidad de salir, dando refugio a un fugitivo activista que se enfrenta a la nueva dictadura; ustedes saben que si me sorprenden escondido en su casa, su esposo va a la cárcel y se acabó lo del viaje. Les digo esto en parte como respuesta a su inquietud y en parte a modo de asegurarme de que están conscientes de lo que se están jugando. Yo he optado junto con muchísimos cubanos a luchar contra este régimen de opresión y créame que nada me va a detener.

Se hizo un silencio largo como si todos meditaran sobre lo que habían escuchado, silencio que fue roto por Margarita quien, preocupada por las palabras de Orlando dijo:

También esta lucha tiene distintos frentes, necesitamos personas en el exterior para que ayuden de diversas maneras, incluyendo la parte económica.

Margarita, lo que dijo Orlando es cierto. Los pueblos, me refiero a todos los pueblos dependiendo del nivel de su cultura, tienen de todo, los que bajan la cabeza serviles por miedo o por carecer de ideas o porque no les importa nada, esos son los más. Después tenemos a los aprovechados que se montan en el carro de los que están arriba, apoyándolos, para, sin esfuerzos o sin riesgos, sumarse a los victoriosos; esa clase de personas siempre van a estar ahí, esperando la oportunidad sin importarles la mayoría o el sufrimiento del pueblo. Detrás vienen los que salen huyendo acobardados, en el caso actual muchos salen para salvar el capital que han logrado amasar durante años, otros se van para poner fuera de peligro su familia. Pero nosotros, nuestra razón es muy distinta y créanme, no me sentí aludido por Orlando porque fue muy claro en su exposición, ni digo esto para defenderme. Luchamos contra Batista junto a nuestros estudiantes en el Directorio Revolucionario Estudiantil y ahora mismo somos parte de algo que hemos estado fraguando durante muchos meses y si nos vamos es porque mi esposa padece de una cruel enfermedad que si no se le opera lo antes posible pronto, en dos o tres años, puede morir. No somos de los que desconocemos nuestro deber ni de los que salimos para salvar nuestras vidas y dinero mientras una juventud, de todas las clases sociales, baña con su sangre nuestras calles, montañas y paredones de fusilamientos. No somos ajenos al dolor de nuestro pueblo. No soy como mi esposa que piensa eres muy joven para estar en estas lides, no, por el contrario, creo es tu deber hacerlo y créeme que te admiro y felicito.

Ahora debemos pasar al comedor porque supongo que ustedes tengan hambre.

Al decir esto último se puso de pie, también su esposa y las dos muchachitas quienes al pasar por el lado de Margarita y Orlando dijeron, vamos acompáñennos.

Orlando y Margarita se pusieron de pie con premura. Tenían mucha hambre y Orlando además mucho sueño.

La comida fue excelente. Se limitaron a comer resaltando los deliciosos platos que la señora, junto a sus hijas, habían preparado.

Exquisito todo -dijo Orlando mientras Betty, sin decir palabra alguna, se levantaba de su silla para ir a la cocina y preparar el acostumbrado café negro-

La señora, dirigiéndose a Margarita dijo: Noté a tu llegada que dijiste en tono muy bajo algo así como ¡perfecto! Me sería de satisfacción saber a qué te referías.

Oh si perdón –dijo Margarita- es que soy decoradora y diseñadora, al entrar me fijé en la decoración de su casa, el orden estricto de colocación de cuadros, muebles, adornos, combinación de colores en relación con los muebles y su mullida alfombra. Todo me hizo indicar que quien decoró todo esto es un experto en la materia o tiene un gusto exquisito. -Terminó la joven-

En realidad la decoradora fui yo con la ayuda de mis hijas, nos tomó tiempo pero logramos este conjunto que de vez en cuando cambiamos pero siempre tratando de mantener un ritmo en disposición, modernismo y estructura. Para lograrlo nos sentamos las tres y dibujamos las ideas por espacios, cuando unimos todo y vemos el conjunto decidimos la mejor opción.

Betty venía de regreso con una bandeja plateada, sobre ella seis tazas de aparente porcelana fina con bordes plateados, una azucarera y varias cucharitas que aparentaban ser de plata. Colocó la bandeja con su carga en una esquina de la mesa para comenzar a distribuir las tazas. Los primeros fueron sus padres, luego Orlando, Margarita, su hermana y por último ella. Con la cafeterita en la mano y una servilleta blanca fue por el lado derecho de cada uno de los comensales sirviéndoles café. La azucarera la había colocado al lado de su padre y madre para que fueran ellos los primeros en endulzar el humeante café. Todos fueron dándole las gracias a la hermosa muchacha

Que niña tan linda -pensó Orlando, mirándola con curiosidad y respeto- Minutos antes fijó su mirada sobre la mayor de las dos, a pesar de lo poco que habló creyó descubrir en ella una persona de carácter muy fuerte, curtida entre alfombras lujosas y momentos de largo sufrir. A diferencia de la hermanita que lucía muy fresca, fragante e inocente con aire de princesa refinada y bañada de caricias maternales. De ambas jovencitas se formó una impresión rápida e imprecisa. Sabía que en los próximos días iba a alternar mucho más con la familia.

Gracias —dijo al recibir el café- Sonrosándose pero sin soltar su hermosa sonrisa contestó- Estoy y estaré a su disposición mientras viva con nosotros —Al decir esto se dirigió presurosa a su asiento a la vez que se servía su néctar negro-

Cuando todos finalizaron Miguel de Albornaz, irguiéndose en su asiento, pidió permiso para llevar a Orlando a lo que sería su habitación. Me parece que Montes está muy cansado y de seguro querrá ducharse y dormir. Ustedes, las mujeres pueden quedarse con Margarita conversando. ¡Vamos Orlando! –ordenó-.

Las mujeres también se pusieron de pie para dar las buenas noches al joven al mismo tiempo que se disponían a recoger los platos y vasos que estaban sobre la mesa y llevarlos a la cocina. Margarita se unió a la labor de cargar cosas para ayudar a las demás mujeres.

Es interesante ese muchacho -le dijo Alicia- no parece de 16 años, aparenta tener más edad. ¿Lo conoces desde hace mucho? –Preguntó-

Sí, desde hace muchos años –Contestó ella- desde que era un niño y se las daba de adulto, él es un hombre en toda la extensión de la palabra, puedo decirles; es una gran persona con un corazón de oro. Cuando lo conozcan bien se darán cuenta de lo que les digo. Talento, valentía, desprendimiento. No sé, lo que les diga es poco.

Alicia, la madre de las niñas, miró a Margarita fijamente sin que ella lo notara; fue una mirada escrutadora recorriendo el interior de la joven que hablaba de ese muchacho con voz emocionada. Descubrió, sin decirlo, el inmenso amor que esa mujer profesaba a Orlando. Se dio cuenta de la lucha interior que libraba al dejar al joven en esa casa donde la compañía serían otras jóvenes de su misma edad.

Margarita de pronto dejó de hablar. Es tarde, quiero marcharme -dijo- Es hora de que me vaya. Sé que lo dejo en buenas manos y que entre todos ustedes lo cuidarán. Solo quiero pedirles que por nada del mundo lo dejen salir a la calle, estamos seguros de que cuando las autoridades le echen el guante lo van a fusilar. – En tono más bajo agregó a modo de súplica- ¡ayúdenme a cuidarlo! –al decir estas palabras tomó rumbo a la puerta de salida, recogió su bolso que permanecía sobre un mueble y sin mirar a nadie por el temor que vieran sus ojos bañados en lágrimas dijo- Gracias por todo, espero verlos pronto si Dios quiere. –Abrió la puerta disponiéndose a alejarse cuando la voz de Alicia, a sus espaldas le dijo- Margarita, te voy a acompañar hasta la salida -La joven se detuvo y sin volverse dijo- Discúlpeme usted, es una pena lo que está sucediendo en nuestro país, se me rompe el alma tantos jóvenes que están muriendo. Mi misión es demasiado dura. Llevarlos de un lado a otro tratando de salvarlos y de pronto, un buen día muerto, asesinado en una calle de la Habana, muerto en combate en las montañas, fusilado en los fosos de la Cabaña o enterrado vivo en cualesquiera de los cientos de prisiones que han abierto en toda la isla. –Margarita lloraba, por su mente pasó presurosa la imagen de Robertico gritando ¡Viva Cuba Libre! mientras seis balas de plomo se clavaban en su cara despedazándola... Un ligero temblor le recorrió el cuerpo cuando la imagen de Orlando suplantaba la de Robertico. Ya Alicia la sostenía abrazándola con cariño, como si abrazara a una de sus propias hijas.

Margarita –dijo- es una pena que tengas que estar en esto pero de la misma manera que algunos de los que ayudas caen, hay otros que se salvan y es gracias a tu labor y valentía también a la de muchos otros que hacen este trabajo, arriesgando sus vidas, tú también corres mucho riesgo y debes cuidarte por el bien de todos ellos que tanto te necesitan. Orlando, al menos por un largo tiempo va a estar bien entre nosotros y te prometo hablar con mi esposo para que puedas venir a verlo de vez en cuando.

No –respondió la joven- no sería prudente. A mí me pueden seguir. Mientras esté aquí no debo verlo.

Las dos hijas de Alicia se habían quedado en la cocina fregando los platos. Margarita pidió disculpas por la forma de irse sin despedirse de las niñas. Ya el elevador llegaba al vestíbulo del hermoso edificio. Con un beso en la mejilla de la señora, Margarita salió del mismo en busca de un ómnibus que la llevara a alguna parte donde recogería a otro de los tantos que huían de las garras de la dictadura.

Orlando había quedado solo en la habitación que le destinaron. Sencilla pero cómodamente arreglada, se sentía, al caer en la cama, como si flotara en el aire. Recordó entonces la cama de alambres trenzados que compartía con su abuela con una colchoneta de guata pero delgada. Los alambres ya vencidos por el peso y el tiempo se estiraban como una hamaca. Si no fuera por su abuela hubiera preferido dormir en el piso, era duro pero lo tendía recto y no formaba esa joroba en su esqueleto. Los ojos del joven se fueron cerrando en la medida que sus pensamientos se centraban en el dolor de su madre cuando vio que a su esposo se lo llevaban preso injustamente por la lengua de un vecino que antes había sido del gobierno de Batista… De pronto unos ligeros toques en la puerta de la habitación lo hicieron sobresaltarse. Luego de cerciorarse que su pijama estaba bien abotonado fue a abrir. Betty, la más jovencita de las dos hermanas, con una jarra de agua fría y un vaso en sus manos le pidió permiso para pasar y dejar lo que traía sobre la mesita de noche. Gracias –dijo Orlando- eres muy amable, La iba a traer antes pero me costó gran esfuerzo convencer a mi papá de que aún estarías despierto –contestó la joven y sin agregar nada más salió como un bólido de la habitación-

El joven sonrió complacido mientras regresaba a la cama. Son muy buenas personas –pensó-

A la mañana siguiente nuevos golpes en la puerta lo despertaron. Ya voy -dijo él- pero una voz de detrás de la puerta le contesto de inmediato No, no abras solo quise advertirte que en media hora le traigo el desayuno si lo desea, pero si prefiere dormir, no importa, lo llamo para el almuerzo.

Gracias –contestó el joven- no voy a seguir durmiendo pero no tengo hambre, prefiero esperar el almuerzo.

-La persona de detrás de la puerta esperó unos segundos para marcharse- Después regreso –dijo-

De inmediato Orlando se dispuso a asearse pero antes comenzó, tirado en el suelo, a hacer ejercicios. Realmente su cuerpo era delgado pero fornido. No era un adonis pero tampoco lucía del todo mal. Su cabello rubio casi castaño sin cortar por más de dos meses se revolvía en los lados simulando crespos mientras que encima, donde comienza la frente una moña de pelo le golpeaba los ojos; esto le daba un aspecto inexacto de los jóvenes mundanos de la época. Luego de ducharse se colocó nuevamente el pijama a la vez que buscaba algo para leer. Lo primero que encontró fue un grupo de libros de poesías, Amado Nervo, Pablo Neruda, Hilarión Cabrisas, Agustín Acosta...Eran muchos, la persona que habitaba esta habitación antes que yo, era un adicto a las poesías -pensó- a él también siempre la habían   gustado. Recordó cuando vagabundeaba con los amigos por el malecón habanero, Paseo del Prado, Parque Martí, junto al Torreón de la Habana, siempre lo hacía con libros en las manos en especial de poesías. Le vino a la mente una estrofa de algo que había escrito cuando apenas tenía trece años de edad.

"...Que me puede importar de la vida,
si tan solo me quedan pedazos de sueño.
Que me puede importar lo que digan
Si mucho he luchado sin lograr mis empeños...

Trató de recordar más pero no pudo. Mantenía en sus manos un pequeño libro de Amado Nervo. "Amado Nervo. Sus mejores poesías" Lo abrió sin buscar una página precisa. "Cobardía" era el título de la primera que sus ojos leyeron. Se mantuvo leyéndola por varios minutos una y otra vez. Le gustaba, más que la poesía en sí, la posición del poeta en dejar escapar, por cobardía, lo que hubiera podido ser su felicidad.

Absorto en esos pensamientos sintió los ya acostumbrados golpecitos en su puerta.

¿Estás despierto? Preguntaron.

Sí - contestó él- pueden pasar no puse la cerradura.

Lentamente abrieron la puerta. Eran las dos hermanas que venían para entretener a Orlando.

¿No te aburres aquí solo? Preguntó la más joven.

Aún no he tenido tiempo para eso – respondió-

¿Cuántos años tienes? -Volvió a preguntar la jovencita-

Tengo los que represento, dímelo tú cuantos tengo. A lo mejor eres buena calculando edades.

Antonio Pons

Quizás diez y siete o diez y ocho –Dijo sin pensar y casi sin mirar a la cara del joven-

Bien, estuviste cerca pero no creo que eso importe mucho, soy tan joven como ustedes y eso es lo mejor porque pueden conversar conmigo sin aburrirse.

¿Dónde vives? –siguió preguntando-

La hermana, que hasta ese entonces no había hablado, molesta por la falta de respuestas de Orlando le dijo ¿No crees que estas preguntando demasiado? No te fijaste que la última pregunta no quiso contestarla.

Oh que bien, me pregunta ella y es usted la que se molesta por mi falta de respuesta jovencita. Bien para no ser descortés y recibir una bella sonrisa les diré que tengo diez y seis años ¿Complacidas?

Rachel, sin contestar salió de la habitación a la vez que todo su rostro tomaba un elevado color rojo.

Betty, con ojos brillantes de alegría, le dijo No te preocupes, ella es asi tempestiva, como dice mi padre, después se le pasa, es muy buena. Ahora me alegra se haya marchado porque no me deja preguntar. Asi puedo interrogarte como es debido

Orlando sonrió complacido al ver la alegre candidez de la muchachita y sin esperar una nueva pregunta comenzó a contestar la que habia quedado pendiente.

Mira Betty –le dijo- yo si tenía una casa con una dirección donde vivian mis padres. La perdimos cuando mis padres abandonaron el país. Por ahora vivo aqui, esta es mi dirección, mi hogar y así mañana talves sea en otro lugar. En esta situación en que vivimos sabemos el ahora mismo no el luego ni el después o el mañana.

La joven seguía sus palabras a la vez que miraba al joven. Un extraño brillo nostalgico fue formándose en sus ojos. Orlando pensó que iba a llorar por lo que rápidamente dió un giro a lo que estaba diciendo

Tú sabes Betty, es bueno conocer nuevas personas como ustedes. A mi me gusta crear amistades y a pesar de que no

22

es la mejor forma de hacerlo me contento en pensar todas las gentes buenas que he conocido. De otra manera sería muy aburrido. Fíjate, ahora mismo estoy contento porque acabo de conocerte a tí, a tu hermana a tus padres, y ustedes me han conocido a mí. ¿No te parece eso formidable?

Sí, es verdad –contestó ella a la vez que Orlando observaba otra vez la normalidad en sus ojos-

Me gustaría jugar. ¿Tienes algún juego con el cual podamos entretenernos? -Preguntó Orlando-

Tenemos parchees, damas chinas, monopolio, ajedrez ¿Cuál te gustaría?

Bien me gustaría cualquiera en el que pueda participar tu hermana.

Orlando, de esta manera trataba de no tener a la jovencita en su habitación sin una compañía, aunque habían dejado la puerta del cuarto abierta él prefería la presencia de la hermana.

La niña salió a buscar los juegos, una vez fuera, la hermana mayor, sin pedir permiso, entró en la habitación diciendo: Vengo a pedirte disculpas, me comporté como lo que soy, una verdadera tonta majadera. No me hagas caso. –Fue a seguir hablando pero Orlando, sinceramente conmovido, la interrumpió-

No muchachita, no. Fue mi error y no el tuyo; quien debe pedir disculpas soy yo. Quizás tú no entiendas pero mientras menos de mí sepan será mejor para ustedes. –y en voz muy queda, casi imperceptible agregó-

La vida no es como la imagino
Ni tampoco es como la vivo
La vida es realidad
Que traspasa lo divino

Pero siéntate –agregó-

Había dos hermosas sillas con cómodos cojines cubiertos de cuero. El joven se apresuró a alcanzarle uno a la joven que aún permanecía turbada.

No, me marcho –dijo ella-

De ninguna manera. Tu hermana salió a buscar unos juegos para entretenernos, aunque no sé si vuestros padres le permiten estar aquí.

Si -dijo ella- tenemos su autorización pero con la condición de que no te molestemos mucho, en especial me advirtieron que tenía que vigilar a Betty porque ella es demasiado empalagosa y no te dejará tranquilo si le das oportunidad.

En eso Betty regresaba con su carga de juegos en las manos, cuando vio a su hermana sentada y hablando tranquilamente con Orlando, escondió la sonrisa que traía en sus labios para decir a secas. Vaya, ya han hecho las paces después de tan fuerte falta de delicadeza.

Orlando, a sabiendas de que la muchachita se refería a su hermana, se apuró en contestar.

Si, ya le pedí perdón por tratar de esconder mi edad y ella también lo hizo conmigo. Realmente es muy buena, como tú me dijeras hace un rato. –Y casi sin detenerse -agregó- ¿Que juegos trajiste?

Olvidando al parecer a su hermana, la alegre jovencita extendió los juegos sobre la cama para que Orlando escogiera el que quisiera.

Monopolio –dijo Orlando- Así podemos jugar los tres
Está bien pero después quiero jugar parchees con ustedes, soy muy buena y les aseguro no me van a ganar.

Es verdad – dijo Rachel- es difícil ganarle a veces pienso que hace trampas pero nunca la he podido descubrir.

Pues entonces juguemos parchees – dijo Orlando- quiero ver si es verdad que me ganas.

Orlando y Betty se dispusieron a colocar las fichas de colores en sus respectivas esquinas de salida; sin embargo Rachell, quien al parecer no estaba muy interesada en el juego, vio el libro que reposaba sobre la cama y que minutos antes Orlando ojeaba entre sus manos "Amado Nervo" –leyó– "Cobardía". La joven tomó el libro de sobre la cama y comenzó a leer en voz alta.

Betty fue protestar pero el joven, con el dedo índice sobre

sus labios, la invitó al silencio

"Pasó con su madre. ¡Qué rara belleza!
¡Que rubios cabellos de trigo garzul!
¡Que ritmo en el paso! ¡Que innata realeza
de porte! ¡Que formas bajo el fino tul!
Pasó con su madre, volvió la cabeza;
¡Me clavo muy hondo su mirar azul!
Quedé como en éxtasis...
Con febril premura
¡Seguidla! Gritaron cuerpo y alma a la par,
... pero tuve miedo de amar con locura,
de abrir mis heridas que suelen sangrar.
¡Y no obstante toda mi sed de ternura,
Cerrando los ojos, la dejé pasar!
   Muy hermoso poema –dijo ella al terminar de leer-
   ¿Crees que haya sido cobardía como él le llama o mesura?
No sé   -contestó Orlando- Más bien pienso, después de haberlo leído varias veces, que es belleza lírica para complacer los oídos de buen gusto. Esa fue una época muy romántica donde los poetas, creo yo, extremaban su elegancia poética cuando en realidad eran burdos infieles en sentido general.
   ¿A qué te refieres? -Preguntó ella-
   Me refiero a que extremaban los formalismos líricos cuando sus vidas reales, en algunos casos, se desenvolvían de manera extravagante y mundana. Fue una época cargada de hipocresía, aunque también de mucho idealismo. Ahora siento haberte hablado de esto porque en realidad no se mucho sobre este tema.
   Tal vez tengas razón en algunas de las cosas que dices pero también debes reconocer que nos legaron mensajes cargados de sentimientos y ejemplos patrios. Fueron ellos los que influenciaron en el enriquecimiento de las letras y del pensamiento idealista de nuestros tiempos. A todo esto debemos agregar, para engrandecer la época, las canteras de

patriotas que lo dieron todo por la liberación de América, hasta sus vidas como José Martí, por ejemplo, Todos arrastramos en nuestras venas la belleza lírica que ellos sembraron en las universidades de la época. Pero tienes razón, aunque no es el caso de Amado Nervo, cargamos sobre nuestras espaldas, junto a la parte hermosa, toda la hipocresía y perturbaciones de esas décadas.

-Betty, con un resoplido no los dejó continuar- O jugamos o me voy a mi cuarto a ver televisión –dijo-

Sí, es mejor que juguemos, esto es más cierto –dijo Orlando-

Más de dos horas estuvieron jugando. Orlando, quien no había desayunado, tenía hambre y deseos de tomar café. Dirigiéndose a Rachell pregunto ¿No tomas café?

Desde luego que si –contesto ella- Es más voy a hacerlo yo misma para que veas que si mi hermana es buena en el parchees yo también lo soy en la cocina.

Diciendo esto salió de la habitación.

El café vino acompañado de panecitos con queso y jamón dulce. Los tres jóvenes dejaron de jugar para deleitarse con el delicado almuerzo que había preparado Rachell. Ninguno de los tres se había percatado de la hora, eran más de las tres de la tarde y los padres de las muchachas estarían al llegar. Luego de terminar recogieron todo y Orlando, una vez solo, se dedicó a continuar su lectura a sabiendas que cuando llegaran Miguel o Alicia lo sacaría del cuarto como habían prometido. Él hubiese preferido quedarse allí rumiando sus pensamientos, mirando la televisión o leyendo. Pero a las 5:30 de la tarde llegaron juntos Alicia y Miguel quienes fueron directo a tocar en el cuarto del joven.

Adelante –contesto él- la puerta está sin cerrojo. Pensando que era una de las niñas. En cuanto vio al matrimonio se puso de pie en señal de respeto acomodándose las pantuflas a los pies.

Buenas tardes Dijo Alicia con una alegre y hermosa sonrisa en los labios. Miguel, también sonriente, saludó con alegría al joven quien intentó darle la mano pero notó que tenía ambas ocupadas con varios paquetes, al igual que ella. De pronto irrumpieron en la habitación las niñas que corrieron donde sus padres para alojarles sendos besos en los rostros y a la vez quitarle de las manos los paquetes que traían

¿Esto fue lo que trajeron para Orlando? –Preguntó la más joven- y antes que los padres contestaran se dirigió al muchacho diciéndole. Ven, vamos a abrirlos para juntos ver que te trajeron.

Aparentemente las muchachitas sabían que sus padres irían de compras para avituallar al nuevo huésped de la casa. Orlando, algo turbado preguntó ¿Todo esto es para mí? No, no puede ser; eso no está bien. No necesito más que vuestro alojamiento otra cosa sería un abuso. No puedo aceptar nada.

Alicia se acercó entonces al joven y presionando ligeramente su pecho lo invitó a que se sentara en la cama para después ella sentarse junto a él.

Orlando, nosotros nos sentimos tan contentos de poder tenerte aquí. Lo que te hemos traído no es nada, simplemente es que necesitas, mientras estés con nosotros, ropas para cambiarte. Verás que no es mucho y si te niegas a recibirlo nos dará mucha pena. -Con especial dulzura, la hermosa mujer, hablaba a Orlando mientras hundía sus dedos en sus cabellos a modo de maternal caricia-

Miró a Miguel diciéndole. Señor, creo que he comenzado a darles molestias. No sé qué hacer; estoy confundido porque no estoy acostumbrado.

No pudo terminar el joven porque Miguel haciendo caso omiso a sus palabras comenzó a abrir los paquetes mientras decía a sus hijas y esposa, Vamos, ayúdenme que quiero ver a Orlando probándose todo esto. Orlando comenzó a ver pantalones, pullovers, zapatos, camisas, shorts. Fue poniéndose de pie mientras dos lágrimas comenzaban a correr por sus mejillas. Se sentía extremadamente aturdido. Pensó en sus hermanos de lucha que guardaban prisión en Isla de Pinos. Notó entonces que los zapatos que ayer había traído puestos ya no estaban donde los había dejado, desaparecieron. ¡Qué pena! –Pensó- tenían huecos por debajo de seguro lo vieron y mis medias rotas. Un mundo de cosas pasaban por su mente.

Debo marcharme -dijo en tono quedo pero que fue bien escuchado por Alicia quien también se había puesto de pie-

Por favor, -dijo la señora- salgan de la habitación y déjenme a solas con Orlando.

Al unísono todos salieron dejando tras si el reguero de ropas sobre la cama.

Orlando, hijo mío -comenzó a decir Alicia- veo que hemos cometido un gran error en traer estas cosas sin decirte nada. No culpes a nadie sólo a mí pues quise darte la sorpresa a la vez de alagarte con cosas que realmente necesitas. Preferiría botar todo al cesto de la basura antes de permitir que salgas de mi casa. Nuestra intención es tratarte como un ser humano que ha sido brutalmente golpeado por la época que vivimos. Nuestra intención es mostrarte que no eres un estorbo en nuestra familia sino que has sido recibido con el honor y respeto que mereces.

Por la mejilla de la señora también corrían lágrimas. Mientras hablaba fue recogiendo y doblando las cosas que permanecían regadas sobre la cama y guardando los zapatos en sus cajas.

Orlando la miro sin dejar su turbación, le aguantó la mano que pretendía tomar un pullover y guardarlo, para decirle. Perdón Alicia, lo menos que he deseado es traer lágrimas o tristeza a su hogar. Estoy siendo injusto con usted, su esposo y sus niñas que tan especialmente me han tratado. Ahora usted, luego de perdonarme me sale de la habitación que comenzaré a probarme todos estos regalos que los reyes me han dejado. Creo que son los primeros reyes magos que he tenido.

Alicia quien con sus azules ojos no dejaba de mirar al joven, lo atrajo hacia sí abrazándolo. Gracias Orlando –dijo- y salió presurosa de la habitación- Cuando termines te esperamos fuera en la biblioteca, allí estaremos –Al salir cerró la puerta tras ella-

Orlando pasó el cerrojo por dentro. Comenzó a desvestirse despacio, primero se probó los tres pantalones de vestir, luego las camisas, los pullovers, shorts y otra pijama. Aun pensaba que hacer, si usar la ropa o decir simplemente no quiero esto. Se había quedado con uno de los pantalones nuevos puesto, era de color carmelita, parecía lino. Lo mismo hizo con uno de los pullovers de color azul claro de algodón. Se probó un par de zapatos que tenían medio número mayor al que el realmente calzaba; eran Florshein de muy buena calidad. Escogió los zapatos y medias carmelitas para que le combinaran con el pantalón. Así ataviado, se decidió a salir del cuarto para que lo vieran con la ropa que le habían regalado.

Todos estaban en la biblioteca sentados alrededor de una mesa redonda que también parecía caoba. Sobre la mesa varias tazas de té humeando y una fuente de galleticas dulces. Pidiendo permiso el joven entró al lugar donde fue recibido con aplausos de alegría por todos los presentes. Miguel y Alicia se pusieron de pie a la vez que pedían a Orlando se sentara con ellos a la mesa. Alicia refiriéndose a la ropa que el muchacho traía puesta dijo si todo te queda como esta que has traído puesta, voy a decir que soy la mejor del mundo en vestir al ojo.

Puede decirlo porque salvo los zapatos que son medio número más grande, todo me queda a la perfección.

Betty y Rachel sin decir palabras no dejaban de mirar al joven que con su ropa nueva y el color azul del pullover parecía un artista de cine al que habían preparado para una escena de amor. No dijeron nada. Adivinaban que eran observadas por el padre. Luego del té y las galleticas todos se separaron, no sin antes Orlando agradecer lo que habían hecho por él y pedir disculpas por su actitud. Todos se reunirían nuevamente a la hora de cenar que seria sobre las ocho de la noche. El haberse desviado para las tiendas los habían obligado a hacer una excepción y cenar más tarde de lo acostumbrado.

Le pidieron a Orlando que podía quedarse en la sala o donde quisiera en la casa. La señora iba a cocinar con la mayor de sus hijas y el, Miguel, tenía que salir por una hora. A las siete estaré de regreso -dijo mientras caminaba hacia la puerta de salida-

Pasaban los días y Orlando no tenía noticias de nadie. Margarita se había olvidado de él -pensaba el joven- Nadie trata de conectarse conmigo –se decía- Estaba preocupado. Tampoco tenía noticias de su familia en Estados Unidos quienes debían estar muy preocupados. De los dueños de la casa no tenía quejas, lo trataban con demasiado cariño y las muchachitas a veces se propasaban en sus formas de jugar y Orlando tenía que frenarlas. La más joven, quizás por la edad era la más atrevida y no dejaba solo a Orlando. Siempre quería estar cerca de él. El muchacho pensó que se debía a que no tenía hermanos varones y eso la hacía acercársele, no imaginaba que una tempestad se cernía sobre su persona y no estaba preparada para eso.

Cuando Betty estaba en el cuarto Rachel no iba o cuando Rachel estaba con Orlando Betty buscaba la forma de contrariar a la hermana para alejarla del joven. La actitud de la muchachita se hacía insoportable. Una mañana Orlando leía en el cuarto cuando tocaron a su puerta, era la jovencita que con aire de intriga le dijo: Déjame pasar que tengo algo importante que decirte –sin esperar a que le diera permiso entró empujando al joven hacia un lado.

¿Qué pasa? –Preguntó él- Nada, no te preocupes –contestó ella- Mis padres salieron hoy muy temprano a resolver problemas referentes a nuestro viaje a España y mi hermana duerme profundamente. Aproveché para estar aquí contigo a solas sin que ella nos moleste.

Atónito, el joven no atinaba a hacer nada. La muchachita, con la camisa del pijama a medio abotonar y sin ninguna otra prenda interior debajo de la camisa, exhibía más de la mitad de sus hermosos pechos. El pantalón del pijama era corto por lo que mostraba sus exuberantes piernas.

Antes que Orlando pudiera pronunciar palabra alguna la muchachita corrió a la cama y se tendió en ella. Ahora asomaba, todo descubierto uno de sus pechos. Al ver esto el joven corrió hacia ella diciéndole. O te cubres bien o te marchas ahora mismo de este cuarto y si no lo haces iré a buscar a tu hermana.

No Orlando, discúlpame se me abrieron los botones, sólo quiero que me escuches. –Mientras decía esto la muchachita se abrochaba los botones que intencionalmente traía desabotonados- Hace varios días –continuó diciendo- estoy tratando de hablarte pero mi hermana me persigue a todos lados. Ven Orlando, siéntate aquí a mi lado –La joven permanecía acostada mientras Orlando había quedado de pie al lado de ella. El corazón del joven latía, sabía que algo tramaba la muchacha, algo que no era bueno para ella y que lo pondría a él en difícil situación. Vio como la hermosa niña tendía su mano para invitarlo a que se sentara a su lado. Ven, siéntate, para poder conversar en voz baja sin que mi hermana nos oiga. –Betty sostenía la mano fría del joven y lo tiraba hacia su lado obligándolo a sentarse y sin soltarlo prosiguió- No sé cómo te voy a decir esto, estoy desesperada, casi loca. No duermo, lo único que hago es pensar en ti. Orlando te quiero mucho, estoy enamorada y no quiero perderte, no quiero dejarte, ni quiero que te suceda nada. He venido porque quiero estar contigo, que tú me abraces y me beses – al decir esto la joven se fue irguiendo en el lecho para pegar su rostro al del joven y tirarlo hacia ella con fuerza uniendo su boca a la de Orlando con tal fuerza que un hilillo de sangre comenzó a brotar de los labios del sorprendido joven. Delicadamente el trató de separarla pero la muchacha se aferraba a él con fuerzas. Por un instante Orlando se dejó besar, fueron segundos los que pasaron antes de que reaccionara y aplicando todas sus fuerzas se quitó a la joven de encima a la vez que, presionándole los brazos sobre la cama le decía-

Te me vas ahora mismo de la habitación. Lo que estás haciendo no lo entiendo. Eres muy joven me pones a mí en una situación muy difícil. Creo me estas obligando a marcharme.

No, no te voy a dejar ir –le contestó la muchacha— Tú no sabes de lo que soy capaz. Sé muy bien que no vas a decir nada de esto a mis padres pero sí a mi hermana y créeme que si lo haces tengo ya la respuesta para desmentirte y demostrar que no fue así.

Orlando ya más calmado soltó los brazos de la chiquilla liberándola y sin dejar que ella continuara hablando le dijo: Betty, yo te he tomado mucho cariño, te quiero pero te quiero como si fueras mi hermana. No podría nunca traicionar a tus padres, ni traicionarte a ti. Lo que sientes no es amor, no se decirte lo que es pero, te aseguro, no es amor. El amor no hace lo que estas tratando de hacer conmigo obligándome y con amenazas. Eres una niña muy bonita y muy pronto te vas a otro país donde vas a tener una nueva vida. Yo voy a permanecer aquí donde está mi deber.

No – lo interrumpió la muchacha, casi gritando- yo me quedo contigo o hablo con mis padres para que te saquen por la embajada, se bien que pueden hacerlo porque ya han hablado de eso para tratar de ayudarte. Te amo y estoy dispuesta a todo por no dejarte. Estoy dispuesta a demostrártelo. La muchacha hablaba de corrido, sin interrumpirse para tomar aire y al decir esto último, con fuerza, tiro de su camisa por ambos lados haciendo saltar los botones y descubriendo sus hermosos senos.

Tómame haz de mi lo que quieras. –Fue a seguir hablando pero el joven, ya tranquilo, en perfecto dominio de sí mismo, sin tocar sus carnes trató de cerrar la camisa colocándosela sin poder abotonarla, sobre sus pechos, luego pasándole la mano por sobre sus cabellos, como si fuera su propia hermana intentó calmarla.

Betty, la vida no nos ahoga sino que nos brinda otras

muchas opciones. Eres muy inteligente pero necesitas calmarte para que puedas calmar tu inteligencia. Ahora tienes esta obsesión y lo entiendo, pero estas en la obligación de ayudarme y es para ayudarme que debes buscar las otras opciones que la vida nos da. Tienes un cuerpo muy bonito y cualquier hombre, en mi lugar, a lo mejor hubiera aprovechado tus atributos a la vez que saciaba sus necesidades y correspondía a tus reclamos. De nuevo, te pido si es verdad que me quieres como dices, que busques las otras opciones en mi beneficio, no en el tuyo, El amor es entrega sin reclamo de nada, pero no entrega física, es la entrega en sacrificio y recurro a que te sacrifique en nombre de ese amor que dices tenerme.

Orlando dejo pasar unos segundos largos sin decir nada mirando a los ojos de la joven, luego continuó.

Quiero ahora salgas de este cuarto y vayas al tuyo, cambies tu camisa rota y pongas tu cabecita linda sobre la almohada y pienses cual opción vas a buscar para ayudarme sacrificándote tú pero sin perjudicarme a mí, a tus padres que tanto te quieren, a tu hermana y a ese viaje tan necesario para todos ustedes. Orlando hablaba muy quedo mientras elevaba su cabeza hacia el techo. Mirando en dirección al cielo en busca de ayuda para salir del aprieto en que estaba metido.

Se bien que eres de gran corazón y muy buenos sentimientos y lo último que harías es hacerme daño a mi o a los seres que más quieres en este mundo y me vas a ayudar, los vas a ayudar a ellos, te vas a ayudar ti misma. Más tarde, luego de que reflexiones, vuelves más calmada, con las nuevas opciones que no me vas a decir si no quieres, pero sí vas a cumplir en beneficio de todos.

Orlando la había tomado por sus manos obligándola a levantarse de la cama. Ella cedió sin decir palabras pero con dos gruesas gotas de lágrimas corriéndole por el rostro. Al quedar sentada su camisa volvió a abrirse quedando sus pechos al descubierto. Orlando los miró sin intentar cubrirla. Tampoco ella hizo el intento. Fue poniéndose de pie lentamente y de la misma manera salió de la habitación.

Por mucho rato estuvo Orlando ahí, de pie, mirando al suelo con los brazos tendidos y sus pensamientos volando hacia ese universo que depositaba en él todas sus intransigencias, a ese universo que le castigaba desde temprana edad sin razones, sin piedad.

No puso seguro a la puerta, sintió deseos de dormir, dormir profundamente y se fue a la cama donde al rato dormía plácidamente.

Dos horas y media más tarde Orlando salía de su profundo sueño. Abrió los ojos lentamente sin apenas recordar lo sucedido en la mañana. Todo le parecía un sueño. Miró en derredor y a su lado, sentada en la cama, estaba Rachel. Reluciente, embriagadora, cargada con el olor del mejor perfume de la época. Con su hermosa sonrisa donde mostraba, cual perlas, sus hermosos dientes extremadamente blancos y parejos. Su mentón ligeramente hundido como la pincelada de un pequeño toque a la hora de nacer. La larga cabellera casi rubia cayéndole sobre los hombros. Un pullover verde oscuro jugaba con el color de sus grandes ojos también verdes trigo y por sobre todo la mirada. Esa mirada de bondad y fortaleza, triste y despiadada., penetrante y acariciadora. Se dio cuenta entonces que su corazón comenzó a latir aceleradamente. Sus manos temblaron y las palabras usuales de saludo no brotaban. Llego a pensar que aun dormía y soñaba,

Ella rompió el silencio. Orlando, que bueno que despertaste, llevo aquí mucho tiempo esperando por ti. Me tenías preocupada. Tienes un dormir muy bonito y tranquilo, a penas te mueves. Créeme que te disfruté durante mucho tiempo. Toqué a tu puerta y al ver que no contestabas, como sueles hacer, decidí abrir y entrar. Te pido disculpas.

-La joven había tomado la mano de Orlando quien sintió como muchas corrientes eléctricas recorriendo su cuerpo- pero no me arrepiento –continuó la joven- y no me arrepiento porque no sé si alguna otra vez en mi vida podré verte de esa manera o de cualquier otra –Rachel a la vez que hablaba acariciaba sus manos y dedos mientras el joven se dejaba llevar por las insinuantes caricias de la muchacha- Sé todo lo que sucedió. Estoy aquí para darte las gracias. –Orlando, sorprendido, fue a moverse de su cama pero ella, con un brusco movimiento de sus manos, se lo impidió para continuar diciendo- De ti no podía esperar otra cosa; actuaste con mi hermana como lo que eres, a pesar de tu juventud; si, eres joven pero eres un verdadero hombre.

¿Qué sabes, quien te dijo? Preguntó el joven sorprendido- ¿Es que ella habló contigo? Si Orlando, -contestó la joven- yo fui una de las opciones y optó por mí. Ella a pesar de todo me tiene confianza y respeto, me quiere mucho.

¿Dónde está ella? -Preguntó Orlando-

No te preocupes está muy bien, ahora duerme como dormías tú, salvo que a ella le di una pequeña pastilla para tranquilizarla y durmiera.

¿Qué te dijo? -Volvió a preguntar-

Me contó toda la verdad. Ahora esta abochornada contigo pero no te preocupes porque se le pasa rápido y vuelve otra vez a lo mismo. Parece que le hablaste muy bien y lo de las opciones lo entendió. Me dijo que buscó otras muchas opciones incluyendo a papá y mamá pero las rechazó todas, sólo yo podía entenderla porque, me dijo, ¡tú también lo quieres! Por eso es que desesperada corrí donde él para que hiciera de mi lo que quisiera antes que lo hiciera contigo. Me dijo lo de la camisa rota del pijama, de cómo te enseñó los pechos y hasta llegó a decidirme que estaba dispuesta a más lo que no se lo permitiste.

Al menos esta más tranquila –dijo Orlando- todo pasará.

Ni lo creas –contestó la muchacha- ella es atrevida y nunca se da por vencida. Prepárate para otra andanada y hasta más fuerte.

¿Qué me aconsejas? ¿Piensas que es hora de que me marche?

No, no digas eso respondió ella abruptamente. Sería lo peor

para todos incluyendo mis padres que te adoran como si fueras el hijo varón que siempre quisieron tener y nunca pudieron. Déjamelo todo a mí, trataré de controlarla a mi manera. Yo la conozco tanto o quizás más que nuestra madre. No sé qué hacer Rachel –fue entonces él, al decir esto quien apretó las manos de la muchacha- Tu misma acabas de decir cosas que ella te dijo referente a ti pero al parecer yo no cuento para nada en todo esto.

No Orlando, tú si cuentas y es por por amor a ti que esto está sucediendo. Nosotras las mujeres tenemos un sexto sentido que ustedes los hombres no lo tienen y si lo tienen no lo desarrollan mucho. Tanto ella como yo sabemos de tu inclinación pero también sabemos de tu respeto y que por no violentarlo harás cualquier cosa. El mayor temor de mi hermana es que te marches y no pueda verte más. Sin embargo el mío es diferente. Yo sé que te vas a marchar pronto y que nunca más volveré a verte. ¡Nunca más!

Al decir estas palabras la joven enamorada puso las manos de Orlando sobre su corazón que latía apresuradamente.

Si, te quiero mucho –continuo ella- yo también sería capaz de cualquier cosa pero sé que nunca lo vas a permitir. Soy más serena que Betty. Es por eso que la entiendo.

Mientras Rachel hablaba el joven se había sentado en la cama al lado de la muchacha sin soltar las manos que ella mantenía apretadas con las suyas. Estaban juntos, uno al lado del otro, mirándose a los ojos. Fueron segundos de violencia interior en cada uno de los jóvenes que se gustaban. En ese momento descubrió Orlando el amor, un verdadero amor.

Las bocas de los jóvenes se unieron en un precipitado beso del que la Rachel no quería salir, sin embargo, Orlando, haciendo acopio de un gran dominio de su persona, con dulce delicadeza, la fue separando a la vez que se ponía de pie frente a la joven.

Esto no puede ser –dijo- estoy traicionando a tus padres. Hizo un largo silencio para agregar. Esto es una locura nuestra.

Rachel, irguiéndose frente a él y colocando sus manos sobre los hombros del joven dijo casi gritando ¿¡Enamorarse es una locura, es traicionar a quienes, una vez, se enamoraron? ¿Es que no tenemos derecho nosotros a enamorarnos porque eres prisionero de un favor que te están haciendo mis padres?

-La joven quedó callada como esperando respuesta. Al ver el silencio de Orlando, un poco más calmada continuó- Es posible que sea una locura pero no por lo que has dicho, es una locura porque quiero demasiado a mi hermana como para darle este golpe ahora que se del amor que también ella siente por ti. Más que una locura es una desgracia porque debo arrastrar en silencio esto que siento para no romper el corazón de esa niña.

Orlando se mantenía en silencio. Apenas escuchaba a la joven que le hablaba. Sus pensamientos iban de los padres de las dos jóvenes, la situación que, por separado, ambas mujeres habían planteado ese mismo día y su necesidad de escapar, huir.

Unos toques en la puerta de su cuarto sacaron a Orlando de sus pensamientos. Corrió a abrir pensando era Betty pero su sorpresa fue más fuerte cuando en lugar de Betty apareció, frente a él, Alicia, la madre de las muchachas.

Señora Alicia –dijo él casi asustado-

¿Puedo pasar? -preguntó ella-

Orlando, sin decir palabra, se hizo a un lado para dejar el camino de entrada libre a la dama. Miró hacia donde estaba Rachel y la vio todavía allí, parada con su cabeza erguida mirando al techo, en busca de un infinito que le diera respuesta a las preguntas que Orlando no le había sabido contestar.

Imaginé que estarías aquí -dijo la señora dirigiéndose en dirección a donde estaba su hija- porque estuve en tu cuarto y no te encontré y tampoco vi a Betty en el suyo. Ahora veo que no está aquí con ustedes, ¿Dónde habrá ido?

La dejé durmiendo en su cama –contestó Rachel sin

volverse- si no la has visto debe estar en el cuarto de ustedes o en la cocina.

La señora no respondió, sabía que no estaba en ninguno de esos lugares pero prefirió no decir nada. Su experiencia y olfato de mujer le decían que algo pasaba, era como si hubiera llegado en un mal momento o, en el momento oportuno para tender una mano a su hija y a aquel joven a quien ya quería como si fuera parte de la familia.

Sin pedir permiso, fue a sentarse en una de las dos únicas sillas que había en el cuarto y desde allí reclamó con autoridad.

Vamos, cuéntenme lo que sucede. Pueden tener confianza en mí, quizás sea la única que pueda ayudarlos en este momento.

Casi antes de terminar esas palabras, Rachel se precipitó corriendo hacia donde su madre con el rostro bañado en lágrimas, sentándose en la alfombra y recostando su cabeza en las piernas de la mamá quien comenzó a acariciar sus dorados cabellos.

A ver, cuéntame que está pasando.

No mami, -dijo la joven llorando- ahora no puedo hablarte de nada. Confía en mí que nunca te voy a fallar y quiéreme mucho que lo necesito, por favor mamá, por favor.

Los fuertes sollozos de la muchacha, la actitud de silencio por parte de Orlando y la tensión de la señora que tenía sobre sus manos y piernas el dolor de una de sus hijas daban a la habitación un exagerado aspecto tétrico.

El joven no hubiera querido estar escuchando los sollozos de la muchacha, le partían el alma. Su impulso de levantarla, tomarla por los brazos y besarla se frenaron cuando los versos que recientemente había leído de Amado Nervo llegaron a su mente.

¡Seguidla! Gritaron cuerpo y alma a la par,

...pero tuve miedo de amar con ternura,

de abrir mis heridas que suelen sangrar

¡Y no obstante toda mi sed de ternura,

cerrando los ojos, la dejé pasar!

Fueron minutos largos, sin palabras; tan solo los sollozas de la hermosa joven rompían el silencio de la habitación. Alicia, mientras acariciaba a su hija, quedose mirando al joven que permanecía de pie en medio de la habitación sin decir palabras

Orlando hijo –dijo ella al fin y luego de mirarle a la cara con fijeza preguntó- ¿Quieres decirme algo?

El joven fue a contestar pero Rachel levantando la cabeza hacia su madre le dijo: Mamá, quiero salir ahora de la habitación, llévame a mi cuarto. Deja tranquilo a Orlando que no tiene culpa de nada. Por favor, llévame.

Al decir esto fue poniéndose de pie lentamente como si le pesara todo el cuerpo mientras era ayudada por la madre. Ambas caminaban juntas hacia la puerta.

Orlando quedose allí, de espaldas a las dos mujeres, inmóvil, sin atreverse a mirar a la jovencita cuando pasó a su lado. Más bien cerró sus ojos.

Alicia abrió la puerta tratando de empujar a su hija para que saliera delante de ella, más de pronto, Rachel volviéndose hacia Orlando dijo. Orlando, no tienes culpa pero puedes hacer algo por ti y por las personas que te quieren.

El joven permanecía inmóvil, con los ojos cerrados sin mirar a ninguna parte.

Fue entonces que Rachel, parándose frente a él, le gritó con fuerza ¡Mírame a la cara! ¡Mírame! Tienes que hacer algo no solo por ti, por tu familia, por la mía, por mi hermana. No rompas un corazón tierno, por favor, ¡Tienes que hacer algo!

Rachel iba a seguir gritando en la cara del joven pero su madre, con autoridad, acercándose a su hija le dijo, hija mía, esas no son formas inteligentes de hablar, ahora debes acompañarme a tu habitación como me habías pedido, cálmate y después habla todo lo que quieras. Lentamente fue sacando a su hija de la habitación para cerrar la puerta tras ella.

Allí quedó Orlando, solo, sin saber qué hacer. Su primer

pensamiento fue huir, escapar lejos de esa familia a la que le estaba causando problemas. No, pensó. No puedo hacerlo Miguel no merece una respuesta tan indigna. Esperaré para hablar con él.

Orlando fue a vestirse para esperar al padre de Rachel en forma. Tomaba su ropa del escaparate cuando de pronto sintió un ruido a sus espaldas. Su sorpresa fue grande al ver que de debajo de su cama salía Betty, con sus hermosos ojos muy abiertos en señal de susto. Permanecía la niña en bata de casa, con el pelo medio suelto y regado, mientras algunos mechones caían sobre su cara. Al ponerse de pie junto a la cama del joven puso su mano tapándose la boca como para no gritar o ahogar las lágrimas que salían de sus ojos.

¿Qué haces ahí metida? -pudo decir Orlando- ¿Desde cuándo estabas escondida debajo de la cama y que has escuchado? ¿Cómo te atreves a algo semejante? Voy a llamar ahora mismo a tu mamá para que venga a buscarte –terminó diciendo mientras caminaba hacia la puerta-

No -gritó ella a la vez que corría a aguantar al joven- Espérate, ya me voy pero primero déjame explicarte. Antes que mi hermana viniera a tu habitación yo estaba aquí, había venido a pedirte perdón pero te encontré dormido. Te iba a despertar pero en eso sentí la puerta y corrí a esconderme debajo de tu cama; sabía que era mi hermana a quien le había prometido que iba a dormir cuando en realidad no lo hice sino que, en cuanto ella salió de mi habitación, salí corriendo a la tuya. Quiero dar gracias a Dios que lo hice en ese momento –continúo la muchacha- porque gracias a eso descubrí cuanto mi hermana me ama y cuan dispuesta está a sacrificarse por mí. Descubrí que soy una egoísta malcriada que no merezco tanto amor. Intenté salir a decírselo delante de ti cuando llegó mamá. Decidí entonces permanecer ahí escondida para no agravar las cosas. Ahora me voy, pero antes, quiero decirte que, por amor de Dios, hagas algo. Mi hermana si te quiere en serio y tú también a ella. Pero después hablamos de eso, ahora quiero ir a verla. Sin decir más la muchacha salió corriendo de la habitación dejando la puerta abierta. Orlando la cerró y pasó llave. Se sentía vacío, Sin ánimos. Estaba frente a algo incalculado e increíble. Frente a una familia maravillosa.

Miguel esa tarde demoró en llegar más que nunca. Orlando siempre sabía de su entrada porque la casa se ponía en movimiento al salir las hijas a recibirlo con alboroto juvenil. Sabía que era un día especial donde no habría el acostumbrado alborozo pero estaba pendiente a todos los ruidos.

Pasaban de las siete de la noche cuando al fin llegó. Fue otra nueva y gran sorpresa.

Al rato de Miguel llegar tocaron a su puerta. El joven sabía que era él, ya conocía su forma de tocar la puerta. Abrió y como de costumbre, se dieron las manos en señal de saludo. Miguel con cariño en tono fraternal le dijo, ven, te tengo una sorpresa.

¡Otra sorpresa más! -Pensó Orlando mientras un escalofrió recorría su cuerpo- Caminaron hacia la biblioteca donde, sentada junto a su esposa, estaba Margarita disfrutando una taza de café caliente y, junto a ella humeaba otra de té para Orlando. El joven corrió a abrazarla. En realidad extrañaba su compañera de lucha y su salvadora en muchas ocasiones. Por su parte Margarita, también emocionada, abrazó a Orlando mientas su cuerpo se erizaba tanto de la emoción por verlo, como por el amor que sentía hacia el muchacho. Se miraron. Orlando no sabía que decir sin embargo ella algo turbada comenzó. Tengo muchas cosas que contarte pero lo haremos después si Miguel y Alicia me permiten quedarme un rato más aquí contigo, ahora Miguel te va a hablar sobre algo muy importante para ti.

Si –interrumpió Miguel- Hoy precisamente llegué un poco más tarde porque estaba haciendo algunas gestiones relacionadas con nuestra salida del país. Desde hace días mi esposa y yo estuvimos de acuerdo en la idea de hacer algo por la causa y por ti. Yo, como te dije antes, tengo muchas relaciones y buenas amistades tanto dentro del gobierno como fuera, en otros países. No te lo he dicho pero una de las carreras que estudié fue Derecho Diplomático con una especialidad en leyes internacionales. Eso me ha servido para crear relaciones en los medios diplomáticos y créeme que soy muy agraciado porque todas las puertas se me abren.

-Orlando escuchaba sin sospechar donde iba a parar aquel sermón que le estaban dando tan ceremonialmente-

Un hombre en libertad, vale más que diez mil presos y que cien mil muertos y la lucha tiene muchos frentes no solo en las calles de las ciudades, en los campos y en las montañas, sino también fuera del país se puede hacer la guerra, como lo hizo José Martí y como lo hicieron muchos de los grandes próceres de nuestra independencia. Casi todas las guerras se prepararon de fuera hacia adentro y al final conquistamos la Republica. El presente no es una excepción.

El joven ya comenzaba a entender pero esperó con paciencia y respeto que Miguel terminara.

Orlando, te tengo conseguido asilo político en una embajada y además la garantía del Señor Embajador que saldrás, por gestiones presidenciales, del recinto diplomático lo antes posible. Todo está preparado para dentro de tres o cuatro días. Los detalles de cómo lo haremos te los daré mañana luego que me vuelva a reunir con el embajador. ¿Qué te parece? -Termino Miguel haciéndole esa pregunta-

Orlando puso su mano en la frente mientras bajaba la cabeza. Todos lo miraban en espera de una respuesta positiva, todos estaban tensos. Cuando el joven levantó la cabeza segundos después, su cara mostraba una gran sonrisa de satisfacción.

Señor Miguel –comenzó a hablar- señora Alicia, Margarita. Siento alegría porque bien desgraciado fuera y mal nacido si no reconociera cuanto amor me rodea, si no supiera dar las gracias, a la vez agradecer tamaño gesto. Creo en Dios, lucho por mi fe religiosa. Quiero mi patria, también lucho por ella porque otra desgracia le ha venido encima. Amo mi familia y lucho porque no quiero verla esclava. También me quiero a mí, también me respeto a mí como quiero y respeto a esos hermanos míos que están presos, sin juicio y mañana pueden fusilar. Ahora también los tengo a ustedes a los que he aprendido a querer en tan poco tiempo –hizo un largo silencio para después continuar- Ahora son ustedes los que me piden abandone todos mis amores, mis principios, mi deber, mi juramento ante los que ya han caído. –Nueva pausa- Lo que más ambiciono para mí, es pisar ese recinto donde ustedes imparten clases. Les suplico no volver a hablar de esto. No pienso abandonar mi país nunca. Gracias de todas formas por darme el amor que quizás no merezco, gracias por vuestra hospitalidad, gracias a ti Margarita a quien quiero y debo tanto.

Orlando, perdona que te interrumpa pero traigo un mensaje para ti, -le dijo Margarita tajante y quizás hasta molesta por la respuesta de Orlando- Roly y el Comandante se van, es más ya están dentro de una embajada. Se fueron sin avisar a nadie, ni tan siquiera a mí que he estado tan cerca de ellos para todo. Es como si la organización fuera a desaparecer porque no se ni quienes van a quedar en el lugar de ellos. Los que hicieron el trabajo contigo semanas atrás fueron detenidos. Parece que a uno de ellos lo van a fusilar por traición aunque ambos eran militares y trabajaban para el DIER por eso dicen que los van a matar además del sabotaje que hicieron. Todo parece indicar que ya saben que participaste con ellos en la acción porque detuvieron a otros que estuvieron en contacto contigo para que participaras. Los detuvieron luego de seguirlos durante varios días en espera que fueran a encontrase contigo. Es por eso que no trataba de comunicarme. Creo que cometí un error en ir a ver a la familia de uno de ellos. Pero así fue como me enteré de que estaban detenidos. Tus padres están muy angustiados en España, aún no han podido ir para estados Unidos. Temen por tu vida pero, si tú salieras del país, para ellos sería un alivio.

El joven detuvo en seco a Margarita. Corrió a una de las ventanas laterales de la casa y trató, sin asomar la cabeza, de mirar hacia abajo, hacia la calle oscura, sólo iluminada por los carros que cruzaban y alguna que otra bombilla que aun tenia focos.

-Orlando, dirigiéndose a Miguel preguntó- ¿Usted dónde se encontró con ella porque supongo que llegaron juntos?

Si –respondió él- nos encontramos en San Lázaro y Hospital, allí la recogí en mi carro y la traje hasta aquí.

Margarita, debes irte cuanto antes y escúchame, esta misma noche desapareces. En cuanto a mí me detengan tú irás detrás y no la vas a pasar muy bien. No me veas más, al menos por un largo tiempo. No trates de localizarme, yo te localizaré a ti. Vete ahora mismo.

Pero y tú, -preguntó ella- ¿Qué vas a hacer?

Eso lo arreglo después. Esta misma noche registrarán este apartamento. Lo importante es que van a esperar a que salgas a ver si voy contigo, cuando vean que no, registrarán este edificio, o este piso del edificio.

Margarita iba a protestar pero Miguel, entendiendo las razones de Orlando, se unió a este pidiéndole a la joven que se marchara en ese momento. El mismo casi la empujó hasta la puerta de salida y al llegar a ella le dijo, no te preocupes por él no le pasará nada te lo aseguro. Cuando lleguen los agentes les diré que viniste a ayudar a mi esposa en lo de la decoración. Vete y adiós.

Miguel cerró la puerta tras la salida de Margarita. Ya Orlando había ido hacia su habitación y recogía toda la ropa de hombre que tenía en su cuarto.

¿Qué haces? - pregunto Miguel-

Ayúdenme a recogerlo todo de aquí. Hay que dejar esta habitación vacía de mi ropa. Póngala en su cuarto con la de usted para que parezca suya, deje esta habitación como la tenían antes de que yo llegara. No puede quedar rastros de mí. Traiga a sus hijas para que les advierta. Yo saldré de aquí en unos minutos.

No muchacho, tú no irás a ninguna parte solo. Yo tengo donde esconderte en este edificio. Estoy convencido que no lo registrarán todo, solo mi piso, pero recuerda que hay muchos pisos más y en uno de ellos tengo a alguien de mucha confianza y al que no registrarán, te lo aseguro.

Alicia -ordenó Miguel a su esposa- ve y coloca algunos cuadros en el piso sobre la alfombra y quita algunas de las cortinas. Trata de sacar cortinas viejas que tienes guardadas y ponlas en la sala.

Betty y Rachel ya se habían unido al grupo mientras, nerviosas, preguntaban qué estaba pasando.

Alicia fue a responderles pero Miguel dijo que lo dejara a él, lo más importante era sacar ya mismo a Orlando del cuarto y llevarlo al otro piso, donde Esteban. Él sabe lo que estoy haciendo desde hace unos días y me pidió que si tenía problemas que contara con él. Tú te llevas a Orlando, yo me quedo aquí con las niñas acondicionando la casa, ellas me encontraran las cortinas viejas. Cuando salgas, cerciórate que no hay nadie en el pasillo y cuando regreses haz lo mismo. Trata a tu regreso, si ves a alguien que aparezca como que quitas algunos cuadros de los que están afuera.

¿Porque no lo llamas antes para decirle que voy? Preguntó ella.

No, el teléfono puede estar cogido. Vas y le dices que ahí le envió el paquete. El entenderá, no te preocupes ni te muestres nerviosa. Le dices que será por una o dos noches.

Alicia obedeció al momento impulsando a Orlando para que la siguiera. Alicia iba delante, salió al pasillo y no sacó al joven de la casa hasta asegurarse que no había nadie. No fue al elevador sino que tomó las escaleras seguida de cerca por el joven. Llegaron al quinto piso donde la señora tocó delicadamente el timbre de la puerta.

Esteban era un hombre relativamente joven, no aparentaba los cuarenta años, sin embargo, para sorpresa de Orlando el que le abrió la puerta estaba en silla de ruedas. Al ver a Alicia, con premura, movió su silla de ruedas hacia atrás cediéndole el paso a la hermosa mujer. El hombre aún no se había percatado de la presencia de Orlando que permanecía a un lado de la puerta.

¿A qué se debe el honor de su visita? -Preguntó Esteban a la vez que la invitaba a tomar asiento.

No gracias, "Potro Salvaje" aquí te dejo el paquete que te envió Miguel y me voy, él dijo que tú entenderías.

Fue entonces que el llamado "Potro Salvaje" descubrió a Orlando que lo miraba de arriba a abajo registrándolo con la mirada aguda que el joven tenía.

Adelante –se apresuró a decir, y tú vete, no te preocupes que él estará bien conmigo. Dile a tu esposo que no me llame para nada que mañana lo veré en el club cuando salgan ustedes del trabajo. Trata de ir tú también.

Alicia se marchó dejando al joven allí parado frente a Esteban. Este cerró la puerta con varias cerraduras que la misma tenía y virándose hacia el joven le dijo, fíjate, no me interesa quien eres, cómo te llamas, que haces, para dónde vas. De ahora en adelante para mí serás el Sr. X. Tan sólo me preocupa la edad que tienes, lo sé porque Miguel me la dijo pero bueno, espero seas un hombrecito y puedas comportarte. -Orlando, sin dejar de oírlo miraba en su derredor. Las paredes del recibidor donde aún permanecían llenas de fotos y en todas aparecía el tal Esteban vestido de verde olivo pero sin grados. Tenía fotos al lado del dictador, junto a Camilo. Había otra en la que aparecía con William Morgan. Había otras muchas con personajes que Orlando no identificaba-

No vas a dormir aquí -continuo el hombre- todos saben que Miguel y yo somos como hermanos. María –llamó el hombre- de inmediato desde el interior del apartamento apareció una señora, finamente vestida con porte distinguido. Si Esteban ¿En qué puedo ayudarte? –Dijo la señora mientras se acercaba- Cortésmente saludó al joven para luego mirar a Esteban en espera de que este le dijera para qué la había llamado.

María quiero lleves al jovencito a tu departamento por dos

o tres días. Quizás antes. A partir de mañana trataré de hacer las gestiones para sacarlo del edificio sin que sea visto. Esto es algo muy serio por lo que debes comportarte a la altura que el caso merece. La señora, sin decir palabras, se dedicaba a apreciar los atributos del joven que compartiría su apartamento.

Esteban calmado continuó. Él es menor de edad, me entiendes, -recalcó- menor de edad. Te lo tienes que llevar ahora mismo y nadie puede saber que él está ahí contigo. No puedes hacerle preguntas ni él a ti, sólo atenderlo como se merece pero nada más. Luego, dirigiéndose a Orlando agregó, –No contestes ninguna pregunta de ella, recuerda que nadie debe saber quién eres ni porqué estás escondiéndote. Si necesitas un arma puedo facilitarte una de las mías.

No gracias –contestó el joven- no la necesito. Además, quiero pedir disculpas y a la vez darle las gracias por lo que está haciendo.

Sihhhh, jovencito no estoy haciendo nada por usted, se trata de Miguel. Después que esto pase usted y yo hablaremos, ahora márchese con ella.

María, ve por las escaleras, no tomes el elevador.

Está bien –contestó la mujer mientras salían- de todas formas es un solo piso arriba.

María era una mujer joven, tenía unos 28 o 30 años de edad. Alta, envuelta en carnes sin aparentar sobre peso; cabellos abundantes, largos y negros caían sobre sus espaldas. De andar delicado, exuberante, hermosa.

A pesar del sofocante día por el que estaba pasando, mientras avanzaba tras la hermosa señora, Orlando pudo apreciar la belleza que cubría a esa mujer que marchaba delante de él.

Llegaron al departamento de ella. De un vistazo Orlando pudo apreciar que posiblemente fuera el más pequeño del edificio.

La señora al entrar lo llevó directamente a una habitación que parecía no haber estado habitada durante mucho tiempo.

Buscó sábanas, almohadas, fundas y un cubre cama.

Orlando preguntó si podía ayudarla pero con un movimiento negativo de la cabeza dijo que no. Es una pena que tenga que hacer esto por mí –continuo el muchacho- estoy perturbando vuestra tranquilidad y hasta la seguridad de mucha gente.

Ella no había vuelto a decir palabra alguna desde que dejó a Esteban pero al fin, volviéndose hacia el muchacho le dijo, lo que Esteban me pida es una orden que cumplo pase lo que pase. No importa lo que sea. Él se merece todo lo que haga por él, además, nunca pide nada. Es muy divertido y, a pesar de su impedimento, nunca está triste. La sonrisa es parte de su personalidad. Si por lo que te estoy diciendo piensas que es algo mío, desde ahora puedo decirte que te equivocas, él es primo hermano de mi exesposo, para mí difunto y desde muy jóvenes, Esteban y yo, nos queremos mucho. Antes, cuando él caminaba bien, salíamos juntos, mi esposo, él con su novia y yo. Todo iba bien hasta que mi esposo y él decidieron marchar a la Sierra Maestra. Luego del triunfo nada volvió a su lugar. Mi esposo salió del país sin decirme nada. Creo que salió ilegal. En definitiva no se ha comunicado conmigo para nada y tampoco con Esteban. Quiero decirte que de este cuarto no puedes salir sin que yo te autorice porque a mí me visita mucha gente y la mayoría son del gobierno. De cualquier manera este cuarto permanece cerrado desde hace más de un año y nadie puede entrar. Acostumbro a tenerlo cerrado con llaves siempre. Ahora tú lo mantendrás así. Tan solo saldrás cuando Esteban o yo te lo digamos. Por la parte mía, no te preocupes pues, casi nunca salgo desde hace algún tiempo si no estoy aquí, estoy en el departamento de Esteban. No te aburrirás porque estaré casi siempre contigo acompañándote.

Mientas hablaba descarriada, había ido arreglando la habitación que el joven habitaría.

¿No has comido verdad? Preguntó la dama.

No, pero no se preocupe pues no tengo hambre, lo que me

apetece es una taza de café bien fuerte.

Enseguida corro a hacértela o mejor, vas conmigo, a estas horas nadie viene. Tengo galleticas las cuales podemos disfrutarlas juntos con el café.

Muy bien dijo Orlando le acompaño en lo del café y las galleticas.

Luego del café el joven se encerró en su cuarto, al principio no podía dormir pensando en todo lo trágico de ese día, Betty, Rachel, la madre de las jóvenes, Margarita y la situación que tendrían en esa casa donde de seguro iría la policía secreta si es que en ese momento no estaban ya registrando la casa.

Orlando no iba a tener noticias de la familia en corto tiempo a pesar de que le hubiese gustado informarse de la suerte de tan buenas personas y sobre todo de Rachel.

Luego de varias noches de estar en casa de María, esta se comenzó a comportar con mucha confianza con el joven; conversaba de todo, se lo contaba casi todo y aunque siempre de día andaba impecablemente vestida, ya en la noche, luego de las ocho, andaba en bata de casa y un poco descuidada como si lo hiciera con intención.

Al quinto día de estar allí estaba desesperado. No sabía de nadie y la señora María nada le informaba de lo que quería saber y tampoco él se atrevía a preguntar por esa familia, era como si no existieran. Ella nunca los mencionaba como si no los conociera a pesar de que vivían a dos pisos de distancia y de que ambas eran amigas íntimas de Esteban.

Aunque ella salía todos los días en la mañana nunca regresaba a la misma hora. A veces estaba dos o tres horas afuera pero otras estaba casi todo el día aunque nunca después de las tres de la tarde, Siempre corría a abrir la puerta de mi cuarto con su llave y no preguntaba si podía pasar si no que entraba apresuradamente.

Orlando no había bajado ropas solo tenía las que llevó puestas el día que salió corriendo de casa de Miguel por lo que tenía que dormir sin ropas para por las noches lavar su ropa interior y ponérselas al día siguiente.

La noche del quinto día cuando ambos se fueron hacia sus habitaciones el joven comenzó a desnudarse para tomar su baño habitual y lavar la ropa interior. Se metió en la ducha pero al rato de estar en ella sintió la puerta del cuarto de baño abrirse. Al principio se asustó un poco pero luego, al descubrir que era ella, tomo su toalla rodeándosela por el cuerpo de la cintura para abajo. ¿Qué pasa? –preguntó-

Nada, no te preocupes solo vine a verte porque no podía dormir y quise conversar un rato contigo. Al decir esto tomó a Orlando de las manos para llevárselo a la cama obligándolo a sentarse en el borde haciendo ella lo mismo a su lado. Fue entonces que el joven descubrió que la bata de la señora estaba abierta y no tenía ropa interior. Orlando, joven, sin experiencia, un poco acobardado ante la exorbitante mujer, no sabía qué hacer.

Ella aprovechando la confusión del muchacho lo empujó hacia atrás en la cama y se posesionó encima de él, sin dejarlo moverse, comenzó entonces a besarlo en lugares claves para exarservar sus instintos sexuales. El joven al principio trató de huir, de quitársela de encima sin querer dañarla, pero ella arremetió con todas sus fuerzas, hasta que el joven se dejó llevar a los instintos y deseos de la hermosa mujer.

Esa noche ella quedó profundamente dormida al lado de Orlando. La luz del baño que permaneció encendida, con la puerta del mismo abierta, mostraba a la mujer con todos sus atributos al descubierto. El joven buscó una sábana para cubrirla y cubrirse él mismo. Para el joven fue una gran experiencia de amor porque con Margarita a pesar de que durante muchas noches durmieron juntos, nunca llego a sentir de la misma manera.

A la mañana siguiente él despertó primero que ella. La estaba rodeando con sus brazos jóvenes pero fuertes. Fue a levantarse pero ella se lo impidió forzándolo a quedar junto a su cuerpo. Nuevamente la aristocrática señora volaba encima de su polluelo para satisfacer sus deseos a la vez que satisfacía los del joven. A partir de ese día todas las noches comenzaron a pasarlas juntos. No hubo más resistencia por parte de Orlando sino, por el contrario, ambos rodaban a cualquier hora del día por la mullida alfombra como dos muchachos jugueteando al amor.

Orlando no sabía nada de Miguel ni de nadie, últimamente María salía poco para pasar más tiempo con su joven entretenimiento. Ya este tenía mucha confianza con la dama como para ir tanteando sobre Esteban primero y después sobre todo lo que deseaba saber. María –le preguntó una noche- llevo aqui en tu piso más de una semana, creo que nueve dias y no he sabido de Esteban nada a pesar de que él me prometió regresar en dos días cuando más, yo me siento bien aquí, pero me gustaría saber de él.

Esteban ha estado muy ocupado, lo estoy viendo poco porque una familia muy amiga suya y mía tuvo problemas. La seguridad del Estado registró el piso de ellos buscando a una personita que se escondia alli, parece que la personita eres tú, y como no la encontraron se lo llevaron detenido a él. Se iban a llevar a la esposa también pero Esteban intervino para que no lo hicieran.

Rápidamente el joven pensó en las dos niñas por las cuales no podía hacer nada y en Alicia.

Me dijiste que Esteban intervino para que no se lo llevaran ¿Quién es Esteban entonces como para tener ese poder y cambiar una decisión de la Seguridad del Estado?

Esteban –dijo la señora- es un alto oficial de la Seguridad Estatal, creo que trabaja para los servicios de inteligencia y es amigo de los principales dirigentes de la revolución; lo que sucede es que no es comunista y en cuanto le den una oportunidad de salir del país, para alguna misión, se fugará a cualquier país democrático para no regresar.

Me dices que ese señor de la silla de ruedas es de los servicios de inteligencia y yo estoy en sus manos.

No te preocupes, te garantizo que no te pasará nada, él es

tan enemigo de esta gente como tú y como yo. Lo que sucede es que por su invalidez él no puede luchar como lo haces tú, te aseguro que él lo hace de otra manera.

Manera que no me interesa saber –contestó rápidamente el joven evitando, de esta forma, que la señora cometiera alguna indiscreción- María quiero salir de aquí, tu puedes ayudarme a hacerlo – le dijo Orlando mientras la apretaba contra su cuerpo–

Estás loco –dijo ella– por nada del mundo lo haría. Primero por ti, luego por Esteban a quien nunca traicionaría y después por Alicia. A ella la quiero mucho y aunque no sabe que estas aquí conmigo, cuando voy al club me habla mucho de ti y de la necesidad de cuidarte, es como si sospechara que estás viviendo en mi piso. Además, Esteban todos los días se preocupa por ti. No quiere ni puede cometer un error que le cueste la vida, es por ello que está esperando para sacarte. Él sabe que el edificio se mantiene vigilado a pesar de estar los del gobierno seguros de que no estás aquí.

A Miguel lo soltaron luego de interrogarlo acerca de Margarita. Dice que en ningún momento le preguntaron por ti pero que el notaba que lo hacían con toda intención. Era obvio que te buscaban.

¿Ahora dime tú cuando salgas de aquí que vas a hacer? Puedo hacerte una invitación especial, si te metes en la embajada te garantizo que sales de ahí enseguida, y nos vamos para España. Yo realmente nací en España aunque vine desde muy chica para acá. Viajo mucho a mi país y económicamente estoy muy bien allá, tengo propiedades y un buen negocio junto con mi padre quien, desde antes del triunfo de la revolución, se fue a vivir a Madrid, y nos ha ido bien. Yo sé que Miguel ya habló contigo acerca de esa posibilidad y te negaste, pero ahora que tú y yo estamos relacionados íntimamente.

El joven no dejo que María terminara

Estamos relacionados íntima, pero te faltó decir y momentáneamente. Juntos hemos satisfecho necesidades fisiológicas pero no hemos hablado de esto nunca. Comenzamos y nada se ha hablado. ¿Tú crees que haya amor entre tú y yo? Cuando salgas del país y veas a tu esposo, si lo encuentras, vas a correr tras de él. Además soy un ser muy inquieto cuando tú, por el contrario, eres calmada.

Eres injusto -se defendió María- No podemos hablar de amor porque sería inapropiado de mi parte. Tú bien podías ser mi hijo, te doblo la edad y sí, yo sé que tú no hablarías de amor pero yo sí, me he ilusionado contigo y tanto, que soy capaz de cualquier cosa por no dejarte. Quizás no sea amor, llámale como quieras llamarle, pero te siento como si toda la vida hubiera estado contigo, nunca sentí así con ese que llamas mi esposo, pero que en realidad ya no lo es, no existe en vida y menos en mi corazón, Yo no te he hablado de lo que te quiero porque se dónde estoy parada y conozco tu respuesta pero quiero demostrarte lo que siento, no con palabras. Vámonos de este país. -Orlando nuevamente no la dejo continuar, puso su dedo índice en los labios de la hermosa mujer obligándola al silencio-

María, dices cosas ciertas y otras que no lo son. No voy a discutir nada de eso contigo lo único que quiero advertirte, para que después no digas que te mentí, de este país no me voy por mucho que me ofrezcas, por todo el amor del mundo, no pienso traicionar mis ideales ni a nuestros mártires. Te estoy diciendo a ti lo mismo que dije a mis padres cuando salían del país, lo que dije a mis amigos y lo que siempre digo a quienes tratan de sacarme de Cuba. Tengo muchos hermanos de lucha en la prisión y tampoco los voy a abandonar.

Unos golpes en la puerta hicieron que María corriera a abrir, no sin antes mirar afuera a pesar de que el toque era bien conocido por ella. Al abrir apareció la figura de Esteban en su silla de ruedas quien entró sin formulismos, llevando sobre sus piernas una enorme bolsa de papel.

¿Dónde está Orlando? –preguntó-

En su habitación debe estar -dijo ella mientras intentaba

arreglarse el cabello-

Esteban tocó suavemente en la puerta del joven que permanecía entre abierta.

Adelante se le oyó decir a Orlando.

Esteban saludó al joven con un estrechón de manos a la vez que le decía.

Lo siento Orlando, no había podido sacarte como te prometí, pero ya para mañana saldrás. A las cinco de la mañana María bajará contigo hasta el sótano del edificio donde está la puerta de acceso de los empleados. Como será domingo el único que vendrá lo hará tarde como de costumbre. Tendré mi carro parqueado en la puerta de salida. Te montarás en la parte trasera del coche acostado en el piso. Por mi parte te pondré unas cajas cerradas pero que están vacías para si alguien mira dentro que vean las cajas y no a ti. Estoy convencido de que ya no hay vigilancia alguna, supongo que le han dejado ese trabajo a algún empleado que es informante. Quiero recojas todo lo tuyo. Aquí no puede quedar nada que sea de hombre, ni tan siquiera olor a perfume. Ahí te traje la que tenías en la planta de los Albornás. Orlando, casi sin dejar que el hombre terminara, le dijo mirándolo a los ojos.

¿Pudiera ver a los Albornas antes de irme y pudiera saber a dónde me lleva?

En cuanto a ver a los Albornas, ellos tambien quieren verte y para ello nos han invitado a cenar y digo nos han invitado porque María y yo también estaremos en la cena. Ya les informé que estabas en casa de María escondido. No se a donde irás muchacho -dijo Esteban con disgusto- Si por mi fuera te dejaba aqui pero al parecer hay otras personas que te necesitan fuera de estas paredes, es como si te invitaran a la muerte porque no dejan de molestar a Miguel. Creo que tu mejor camino sería la embajada pero, debemos respetar lo que has decidido. Te dejaré en un lugar en las afueras de la Habana donde te estarán esperando –Se hizo un profundo silencio-

Ahora son las seis de la tarde -prosiguió Esteban- a las ocho pasaré a recogerlos para juntos bajar al piso de ellos. Estén preparados. Esta bolsa que traigo es la ropa de Orlando, por favor no olviden traerlo todo a las cinco, recuerda María no puedes dejar nada de él aquí.

Diciendo esto Esteban avanzaba en su silla de ruedas rumbo a la puerta. María marchó tras él para cerrarla.

Si la cara de Orlando denotaba tristeza, la de Maria no tenía descripción. Toda su naturaleza juvenil y fuerte se habia derrumbado en unos minutos. Corrió hacia Orlando para abrazarlo mientras gruesas gotas de lágrimas salian de sus ojos. Tengo miedo, Orlando, tengo mucho miedo. Te van a matar cuando estés fuera de aquí. No quiero perderte, no, por favor, di que te vas a quedar con nosotros, conmigo nunca te pasará nada. Te quiero, te quiero demasiado como para cruzarme de brazos. Maria lloraba en los brazos del joven a la vez que hablaba con desespero. Todo su cuerpo parecía temblar cuando con decisión, separando al joven de su lado, dijo. Me voy contigo para donde vayas, no me voy de Cuba, lo que a ti te suceda también me sucederá a mí. ¡No voy a dejarte! ¿Me oyes? ¡No voy a dejarte!

Orlando volvió a abrazarla conmovido, un nudo en su garganta a penas le permitía hablar, estaba realmente impresionado con el sufrimiento de la hermosa mujer que tenía asida en sus brazos.

No María, no, —comenzó a decir- es imposible que vayas conmigo. Tengo que vivir escondido y a penas hay lugares para alojar una persona, dos es un imposible. Además no voy a permitir que arruines tu vida. Yo también he aprendido a quererte. No te hablo de amor porque sería falso es, no se como decirte pero te garantizo que no es amor y créeme siento que en tí sucede lo mismo. Piensa que puede haber confusión de sentimientos. Es mejor separarnos ahora, y después de que estemos distanciados, sin en realidad nos amamos nos juntaremos, te lo prometo. Ahora es necesario hacer esa prueba para dejar que el tiempo decida por los dos.

Se tu número de teléfono. Prometo llamarte en 30 días a partir de mañana.

¡No –gritó ella- tienes que llamarme todos los días, necesito oírte y saber que estás bien y nos veremos en algun lugar de cuando en vez para poder tocarte y sentirte mío! ¡Mío!

María piensa, eso es imposible. Te llamaré como te dije y tendrás la paciencia de esperar.

Ahora ve a arreglarte, limpia tus ojos y vuelve a ser tú que pronto tendremos que salir al piso de Miguel, por mi parte comenzaré a recoger mis cosas como dijo Esteban para llevarlas. Créeme que en esta forma de vida serán un estorbo pero no queda más remedio que cargarlas y ver que hago luego con ellas.

María salió de la habitación con paso lento, cansado, sin dejar de llorar, mientras el joven, sinceramente conmovido, comenzaba a recoger sus cosas.

Exacto a las ocho, cuando el viejo reloj de pared daba las ocho PM el timbre de la puerta sonaba. María, sin apresurarse abrió para dejar pasar a Esteban que, de cuello y corbata, comenzaba a apresurarlos. Vamos –dijo- Nos esperan. María, que guapa te has puesto, estas bellísima, ese vestido te hace lucir de 20 años y no te lo digo por alagarte sino porque es cierto. De todas formas eres muy hermosa. Necesitas volverte a casar, el hombre que te lleve, estoy convencido, va a ser muy feliz porque tú eres todo corazón, inteligencia y belleza.

El tono de voz de Esteban era más alto que de costumbre, hablaba diferente sin que fuera su costumbre, al parecer con intención de que alguien más que María le oyera.

Orlando, con la puerta de su habitación a medio abrir, escuchaba. Después de ella haber salido llorando el joven no había vuelto a verla. Fue saliendo lentamente del cuarto dibujando en su rostro una amplia y sincera sonrisa. Una vez cerca se detuvo para admirar a María. A pesar de que trató de disimularlo no logró evitar que sus ojos se abrieran y de su boca desapareciera la sonrisa para quedarse como hipnotizado admirando la mujer que tenía delante. María ¡que hermosa estas! -atinó a decir, mientras abría los ojos deslumbrado-

Ella no contestó, un atisbo de sonrisa apareció en sus labios a la vez que sus ojos se ponían brillosos. Hizo fuerzas para no llorar delante de ambos hombres.

Esteban observaba, como adivinando lo que la pareja sentía y el abismo que los podía dividir.

El joven saludó a Esteban con efusión. En sus adentros estaba seguro de que ese hombre en esa silla de ruedas era un gran conspirador a pesar de que militaba dentro del gobierno, tal vez en inteligencia.

Vámonos -dijo el hombre, desde su silla de ruedas- nos esperan.

Cuando tocaron el timbre en la casa de los Albornás, el último en entrar fue Orlando. Miguel había abierto la puerta y dentro, la familia, de pie, formando una especie de semicírculo, esperaba los invitados. Entre besos y abrazos saludaron a María y a Esteban, sin embargo con Orlando todo fue emoción y alegría. Después de saludar a Miguel y su esposa se dirigió donde Betty, quien lo abrazó fuertemente a la vez que un ligero temblor recorría todo su cuerpo. Para Orlando no fue desapercibido. Cuando llegó junto a Rachel sintió como si sus piernas se ablandaran, fue entonces él quien tembló mientras su corazón aceleraba su ritmo. Cuán grande sorpresa llevó cuando la muchacha, en lugar de abrazarlo o saludarlo, salió envuelta en lágrimas corriendo hacia su habitación encerrándose en ella.

Para Miguel, padre de la joven, no fue sorpresa porque Alicia lo había puesto al tanto de los sentimientos de ambos jóvenes. La madre de la muchacha fue tras ella para hablarle mientras María, verdaderamente sorprendida y celosa, abría su boca quedando perpleja. Esto nunca lo hubiera imaginado –se dijo a si misma-

Miguel al ver la cara de Orlando y su postura de asombro

salió en su ayuda diciendo. No te preocupes, dentro de un rato se le pasará y estará aquí con nosotros. Así es de intenso el corazón de ustedes los jóvenes; vamos a sentarnos a tomar un té en lo que nos avisan para la cena. ¿Cómo has estado y que tal te ha tratado nuestra amiga María? Miguel avanzaba con el brazo puesto por encima del hombro de Orlando mientras continuaba hablando; tras él, Esteban, Betty y María quien estupefacta, no se atrevía a decir palabra alguna.

Betty fue en dirección a la cocina en busca de la bandeja que contenía la tetera, azúcar y siete tazas ya listas para ser usadas. La muchachita fue a servir pero María, sobreponiéndose a su estupor, la detuvo para dedicarse resuelta a esa faena. El centro de la conversación fue la salida del joven a la mañana siguiente y la seguridad del mismo. Miguel hizo un segundo intento para lograr que el joven decidiera meterse en una embajada pero este pidió de favor que no tocaran ese tema, les prometió que si más adelante lo creía necesario trataría de contactarlos para que lo ayudaran si todavía era posible.

Orlando, por su parte, anotó las direcciones de ellos, en clave, como si fuera una dirección del país. Cuestionó a Miguel sobre su estancia en el departamento de Seguridad del Estado y de cómo lo habían tratado, a pesar de que ya sabía a través de Esteban.

Cerca de media hora estuvieron charlando sin que apareciera Alicia con su hija. Orlando se impacientaba, pero trataba de disimularlo aunque no podía evitar, de cuando en vez, mirar en dirección al interior de la vivienda. Sus ojos brillaron cuando vio aparecer a la mamá de la joven quien, al entrar dijo, en unos minutos ella estará aquí con nosotros, mejor voy en busca de la cena.

No, -dijo su esposo- siéntate un rato para que disfrutes tú té y luego cenamos, no hay apuro. Al rato de sentarse apareció Rachel. Minutos antes vestía ropa deportiva más ahora, apareció como si fuera a una fiesta de gala, hermosamente vestida impregnando el lugar con su belleza. En general todos tuvieron exclamaciones acerca de la belleza de la jovencita, incluyendo María quien, con su fino olfato, adivinó los celos que embargaron a Rachel cuando ella apareció en compañía de Orlando. Ambas mujeres, la una sin experiencia, tan solo con su instinto femenino que la hacía estar desvelada noches enteras a pesar de que desconocía que su amado estaba en un lugar muy cercano a ella en compañía de otra mujer también muy hermosa. Cuando lo vio llegar al lado de su madrina, todo le vino de golpe a la mente y esto la hizo correr furiosa, a refugiarse en su cuarto.

La otra, María, acompañada de más experiencia y libertad de acción, comenzaba una silenciosa pelea por el joven, batalla que por suerte para ambas tan sólo duraría unas horas pero en la que María, por su libertad de acción, saldría ganadora.

Rachel fue directo donde Orlando y luego de posar un beso en la mejilla de este, pidió, en voz alta, disculpas a todos por su actitud impropia, después se dirigió donde Esteban y María para besarlos.

Orlando estaba mudo, no sabía que decir ni hacer. Se sentía temblar a pesar de que trataba de dominarse, máxime cuando era constantemente observado por la mirada inquisitiva de María.

Rachel se sentó junto a Orlando tomando sus manos para preguntarle en voz muy baja para que los demás no la oyeran ¿Me disculpas, verdad? El joven asintió apenado porque sabía que todos observaban la escena y además porque Michel había notado el temblor y la frialdad de sus manos. No te preocupes, -continuó ella- mi padre sabe que te quiero y estuvo hablando conmigo. No voy a ser un obstáculo para ti, luego que comamos iremos a platicar a solas y luego nos acompañará Betty pues también quiere hablarte. Nos pusimos ambas de acuerdo junto a mi mamá, quien nos ayudó a pensar y poner las cosas en un orden inteligente.

Está bien –contestó el joven aliviado a medida que se recuperaba y volvía a ser dueño de sí mismo-

Esteban interrumpió de pronto las conversaciones de cuantos hablaban para anunciar la muy pronta salida de la familia Albornás. Al decir esto, se dirigió a Miguel para decirle que al día siguiente pasara por las oficinas de inmigración para que recogiera unos papeles que según me dijeron, ya estaban listos. Creo que en un par de semanas pueden salir; todo está arreglado, lo demás depende de ustedes.

En el rostro de todos los presentes, quienes esperaban la noticia, no hubo asomo de alegría, por el contrario, dejó en la mesa junto a las tazas vacías de té, un cúmulo de tristeza que los llevaba al silencio.

Alicia levantándose de su silla dijo, me voy a la cocina, es tarde y debemos servir la comida, María incorporándose la siguió, al igual que Betty. Allí quedaron los tres hombres y Rachel junto a Orlando.

Orlando, mientras mi mamá lleva la comida al comedor vamos a mi cuarto que quiero enseñarte algo y así podemos hablar.

Orlando, sin decir palabras miro a Miguel quien con un movimiento de cabeza le indicó que acompañara a su hija.

Permiso -dijo el joven al momento de levantarse mientras era tomado por las manos de Rachel quien tiraba de él obligándolo a apurarse-

Entraron a la habitación de la joven casi corriendo. Ella cerró la puerta con fuerza y pasó el cerrojo para asegurarse de que nadie entrara a interrumpir su charla. Luego, para sorpresa del joven, se acercó a él depositando un simple y cálido beso en sus labios. Nuevamente los nervios del joven comenzaban a traicionarlo. Hubiera deseado prolongar ese beso y hacerlo más profundo pero se contuvo, solo atinó a atraerla hacia él y abrazarla. Largos minutos fueron testigos mudos de aquel respetuoso abrazo de amor, cuando se separaron, Rachel comenzó a decir con voz nerviosa.

Ya oíste que muy pronto salimos del país para no regresar mientras los comunistas estén gobernando. No soy feliz de marcharme ni lo seré en España mientras estés metido tú aquí en mi corazón. Si me pides que me quede te aseguro que lo haré para estar junto a ti en todas tus cosas. -Orlando fue a responder pero ella se lo impidió poniendo sus manos en los labios del joven- No sé lo que vas a decir pero es mi obligación sacar de mis adentros todo lo que siento y quiero. Por eso necesito me escuches. Mi mamá nos apoya en todo, no quiere ir contra mi destino y decisiones. Sí piensa que es una locura que me quede aquí contigo como también piensa que tú debes irte lo antes posible y que esa sería lo mejor para ambos pues nos casarían en España. Le pregunté a mami si ella creía que tú estabas enamorado de mí, contestándome que lo veía en tus ojos pero que aún eras muy joven como para conocer la intensidad del amor. También me dijo que el amor rompe todas las barreras y si tú me quieres harás lo imposible por encontrarte conmigo donde quiera que yo vaya, salvo que tu amor por Cuba y tus ideales sean más fuertes que todo.

Rachel No dejaba de hablar, a veces se detenía unos segundos como para tomar aire o pensar pero luego continuaba sin dar oportunidad al joven a abrir la boca.

Esa es la opinión de mami y la respeto –continuo Rachel- Yo siento que me quieres, en tu mirada, tus temblores cuando me acerco, el sudor y frialdad de tus manos, el latir continuo y acelerado de tu corazón. Son las mismas cosas que suceden dentro de mí y no puedo controlar –al decir esto se acercó al jovencito para en tono muy dulce confesarle- estuve leyendo algo que dejaste escrito dentro de uno de los libros de poesías que estabas leyendo antes de irte de aquí. No se si es algo tuyo pero me gustó y lo aprendí de memoria, déjame decírtelo.

Cuando tu dedo tan leve
se posa en la mano mía,
que borbotón de alegría
a mi garganta se atreve.
Que raíz profunda mueve

la noche de tu mirada
que siento el alma quebrada
por una esperanza bruna,
como si un rayo de luna
se hundiera en el agua helada.

Al terminar cayó en los brazos del joven que comenzó a besarla apasionadamente a la vez que se fundían en un abrazo. La voz de Alicia llamándoles al comedor los sacó del romántico ensueño. Se apresuraron en salir rumbo al comedor donde ya estaban todos reunidos.

Lo siento –dijo Orlando- tuvieron que esperar por nosotros.

No, -respondió Alicia- terminamos recientemente, la comida tuvimos que calentarla un poquito y por eso nos demoramos, así que no te preocupes.

Orlando notó que sobre la mesa habían colocado estupendas botellas de vino y copas.

Miguel, a la vez que descorchaba la primera y llenaba las copas, comenzó a decir. Hoy vamos a brindar mi esposa y yo junto a ustedes porque, gracias a Dios, nos ha llegado el hijo varón que tanto hemos añorado; si alguien está pensando que Alicia, mi esposa, está embarazada, se equivocan, me refiero a Orlando quien ha venido a formar parte de la familia y a quien recibimos como el hijo que nos faltaba. ¡Bridemos, Alicia querida! Brindemos todos porque Orlando se una muy pronto a nosotros y venga a formar parte de esta familia. -La pareja y sus acompañantes hicieron tronar las copas en el aire a la vez que decían ¡¡Brindemos!! Miguel, rellenado las copas, se dirigió nuevamente a todos, ahora brindemos por Orlando, por la libertad de Cuba, por nuestro viaje y la felicidad de todos los presentes ¡¡¡Brindemos!!! Dijeron a coro a la vez que ingerían el delicioso vino que Miguel, celosamente había guardado desde hacía años. Al terminar el brindis y luego de que Esteban admitiera la calidad de la bebida, procedieron a orar y dar gracias al Señor-

A pesar de que mientras comían, hablaron poco, a María no se le oyó decir nada. Se mantuvo casi todo el tiempo con la cabeza inclinada como no queriendo ver. Frente a ella Orlando, quien de vez en cuando la miraba con tristeza, pensaba en cuanto estaba sufriendo en esos momentos, después de descubrir que Rachel, su ahijada, estaba enamorada de él. Esa noche también descubrió Orlando que María era la madrina de la jovencita cuando al saludarla la llamó madrina y no por su nombre.

Cuando fueron a servir los postres Rachel quiso llevarse al joven pero Miguel la contuvo para que Orlando disfrutara del flan de tres leches confeccionado por su esposa que, a su entender, decía, era la mejor repostera que había.

Una vez solos en la habitación de ella, Orlando, sin dejar que lo interrumpiera comenzó a prometerle a la joven, sin darle esperanzas de un futuro próximo, de que intentaría reunirse con ella en el extranjero en el caso que decidiera algún día abandonar el país. Te digo esto a la vez que aclaro que dentro de mis planes mediatos no está contemplada esa posibilidad. –Le dijo, para continuar- Si te quiero, no sabía lo que era amar hasta el momento de haberte descubierto, no obstante, realmente pienso no eres para mí. No tengo ningún derecho a arruinar tu vida ni aquí ni allá porque donde quiera que esté voy a continuar luchando. Tú debes pensar que nunca he existido, que todo ha sido un sueño como trataré de hacerlo. Debes acostumbrarte a la idea de que cuando salga por esa puerta no me veras más. Si algún día nos encontramos entonces podremos decir que si éramos el uno para el otro. Dejémoslo al tiempo y a Dios.

-En los ojos de Rachel comenzaron a brillar dos lágrimas. Se acercó al joven, lo atrajo hacia ella para decirle muy quedo, al oído- Me estás hablando con las mismas palabras de mi madre. Mi despedida va a darse ahora porque quiero converses con mi hermana. Ella me lo pidió. Este será mi último beso y con él te entrego mi corazón y toda mi vida si me lo pides. -Al decir esto, ambos jóvenes unieron sus labios ardorosamente. Fue un beso largo, interrumpido de pronto por unos fuertes golpes en la puerta y el reclamo de Betty para que le abrieran. Michel, asustada corrió a abrirle con los ojos bañados en lágrimas. Betty fue a preguntarle algo pero la jovencita, sin hacerle caso, corrió hacia el interior del piso donde vivian. Orlando quedó plantado en medio de la habitación mientras Betty, en la puerta, no se decidía a pronunciar palabra alguna.

Al darse cuenta el joven del embarazo de Betty la saludó cortésmente mientras caminaba rumbo a la puerta para salir de la habitación de Rachel. Acompañado por Betty fueron a alojarse a la biblioteca donde la muchachita comenzó a pedirle perdón por lo que había hecho semanas atrás.

Fue una locura mía –le dijo- no sabía lo que estaba haciendo. Estuve a punto de cometer un disparate pero gracias a que eres un caballero nada sucedió.

Betty, no quiero hablar de eso –dijo el joven tratando de pararla- Es algo que pertenece al pasado y está olvidado por los dos.

Si, es algo que debemos olvidar – respondió ella- pero me sería imposible olvidarlo sin pedirte me perdones, lo mismo que hice con mi hermana. Ella te ama y tú a ella, debes tratar de hacer algo. Los dos van a sufrir, es más, ya están sufriendo y aunque dice mi madre que eso pasa con el tiempo, ustedes hacen una bonita pareja y yo viviría siempre enganchada de ustedes dos yendo a todas partes, conociendo España. ¿Verdad Orlando? ¿Verdad que te vas a juntar con nosotros y vas a hacer feliz a mi hermana?

Betty, tu hermana nunca va a poder ser feliz a mi lado. Si tanto la quieres y si tanto deseas su felicidad haz lo mismo que yo acabo de hacer. Rompe con este pasado. Hay que dejarlo al tiempo y a Dios. Conmigo ella va a sufrir y yo no lo soportaría. Vivo entregado a una causa y donde quiera que esté voy a seguir ligado a lo que ya se ha hecho mi razón de ser. Tú la ayudarás a olvidarme y por mi parte ya sabré como sacarla de aquí –al decir esto el joven se golpeaba el corazón. Mientras Orlando hablaba con la muchacha, la familia se había ido acercando a los jóvenes pero ambos, entretenidos, no los sintió venir ni los vieron porque estaban de espaldas. Miguel había escuchado una gran parte de la conversación.

Cuando Miguel comenzó a hablar, Orlando dio un salto en la silla, no se sintió asustado pero sí sorprendido por la sorpresa de saber que Miguel estaba detrás de él.

Que buena plática –comenzó Miguel- Te admiro Orlando por muchas razones. Tu juventud no te doblega, ni se inclina ante los perjuicios. Tampoco se entrega a los fuertes latidos del corazón. Eres como he soñado un hijo macho, ¡Todo un hombre! Siento orgullo que mis hijas se hayan fijado en ti. Te digo mis hijas porque hasta la más chica lo hizo a su intrépida manera. Ahora mismo diera lo que no tengo, diera hasta mi vida porque te casaras con Rachel. A pesar de que la intrépida es Betty, la modelo, la fiel, la cariñosa es Rachel. Como padre deseo que te vayas de este país, como combatiente, como cubano, creo que no titubearía en hacer lo mismo que tú. De nuevo, te admiro y felicito. Siempre podrás contar conmigo para lo que quieras. Ahora deben irse porque es demasiado tarde y no sabemos lo que les espera el día de mañana. Quiero que descanses y pienses, antes que sea demasiado tarde, donde pudieras ser más importante, si aquí donde te están persiguiendo y casi no puedes moverte, o fuera de Cuba, desde donde pudieras continuar la lucha. No quiero me contestes ahora, tan solo piénsalo y más adelante, antes que salgamos de este país, si cambias de opinión, déjame saber.

Orlando se puso de pie para abrazar al hombre que se le ofrecía como padre, como protector y hasta como suegro. Detrás, su esposa Alicia, con dos brillantes lágrimas en los ojos, se acercaba al joven para también abrazarlo a modo de despedida. Las pupilas de Orlando estaban húmedas a pesar de su esfuerzo por no mostrarlo.

Esteban intervino en la escena luego de ver que Betty participaba de esa unión y quien también lloraba.

Si la escena no cambia terminaré por unirme a ese coro de lágrimas -Dijo en tono de jarana- Creo es hora de llevarme al joven. Un día, Dios los unió, ahora los separa, esos son los misterios por los que debemos pasar y ese es el destino. Como mi destino será el levantarme a las cinco de la mañana para llevar al joven y son casi la una de la madrugada. María debe estar por el tercer sueño porque se fue temprano y nosotros seguimos aquí hablando.

Orlando pidió permiso para despedirse de Rachel pero Alicia dijo que sería mejor que no lo hiciera. Es mejor que no Orlando, -dijo la señora- le di algo para que se durmiera. Está muy nerviosa y como dijo Esteban, dejémoslo todo al Señor que todo lo puede.

Cuando tocaron el timbre en el departamento de María, esta abrió como si hubiera estado detrás de la puerta. La hermosa mujer subió antes para ir empaquetando las cosas que se iban a llevar. Todos los reunidos en la casa, cuando Orlando se fue a hablar con Rachel, cambiaron los planes a espaldas de Orlando, del sitio donde lo iban a dejar.

Esteban les recordó lo que debían hacer y donde estar a las cinco. No quiso entrar al apartamento de María, y sin decir nada más se marchó.

María estaba en bata de casa, descalza, con el pelo suelto. Cuando cerró la puerta tras ella, le pidió a Orlando que no dijera nada, prefería no oír ningún comentario acerca de lo visto por ella en la casa de los Albornás, lo cogió por una mano y se lo llevó a su cuarto. Todo estaba en orden. La ropa que decidieron llevarse las colocó en bolsas grandes de papel y no en maletas para no llamar la atención. Pero para sorpresa del joven la mujer había preparado otra bolsa con atuendos de ella.

¿Para qué tienes estas cosas tuyas recogidas junto a las mías? –Preguntó Orlando-

Porque yo también me iré. Estoy convencida de que tú solo corres más riesgo que si vas acompañado de una mujer.

No -dijo el joven con desesperación- tú no puedes hacerme eso ni debes por el bien tuyo. No sabes hasta donde estoy metido en esto y la vida peligrosa que llevo. Tú serías para mí un problema.

Oiga jovencito – respondió ella con fuerza- No me conoces, no conoces a ninguna de las personas que te rodean. Si tú no te quedas en mi casa ahora, es por Esteban. No te imaginas quien es él, ni ninguno de nosotros. Para que entiendas algo, todos fuimos militantes del 26 de Julio y todos jugábamos al duro. Personalmente formé parte de algunos de los grupos que trabajaban en acción y sabotajes, se andar con explosivos tanto como tú y me he jugado la vida acompañando a otros en distintas misiones como no puedes imaginar. Esteban es un alto oficial del gobierno y todos saben que él y yo somos uno por su relación con mi ex-esposo.

¿Son familia ellos verdad? –Preguntó Orlando-

Si, son primos hermanos por parte de padre, se criaron juntos desde pequeños y se quieren mucho.

Que sucedió que anda en silla de ruedas

Fue un accidente en la Unión Soviética. Pasaba un entrenamiento de inteligencia y este abarcaba el montaje y desmontaje de explosivos. Un error técnico del entrenador cuando hacían una prueba de no sé qué. El entrenador resultó muerto junto a otros pero él estaba un poco más lejos. Pasó varios días inconsciente. Le sacaron del cuerpo muchas pequeñas esquirlas de metal. Aún le quedan algunas que no pueden sacarlas porque sería peligroso. Muchas de esas esquirlas afectaron ciertos nervios de la columna vertebral y de ahí su invalidez.

Tengo entendido que tiene un auto, ¿cómo puede manejarlo?

Regularmente no maneja, tiene un oficial del ejército que es su chofer. Este lo recoge frente al edificio, lo ayuda a sentarse en el carro, o a bajarse, cargándolo, pero su carro está preparado para que él lo dirija pues tiene frenos de mano además de los pedales. El auto vino preparado de Alemania Occidental.

¿Él debe saber dónde está tu esposo? -Preguntó de nuevo

Orlando-

No lo dudo, pero ambos son una tumba. Nunca me dirá nada si no le dicen que me diga. Pero quiero rectificarte que si fuera mi esposo no me hubiera acostado contigo. ¡El ya no es mi esposo! No solo porque me abandonó sin decir nada sino porque no lo quiero. Le tengo el mismo cariño que a Esteban y eso no es amor. Me desilusioné porque después del triunfo de la Revolución cambió mucho para conmigo. Descubrí que me engañaba.

Orlando no quiso saber más por lo que cambió el ritmo de la conversación.

Todo eso está bien pero no puedes venir conmigo. Yo no sé dónde iré a parar cuando salga de aquí. Tengo entendido que los que dirigen la organización, en la cual luchaba hasta hace poco tiempo, se han refugiado en una embajada.

Tú no lo sabes –dijo María- pero yo si se dónde irás a parar. En ese lugar no podrás estar solo. Así que tendrás que soportarme. Orlando -continuó la joven- en principio no iba a ir pero cuando te fuiste a conversar con Rachel, Miguel Esteban, Alicia y yo acordamos en que te debía acompañar. Vamos a un lugar seguro, es una finca pequeñita en las inmediaciones de la Habana.

¿Tú conoces a los que viven allí? - Preguntó el joven-

Si, los conozco muy bien porque el lugar es mío, o más bien de mis padres. Es una casa pequeña pero que nadie conoce.   Era el refugio de papá y mamá cuando estaban cansados y querían huir del bullicio de esta ciudad. Acostumbro a ir cada cierto tiempo. A veces me paso un mes allá para dedicarme a la lectura y huir un poco de tantas personas que me visitan. Allí te irá a ver la persona que ha quedado al frente de la organización.

¿Y cómo tú sabes eso? -Preguntó con preocupación Orlando-

No me hagas más preguntas. Ya te he dicho bastante. Vamos a acostarnos que no tenemos mucho tiempo para dormir. Son casi las tres de la madrugada y a las cinco nos vamos.

Orlando comenzó a desvestirse desabotonando su camisa, pensó que iba a salir de la habitación para no estar con él luego de haber visto horas antes lo de Rachel y él. Su sorpresa fue grande cundo ella, en lugar de salir corrió la blanca sábana que cubría la cama para meterse debajo.

¿Vas a dormir aquí? –Preguntó el joven–

No creo que tengamos mucho tiempo para dormir. Ven, acuéstate. –contestó ella–

Orlando y María estaban como quedaron con Esteban, a las cinco de la mañana en la puerta de salida del sótano del edificio. El hombre de la silla de ruedas los esperaba en su oldsmobile deportivo. Rápidamente el joven se acostó en el piso de la parte trasera del carro mientras María se apuró en cubrirlo con las cajas que habían preparado. Luego ella fue a sentarse al lado de Esteban quien salió del parqueo como acostumbraba para no llamar la atención. Cogieron rumbo al túnel de la Habana. Luego de salir del túnel le dijeron a Orlando que podía levantarse. Este obedeció de inmediato despejando las cajas que tenía encima. Permanecía callado a pesar de que María trató de darle conversación.

¿Estás preocupado por algo? –Preguntó Esteban–

Sí, me preocupa María, el hecho de que ella esté junto a mí me limitará en mis movimientos. No quiero sentirme atado. Además va a ser una responsabilidad más.

Te equivocas muchacho, -dijo Esteban- No la conoces bien. Te garantizo que trajo más libros para leer que ropas para vestir. Vas a tener libertad de movimientos. Podrás entrar y salir libremente sin necesidad de que te acompañe o que te dé permiso. Eso está hablado y aceptado por ella. De todas maneras mañana tendrás la visita de Javier. Él es la persona a cargo de los grupos de acción después que Rolando se metió en la embajada. Además, personalmente estaré al tanto de ti a petición de la familia Albornás.

¿Nunca más los volveré a ver, cierto? -preguntó el joven pensando en Rachel-

No, mientras estés en este país, pero si decides irte va a ser distinto.

Luego de dar algunas vueltas al fin llegaron. El lugar era una pequeña finca rodeada de árboles de mangos, aguacates, mamoncillos, anón, limones, naranjas dulces y agrias, caimitos etc. Al frente un jardín bien cuidado con dos palmeras enanas a cada lado y dos o tres matas de coco al costado de la casa.

La construcción era de bloques y el piso del portal de mosaicos. No había lujo aunque sí calidad, orden y buen gusto.

María y Orlando bajaron del auto, sacaron sus cargas y las llevaron hasta el portal de la casa. Orlando preguntó a Esteban si quería que lo ayudara a bajar pero este, con una ligera sonrisa, se negó diciendo que no había traído su silla de ruedas.

Quedaron solos María y el joven. Por su parte Orlando respiraba aire libre. Pasó casi dos meses encerrado sin salir y desconectado de su mundo. Ahora volvería a reanudar sus contactos y así se lo expresó a María en los momentos que ella abría la puerta para entrar.

-María, sonriente, contestó- aún no hemos entrado y ya quieres marcharte. Te entiendo pero debes esperar a Javier, él vendrá a verte mañana.

No sé quién es el tal Javier y se supone que si ocupa ese cargo yo lo debí conocer en algún momento.

Tampoco lo conozco -respondió María- nunca lo he visto. A este personaje no puedes mencionarle el nombre de Esteban para nada, él no lo conoce ni puede conocerlo.

Yo no menciono nunca nombre de nadie –protestó Orlando mientras empujaba hacia dentro de la casa las bolsas que contenían el equipaje de ambos-

Si no lo has visto, ¿por qué sabe de esta dirección?

Porque se le dijo a Margarita que tú ibas a rentar una habitación en un lugar cerca de la playa de Guanabo. Yo no sé quién es Margarita –continuó María- pero ella se las arregló para saber de ti con Miguel Albornás y este le dijo donde ibas a estar y la dirección del lugar ya que ella insistía en que de todas formas alguien de confianza debía hablar contigo. Es un tal Javier y vendrá mañana en la tarde.

Luego de responderle las preguntas al joven, María fue derecho a la cocina a preparar café. Amanecía y ambos se morían de sueño por haber pasado la noche despiertos. Ninguno de los dos quiso dormir la noche anterior.

Cual será mi habitación –preguntó el joven yendo detrás de ella-

¡Tú si eres fresco! -Contestó la mujer sin dejar de preparar la cafetera- Mientras estés aquí duermes en mi habitación, a mi lado.

No María, no es inteligente. Aunque durmamos juntos mis cosas deben estar en una habitación distinta a la tuya para en el caso de que algo suceda poder decir que te alquilé un dormitorio por un tiempo y no me conoces. Además eso fue lo que le dijeron a Margarita por lo que debes conseguirme el lugar más separado de la casa.

Está bien, si así lo piensas, de esa manera lo haremos a pesar de que imagino que quienes vengan, si algo sucede, no son tontos. Se me acurre que detrás de la casa hay una habitación que no tiene cocina pero sí tiene un cuarto de baño. Allí puedes guardar tus cosas. Tiene comunicación con la casa por esa puerta que da al patio. Siempre diré que te renté ahí para que me vigilaras la casa y mantuvieras las áreas verdes cuidadas. Tú tocaste un día la puerta pidiendo trabajo de jardinería. Así fue como te conocí.

Luego del café la pareja decidió marchar a la cama para recuperar el sueño perdido desde la noche anterior.

El timbre del teléfono los despertó. Mientras María contestaba, Orlando miró la hora en el reloj despertador que estaba sobre la mesa de noche. Eran las 2:30 de la tarde, dormimos mucho, al menos recuperamos el sueño perdido anoche -pensó-

Quien llamó a María fue Esteban para recordarles que

tendrían visita al siguiente día.

Juntos, la pareja fueron a ducharse para salir en busca de una bodega cercana y comprar alimentos y bebidas. El lugar más cercano estaba a unos dos kilómetros de distancia según María por lo que el joven preguntó si se iban caminando. Ella con una nueva sonrisa le contestó. Mi coche está guardado en la cochera; de ahí casi nunca lo saco, casi no le doy uso porque en la ciudad trato de tomar un carro de alquiler o el ómnibus. Antes de irnos debo encenderlo al menos cinco minutos porque hace mucho que no lo arranco.

Al siguiente día, cuando el tal Javier tocó a la puerta de la casa ya los jóvenes habían preparado la cena y colocado las ropas en los closet. Javier resultó ser un personaje nuevo para Orlando, nunca antes lo había visto. Aunque el individuo vestía de civil Orlando notó que calzaba botas militares y el corte de cabello semejaba un militar de academia.

Cuando María fue a abrir la puerta el joven tomó su arma, le puso el peine y le quitó el seguro a la vez que se quedaba en el cuarto con la puerta entreabierta desde donde podía divisar al visitante sin que este lo viera a él.

El hombre, luego de saludar y presentarse, dijo que venía de parte de Margarita a visitar a Orlando Montes. No conozco a ninguna Margarita y aquí no vive nadie que se llame como usted dijo, en esta casa por el momento no viven hombres. -contesto María- Detrás de la casa hay un cuarto donde vive un joven que no se llama Orlando, que yo sepa, sino que lo conozco por Chucho.

Orlando no escuchó más, rápidamente se fue a la ventana del cuarto que da al patio, la abrió y salió hacia el cuarto donde ya tenía colocada la ropa. Lo que hizo fue destender la cama, quitarse los zapatos y ponerse unos pantalones cortos. Se despeinó.

A los pocos minutos alguien tocaba a su puerta, Deliberadamente, haciéndose el medio dormido abrió para que el tal Javier pudiera ver todo el interior.

Buenas -dijo el desconocido – ¿Es usted Orlando?

Sí, me llamo de esa manera. ¿En qué puedo ayudarle?

Yo soy Javier, vengo de parte de Margarita, necesito hablar contigo sobre muchas cosas, no se si aquí puedes hablar o tenemos que salir fuera.

No -contestó el joven- aquí podemos charlar, nadie nos escucha. ¿Por qué no vino ella con usted? -preguntó- a la vez que lo invitaba a entrar y sentarse en la única silla que había en la habitación.

Ella no vino porque está siendo muy vigilada. Los dos nos hemos estado comunicando por teléfono y en clave. Te garantizo que está muy preocupada por ti.

Lo imagino, ella me estima demasiado, pero no creo que ese sea el motivo de su visita, ¿puede decirme en realidad que sucede?

Es cierto –contestó el personaje- voy al grano. Rolando y el pelado se metieron en una embajada sin decir nada a nadie y sin preparar condiciones para que otros ocupen sus lugares en la dirección de la organización. Hemos tratado de comunicarnos con ellos en la embajada o, en el extranjero, con el ex-comandante por distintas vías y no lo hemos logrado. Vega tomó las riendas sin autorización de nadie y me ha nombrado jefe de Acción y Sabotaje Nacional pero las gentes están muy disgregadas y no confían en nadie. Necesitamos reactivarte a ti para contactar todas las personas que conoces y reagruparnos y así elegir un coordinador nacional. Tengo planeadas algunas acciones y quiero seas tú mi mano derecha para hacer un buen trabajo a lo largo de toda la isla.

Orlando no dejó de mirar a la cara del hombre ni un segundo. La mención de Vega fue oportuna porque si conocía a ese personaje, meses atrás habían trabajado juntos en la quema de una factoría en las inmediaciones del Cerro. Él sabía que Vega no era un infiltrado pero este Javier, se preguntaba ¿de dónde salió?

Primero que todo, yo no tengo ningún contacto con nadie. Desde hace mucho estoy fuera de circulación. Debo hablar primero con Margarita y con el tal "Vega" a quien no conozco –mintió- Dígale a Vega que venga a verme aquí mañana a esta misma hora. Dígale también que venga solo, sin usted. En cuanto a Margarita no se preocupe en darle ningún mensaje, lo haré por mí mismo. A partir de estas reuniones con ustedes no me sentiré seguro en este lugar. Temo que la mujer de la casa sospeche algo, al parecer es comunista o muy integrada a la revolución porque la visitan gentes vestidas de uniforme. Al principio para mí eso fue bueno pero ante el temor de que sospeche será mejor que salga de aquí cuanto antes. De todas formas permaneceré en este lugar hasta pasado mañana. Después no volveré más. No me gusta esa mujer.

Es verdad –dijo Javier- conocí a la señora y fue un poco déspota conmigo como si no le hubiera gustado que tocara a su puerta a preguntar por ti.

Esa es la nueva clase -respondió Orlando atacando a María para que este no sospechara de ella- Se trata de la nueva clase rica que ha venido a desplazar a la otra para hacerlo peor. Ella me mira como si yo fuera una basura, un chico de la calle a pesar de que trato de andar siempre limpio.

Debes irte de aquí –convino el hombre- llamas mucho la atención porque eres muy joven en realidad para andar por ahí de esa manera.

Mientras el nuevo personaje hablaba el joven fue a la única y pequeña ventana de la habitación para mirar hacia afuera.
Ella está en el patio y de vez en cuando mira hacia acá. –Le dijo Orlando- Tiene una libreta en la mano. Si tú andas en carro te aseguro que anotó el número de la placa para informar -volvió a mentir Orlando tratando de asustar al tal Javier para que se fuera lo antes posible-

No te preocupes por eso –dijo el visitante- no estoy quemado, además soy del ejército rebelde y el auto no es mío, es de un personaje que sí está bien integrado y quiere hacerse del Partido. De todas formas me voy. Esta misma noche me veré con Vega y le daré tu mensaje y la dirección de aquí para que venga a verte.

Si no puede venir mañana es mejor que no venga después porque no me va a encontrar en esta casa. Contigo me comunicaré a través de Margarita. Es mejor te vayas ahora que la bruja esa entró.

El visitante al salir parecía preocupado. Orlando sintió pena al catalogar a María de bruja. Se contentó cuando se dijo a si mismo que lo había hecho por el bien de ella. Más tarde cuando se lo contó todo ambos rieron.

María, quizás venga a verme alguien mañana. A partir de esa cita nunca, nadie más podrá venir a buscarme a esta dirección. Ya le dije a Javier que me iba de aquí mañana mismo y Vega me verá con mis cosas recogidas. Si viene en carro le diré que me deje en algún lugar de la playa. Después tú me recoges a una cuadra del lugar que escojamos. Pienso que pudiera ser en un bar llamado Tamanaco.

Yo sé dónde está el bar Tamanaco –contestó ella- Por allí puedo recogerte pero tú no irás a entrar a ese lugar, eres muy joven y puedes llamar mucho la atención.

No te preocupes, conozco a alguien que trabaja en un restaurante en esa área de la playa, aunque quizás no tenga que entrar. Depende de lo que haga Vega. Necesito crean que ya no estaré más aquí.

Decidieron esa tarde comer fuera e invitar a Esteban. María lo llamó diciéndole que estaba aburrida y que viniera a comer con ella. No mencionó a Orlando. Esteban respondió positivamente a la invitación y quedó en recogerla en media hora. Mientras esperaban abrieron una botella de vino tinto, de las muchas que María guardaba en el garaje.

Esteban no se bajó del carro sino que tocó la bocina del carro para que la pareja saliera. Juntos fueron a un lugar conocido de María del cual, decía ella, eran los mejores sándwiches y embutidos de toda la Habana.

Después de comer, luego de despedir a Esteban, los jóvenes decidieron ver un poco de televisión en blanco y negro con programas que se dedicaban a hablar en bien de la

Revolución Socialista y contra las castas ricas y el imperialismo Yankee. En algún canal lograron encontrar una película Rusa que más bien les dio sueño "La dama del perrito". Un argumento social, de mala calidad y sin sentido alguno.

María, por costumbre, tomaba su Té negro todas las noches y esa no iba a ser una excepción por lo que se levantó a hacerse uno. Le preguntó a Orlando y este contestó que prefería un poco del vino que quedó en la botella cuando salieron a cenar. Apagaron el televisor antes de ingerir ella su té y él una segunda copa de vino. Pasaron al dormitorio hermosamente arreglado y perfumado con incienso que ella había encendido minutos antes. Fue una noche pasional, cargada de emociones. Se sentía la mujer más feliz del mundo al lado de ese muchacho joven que la complacía en todas sus sexuales intenciones. Orlando, arrastrado por la novedad de sentirse amo y señor de una dama como María, se dejó llevar por los arrebatos de la hermosa mujer.

Al amanecer ambos, profundamente dormidos fueron bañados por los rayos de sol que entraban a través de las persianas y las cortinas mal cerradas. La fuerte caricia del sol despertó al joven. Este fue zafándose lentamente de los brazos de ella que lo retenían, no quería despertarla. Aunque no hacia frio, el joven tomó una sábana para cubrir el desnudo cuerpo de María. ¡Sí que eres hermosa! –Exclamó entre dientes- Luego de cubrirla fue a ducharse. Minutos más tarde regresó a la habitación envuelto en una gruesa y larga toalla de pura lana que dejaba al descubierto su varonil y joven pecho. Se dirigió a la habitación suya en busca de sus ropas. Cuando regresó a la alcoba de María completamente vestido, ella había despertado y tomaba su baño. Orlando fue a verla. Se detuvo para contemplar los contornos que a través del cristal arrojaban la deslumbrante belleza de la mujer que lo protegía. Un cúmulo de distintas emociones se apoderó de Orlando. No puedo enamorarme, no. Sería desastroso para ella. Tengo que buscar una salida a esta situación –pensaba el joven mientras miraba admirado la mujer con la que compartía su lecho- Por instinto se dio cuenta ella que era observada. Corrió la puerta de cristal y sacando la cabeza quedose mirando al joven.

Si él no se sentía enamorado, ella sí lo estaba. Con los cabellos choreando agua y su cara mojada regaló a Orlando una hermosa y brillante sonrisa.

Ven –dijo- ayúdame a secarme. Hemos dormido mucho, voy a hacer café y un buen desayuno, tengo hambre.

Orlando tomando una toalla procedió a ayudarla. Trabajaba con la toalla como si estuviera dibujando el cuerpo de la mujer que tenía frente a él. Sus movimientos eran extremadamente lentos. Ella cerró los ojos sintiendo, en cada movimiento del joven, una hermosa entrega sexual. Tembló toda. En ese momento algo apareció en su mente, su instinto de mujer olfateó un gran peligro que los envolvía. No pensó en ella sino en el joven al que amaba.

¿Es necesario que Vega venga a verte aquí? - Preguntó con notable nerviosismo-

No tiene que ser aquí, lo que sucede es que no tenemos forma de comunicarnos con él para que no venga y citarlo a otra dirección lejos de este lugar - Contestó Orlando-

Tú tienes el teléfono de Margarita, yo voy a llamarla para que lo localice, no me gusta en nada la idea de que venga a verte aquí, Estamos cometiendo un grave error. Además tengo un mal presentimiento. ¡Temo mucho por ti, Orlando, tengo miedo!

Toma, este es el número de teléfono para comunicarme con ella. Puedes llamarla y también tengo este otro para emergencias. A mí tampoco me gusta la idea de que venga nadie aquí, a nuestro nido y refugio.

La hermosa mujer cubrió su cuerpo con una delicada bata de casa disponiéndose a llamar.

Lo intentó muchas veces a los números que el joven le había dado pero nadie respondía al otro lado del teléfono. Al fin una voz cansada, y al parecer gruñona contestó ¿Quién habla y a quien desea? --Preguntaron del otro lado de la línea-

Buenos días señora, necesito hablar con Margarita, es urgente. Muy urgente.

Margarita no se encuentra, -respondió la voz- por aquí no viene desde hace dos o tres semanas. A veces me llama. Es mejor que deje un mensaje y el lugar para localizarla.

Orlando permanecía junto a la cara de María escuchando lo que decían del otro lado de la línea. Sin decir palabra arrebató el teléfono de manos de la joven y dirigiéndose a la persona que esperaba una respuesta de María comenzó a hablar. Nena, te habla "Moñi", es necesario me localices a Margarita es muy urgente. La persona que por su voz parecía ser una anciana dio un grito de alegría cuando escuchó a Orlando.

Moñi, mi niño ¿dónde has estado? Tengo muchas ganas de verte. Gracias a Dios que estas bien y te escucho. Se lo diré a Margarita cuando la pueda contactar.

La señora iba a seguir hablando pero el joven la cortó diciéndole. Nena es urgente busque a Margarita ahora mismo, te llamaré de nuevo en una hora a ver que hiciste pero nadie, absolutamente nadie puede saber que has hablado conmigo, absolutamente nadie.

Orlando no le dio tiempo a la señora para responder, colgó el teléfono.

María –dijo Orlando- vístete, vamos a salir fuera de la casa a un teléfono público. Voy a conseguir a Margarita de todas maneras. Hay otros lugares donde puedo llamar pero no puede ser desde aquí.

María se apuró en vestirse. Tomaron el auto dirigiéndose fuera de Guanabo, cruzaron el Túnel de la Habana para llegar a los alrededores del parque José Martí.

Luego de aparcar el carro ambos se dirigieron a un teléfono público. Orlando comenzó a hacer llamadas a números que mantenia en su memoria. Luego de varios infructuosos intentos alguien respondió afirmativamente acerca de la mujer que buscaban. Le dieron un número al que el joven se apresuró a llamar. Esta vez tuvieron mejor suerte, una voz de mujer dijo. Sí, buenos días

Por favor, - dijo Orlando- mi nombre es Mario y la estoy llamando de parte de Luisa, ella me dió este número de teléfono porque necesido hablar con la hermana de Yolanda. Ok voy a buscarla, espere un momento, enseguida se la traigo. –Respondió la señora-

Segundos más tarde Orlando escuchó la voz de Margarita.

¡¡¡Muchacha, al fin apareces, que gusto me da oirte.!!!

Margarita, del otro lado de la línea apenas sabía que decir de la emoción. Cuando comenzó a hablar casi lloraba. ¿Qué te pasa? –Preguntó nerviosa- ¿No sabes que hoy vamos a verte?

No Margarita, hoy Vega viene a verme pero él solo.

No, Orlando él quiere que yo vaya y va a ir también Javier, después de verte tendremos que seguir a otro lugar juntos.

No, tú no vienes, le dije a Javier que Vega tenía que venir solo, sin nadie pero resulta que ya venían tres. De cualquier manera me fui de la casa donde estaba, díselo a Javier y a Vega. No me gustaba la señora del lugar donde estaba viviendo por lo que decidí marcharme -mintió Orlando, quería salvar a María y su casa de cualquier peligro- Por su parte Margarita, quien conocía a María, al menos de nombre, supuso que Orlando le estaba trasmitiendo un mensaje para que se lo dijera a Javier y a Vega. Sin hacer objeción contestó afirmativamente.

Dile que lo veré a las seis en los alrededores del Bar Tamanaco –continuó Orlando- tiene que esperar fuera del lugar cinco minutos, estaré allí a las seis en punto. Si no están a esa hora fuera del local no podrá verme hasta que contactemos de nuevo. Adiós –concluyó el joven-

María escuchaba admirada al hombre que amaba. No pedía, más bien ordenaba con carácter, como si fuera una persona adulta, experta. Nuevamente tuvo miedo de que algo le sucediera. ¡No le gustaba esa entrevista!

Regresemos a Guanabo -dijo el joven- Quiero dar unas vueltas por los alrededores del Bar Tamanaco para ver algo. Minutos más tarde estaban recorriendo la zona. Orlando buscaba un lugar seguro desde donde pudiera divisar la entrada del bar sin que lo vieran.

Vámonos –dijo de pronto- ya terminamos por ahora, regresemos a nuestro nido.

Mientras Orlando se entretenía viendo un programa de televisión, María se dedicaba a preparar una cena. Con el apuro de la mañana no habían probado alimento alguno y ambos se morían del hambre y en un par de horas tendrían que salir nuevamente al encuentro con Vega.

A las cinco de la tarde ambos montaron en el carro para ir a la cita. María insistía en que era muy temprano pues no estaban tan lejos pero una vez en el carro Orlando le explicó que su plan consistía en llegar antes, aparcarse en un lugar que ya había visto desde donde podía avistar la llegada de Vega, además ver si a este lo estaban siguiendo o si los alrededores estaban siendo vigilados por la policía secreta (G-2).

El tiempo trascurría lento. Cerca de las 5:30 PM el joven vio llegar un carro con cuatro hombres dentro. Dos se bajaron y caminaron hacia el Bar. Los otros dos hombres se quedaron en el carro aparcándose algo lejos del lugar pero sin salirse del auto. Un poco más allá, a pesar de no ser temporada de playa algunos jóvenes y niños bañistas jugaban en el agua. Los restaurantes de los alrededores comenzaban a concurrirse. Entre los autos que llegaban y salían otros dos resultaron sospechosos para el joven. De cada uno se bajaron dos personas que comenzaron a caminar sin rumbo por los anchos portales con pisos de madera. Todos caminaban en distintas direcciones. Orlando comenzó a inquietarse trasmitiendo su preocupación a María. Creo que estamos metidos en una ratonera –dijo- quizás tú y yo no, pero Vega sí. El llegará despreocupado sin sospechar que nos están esperando.

María sin titubear y antes de que Orlando tomara una decisión se apresuró a decir, yo iré a avisarle. Cuando llegue pasaré por su lado y le diré que se vaya del lugar.

Mientras la joven hablaba Orlando vio que alguien muy parecido a Javier, el hombre que el día anterior se había reunido con él, entraba al bar. Llegó aparentemente solo, caminando. Tal vez Vega estuviera haciendo lo mismo, yendo hacia el lugar a pie. Es extraño –pensó- Javier tiene carro.

¡Allí viene Vega caminando por el tablado! –dijo de pronto-

Sin esperar la orden de Orlando, María se bajó del carro; ya había visto al hombre que esperaban. Apresuró el paso para cruzar a su lado y sin detenerse decirle que se fuera del lugar. Cuando María estaba a unos veinte pies de Vega desde dentro del Bar se oyeron varios disparos. Vega se detuvo y rápidamente giró sobre sus pasos alejándose del lugar apresuradamente. Todo sucedía en intervalos de segundos. La puerta del bar se abrió de pronto y del sitio salió corriendo Javier pistola en mano. Detrás de él, dos hombres también armados, salieron del local.

María también, al igual que Vega, giró sobre sus pasos en dirección al carro donde estaba Orlando estacionado. Sonaron varios disparos más y María los sintió muy cerca de ella, comenzó a correr. Alguien le pasó por el lado, era Javier, lo reconoció al momento. Este corría al parecer sin rumbo, trataba de escapar de las balas de sus perseguidores corriendo en sigsag.

Orlando desde el carro miraba la escena mientras preparaba su pistola. Cuando Maria estubo cerca le gritó que se sentara frente al volante del vehículo. Ella obedeció. Orlando apuntó a uno de los perseguidores de Javier, el primer disparo, al parecer dió en el blanco porque se sintió un grito. Disparó nuevamente hacia el segundo hombre sin acertar. Los dos que quedaron en pie no siguieron corriendo sino que torcieron a auxiliar al caido. Fue entonces que este corrió

Antonio Pons

hacia el vehículo ordenando a María que marchara detrás de Javier.

Javier, quien antes había rebasado a María, pasó por el lado del carro corriendo, Orlando no le gritó porque su plan consistía en detener a los perseguidores.

Javier iba lejos. Muchas sirenas de policias comenzaban a escucharse cuando Orlando y Maria lograron alcanzar a Javier cerca de la Via Blanca o carretera de Guanabo. Orlando tuvo que gritarle para que se detuviera. Al subir jadeaba. Aun sostenia la pistola en la mano derecha. ¿Y Vega, donde está Vega? -Preguntó- Lejos, detrás de ellos se sentian más disparos.

Los alrededores son ahora un hervidero de policias, -dijo Orlando- lo único que nos ha salvado hasta este momento es que los agentes a los cuales disparé no me vieron huir en el carro, piensan que eres tú y que estas corriendo aun por la zona de la playa. Donde podamos, tú y yo nos bajamos y María regresará en su auto a la zona. Allí intentará averiguar que sucedió con Vega.

María, siempre al cuidado del joven se prestó a decir. No, me dejas a una milla de aqui, tomo un taxi y regreso, ustedes siguen en el carro. A mí no me conocen ni me buscan. Ahora a quien persiguen es a Javier. Bájenme allí, esas luces son de un restaurant campestre. Conseguiré un taxi. Javier, tú debes conducir porque Orlando no tiene experiencia. El coche se detuvo, María salió veloz y lo mismo hizo Javier para ponerse detrás del volante. Los dos hombres salieron disparados dejando a María detrás con la misión de rescatar a Vega o averiguar que le sucedió.

Orlando y Javier hablaban. Javier quiso averiguar sobre María, la había reconocido. El día anterior estuvo en su casa y salió de allí con la idea de que era del gobierno, sin embargo hoy le salvaba la vida junto con Orlando.

De buenas a primeras ambos hombres comenzaron a sentir detrás de ellos el ruido de muchas sirenas. Orlando se volteó a mirar y en efecto, aun distantes venían muchos carros con luces intermitentes y sirenas. Ya había caído la noche. Orlando sacó su pistola dispuesto a pelear, lo mismo hizo Javier. El ruido de las sirenas se sentía cada vez más cerca. Miraban hacia los lados en busca de un camino vecinal o salida que los alejara de la vía principal pero a los lados solo veían vegetación y pequeños barrancos.

De pronto Javier divisó una estrecha calzada a la izquierda; decidió lanzarse por ella con la esperanza de que las sirenas no fueran detrás de ellos. Habían muchos más carros en la vía. A penas doblaron, el perseguidor más cercano a ellos hizo lo mismo. Al cerciorarse que iban detrás de ellos Javier aceleró el motor del carro a más de cien kilómetros por hora. Comenzaron a sonar disparos. Los impactos se sentían en la parte trasera del brilloso Buick que manejaban. Javier comenzó a responder a los disparos.

Orlando, no dispares tenemos pocas balas y debemos cuidarlas, no podemos dejarnos coger vivos, si nos echan mano nos fusilarán de todas formas –dijo Javier mientras forzaba mucho más la velocidad del vehículo que piloteaba- Es cierto - respondió Orlando- tiene que haber alguna salida. A ambos lados de la estrecha y mal pavimentada calzada solo se veían mangles y arbustos de todas clases. Los disparos cada vez eran más intensos por parte de los perseguidores. De pronto Orlando sintió un gemido, rápidamente miró a su compañero y lo único que alcanzó a ver fue un chorro de sangre que le salía del cuello. Un segundo disparo hecho en ráfaga alcanzaba la espalda del joven.

El auto sin control se salió de la carretera dio un vuelco en el aire y rodó por la profunda cuneta destruyendo, con su veloz paso, toda la maleza que encontraba. Orlando se sintió rodar junto al vehículo en todas direcciones. Cuando al fin el carro se detuvo notó que había humo dentro; por suerte el vehículo paró sobre sus cuatro ruedas. El joven se apresuró a salir por la ventanilla, corrió al otro lado en busca de Javier pero se dio cuenta que este estaba destrozado. Comenzó a sentir entonces voces lejanas. Aún mantenía la pistola en su mano. A pesar de las vueltas que dio dentro del coche no la soltó. Casi a rastras se internó más en la maleza. Mientras se alejaba, a sus espaldas, sintió el estruendo del buick que explotaba. Su primer impulso fue regresar a vender cara su vida como lo había hecho Javier. En su avance entre la maleza encontró una alcantarilla. Se interno en ella a rastras, por suerte para él estaba seca. La alcantarilla lo llevó al otro lado de la calzada. Las voces se oian cada vez mas lejos. Fue entonces que se dio cuenta que los agentes desconocian cuantas personas habían en el vehículo y gracias a eso no lo buscarían. Lo peor de todo es que reconocieran el carro de María y fueran en busca de ella.

El joven estaba todo adolorido. Sintió en su brazo derecho una humedad pegajosa acompañada de un fuerte dolor. Se tocó, era sangre. La oscuridad no le permitía ver la herida pero supuso que era grande. A pesar del dolor no detuvo su apresurada marcha por entre los arbustos que muchas veces le golpeaban el cuerpo, otras eran de espinas que le razgaban las ropas y la cara. Estuvo avanzando sin rumbo por más de dos horas. Se sabía bien lejos del lugar donde había caido Javier. No sabía que hacer, donde estaba ni sabía hacia dónde coger. Había llegado a una zona empinada por lo que pudo divisar luces de carros en la distancia. Pensó que era la via por donde horas antes corrian él y Javier. Un poco más allá vio luces como de casas o de un edificio. Decidió avanzar hacia el lugar. A medida que se acercaba fue reconociendo la zona, estaba en la Calzada Vieja de Guanabacoa. Las luces que había visto pertenecian al Hormigón Cubano, una planta gigante de hacer concreto. Repasó en su mente quien o quienes conocia que estuvieran en la lucha contra los comunistas. Varios nombres llegaron a su mente pero los rechazó por no ser de extrema confianza. De pronto recordó a Agustín. Este no era político, más bien delincuente pero era un hombre y se le habia ofrecido para cuando lo necesitara. Sabía donde vivia pero su familia estaba muy integrada al gobierno.

Pasaban de las once de la noche, entre la pérdida de sangre, el cansancio de tantas horas caminando escondido en las malezas, se sentía desfallecer. Sabía llegar al sitio donde Agustin vivía, lo podía hacer atravezando las fincas de los contornos, llegaría a un lugar al que le llamaban "La Loma de María" y una vez allí le iba a ser facil llegar al lugar sin ser visto. La calzada vieja era como un terraplén ancho de tierra blancuzca que nunca había sido asfaltado. La calle no tenia luces por lo que el lugar era muy oscuro. A pesar de lo extenuado decidió seguir aunque llegara de madrugada.

Sin tropiezos llegó al fondo de la vivienda, el personaje que él buscaba vivía detrás de la casa en un cuarto que habían agregado. Orlando no tuvo que tocar por la ventana muchas veces. Agustín era un felino y desde el primer toque, aunque suave, despertó asomándose. Segundos después estaba dentro. Sin hacer ruidos ni preguntas el hombre comenzó a ver las heridas que Orlando tenía en el cuerpo. Eran varias aunque la peor, más grande y profunda estaba en la pierna derecha, exactamente sobre el hueso de la rodilla. Necesitas un médico –dijo el hombre-

Imposible, tienes que curarme como puedas, desinfectar, lavar la sangre, tapar las heridas y prestarme ropas para salir antes que amanezca. No voy a quedarme aquí. Tu propia familia me entregaría a la policía y tú lo sabes.

Tienes razón –respondió Agustín- pero no te preocupes cerca de aquí tengo un amigo que ahora vive solo, su familia se fue para EU y él tiene teléfono y carro. Ahora tú te quedas aquí, voy a verlo para que venga a buscarte en su auto y desde allí puedes llamar. También puedes permanecer un día en su casa si así lo quieres aunque te sugiero que no más de un día porque este personaje siempre está en problemas con la justicia y los comités de defensa vigilan su casa.

Al amanecer Orlando estaba situado en la casa del amigo de Agustín. Pidió prestado el teléfono y comenzó a hacer llamadas, necesitaba contactar a Margarita. A pesar de la trágica noche y del cansancio no tenía sueño, sus nervios estaban tensos y dispuestos a lo que fuera. El nuevo personaje que le presentó Agustín no le gustaba, se notaba que no era de fiar. El individuo apenas hablaba. Quizás por eso no hizo preguntas o porque en ese mundo delictivo es mejor callar. Lo que si notó Orlando que miraba mucho el bulto que hacía su pistola debajo de la camisa. Continuó haciendo llamadas, mientras Agustín y el otro hombre se iban a una habitación interior para conversar. Luego de varios intentos el joven logró que la anciana que el día anterior lo había comunicado con Margarita contestara el teléfono. Al sentir la voz de Orlando la mujer se puso contenta a la vez que buscaba a Margarita.

¿Orlando dónde y cómo estás? -Preguntaba la joven quien entre el susto y la emoción no atinaba a escuchar a Orlando que le hablaba-

¡Margarita, escúchame! –Gritó- Sí perdóname, es que estoy muy nerviosa -respondió ella a la vez que hacía silencio-

Pausadamente el joven le dio instrucciones para que localizara a Esteban. El esperaría a Esteban entre las diez y las once de la mañana en Regla donde se toma la lancha para la Habana. No vayas a ir tú, y trata de hablar con él por teléfono, no lo veas personalmente. Yo estoy bien, más adelante tendrás más noticias. Te volveré a llamar.

Rápidamente cortó la comunicación, no dio tiempo a la joven para que hiciera más preguntas. Colgó el teléfono sin hacer ruido para caminar despacio hacia la habitación donde los dos hombres conversaban.

A mí lo que me interesa es la pistola que el lleva, debe ser una colt 45, esa es el arma que a mí me gusta y no la mierda de revolver este de seis balas. Tú se la pides al muchacho a cambio de mi hospitalidad, sino yo se la quitó a la fuerza.

No se la vas a quitar, -dijo Agustín- primero porque tú no sabes quién es ese "muchacho" como tú le llamas. Ese tiene más cojones que tú, además yo estoy de por medio y no te lo voy a permitir aunque tenga que matarte.

Rumbo a La Muerte

Orlando no quiso seguir escuchando, sabía que estaba en un nuevo peligro a la vez que ponía a Agustín en una situación peligrosa también. El hombre estaba armado, Agustín no lo estaba. Sacó su pistola, la rastrilló despacio para no hacer ruido y súbito entró en la habitación donde los dos hombres hablaban.

Tú, suelta el revolver o te pego una bala en la cabeza. ¡Suéltalo! -Ambos hombres se sorprendieron al ver al joven que los tomaba de sorpresa- ¡Suelta el revolver o disparo! Rápidamente y todavía asustado el personaje tiró el arma sobre la cama. Ahora tírate al suelo, acostado y con las manos a las espaldas, rápido. –De inmediato el hombre obedeció- Tú también Agustín, tírate al suelo le dijo Orlando al amigo a la vez que le guiñaba el ojo, tírate al suelo –gritó- El joven, sin dejar de apuntarles se dirigió a la mesa de noche al lado de la cama donde había otro teléfono. Quitó el cable que lo conectaba y con este obligó a Agustín a que amarrara las manos y los pies del hombre. Luego de cerciorarse que estaba bien atado procedió a amarrar a Agustín. Nuevamente le hizo señas con el ojo. Lo ató con una sábana.

Se dirigió después a la mesa de noche donde reposaba una guía telefónica. Al rato estaba llamando un auto de alquiler para que lo recogiera en esa dirección. Cuando supuso que el auto estaba al llegar se dirigió a los hombres que permanecían tirados en el suelo diciéndoles, gracias a los dos por ayudarme, siento que este señor tuviera malas intenciones conmigo.

Lo que hice fue forzado. A ti Agustín, no quería que te metieras en problemas por mí culpa. Adiós a los dos y gracias nuevamente. Sintió la bocina del carro que lo esperaba afuera, salió hacia la puerta pero regresó para decirles, me olvidaba, esperen 15 minutos para comenzar a desatarse.

El joven no fue directamente a Regla sino que pidió al chofer del carro que lo llevaba lo dejara en el centro de la Habana, Belascoain y Neptuno. Luego de despedir al chofer del auto fue a una cafetería cercana. Pidio café con leche y pan tostado. Preguntó al dependiente si vendian mejoral, o algo para aliviar el dolor de cabeza. Este le dijo que al doblar había una farmacia. Notó que el dependiente se fijaba en los rasguños que había en su cara. Apuró el desayuno, pagó y se fue. En realidad no le dolía la cabeza sino sabía que tenía fiebre. Una de las heridas le latía con fuerza, pensó que estaba infectada y que a eso se debía la fiebre. No fue a la farmacia sino que decidió tomar otro carro de alquiler para que lo llevara a Regla, eran casi las nueve de la mañana, sintió frio, todo el cuerpo le temblaba. Una vez en regla buscó la farmacia donde se compró varios paqueticos de aspirina. Sin agua se tomó dos de las pastillas, pensó que se iba a desmayar. Caminando llegó a la zona donde había citado a Esteban. Estaba seguro de que Margarita lo iba a localizar pero y si no, que iba a hacer. No quiso entrar en la zona de la lancha. Había muchas personas esperando. Se quedó en la calle para entrar cuando fueran las diez en punto. Ya le faltaban las fuerzas, se recostó a una pared, los ojos le pesaban y la cabeza le daba vueltas se sintió caer.

Me estoy cayendo –pensó-

Dos días después comenzó a mover los parpados de los ojos. Estaba despertando lentamente. Cuando al fin pudo abrirlos, dio un salto, estaba sobre una cama. Buscó la pared donde comenzó a desmayarse y lo que vio fue una habitación que le pareció familiar. Estaba solo en esa habitación. Era el apartamento de María. Sí, estaba seguro el de la calle San Lázaro. ¿Como llegué hasta aquí? –se preguntó a si mismo- . Lo último que recordaba era la pared a la que se recostaba para no caer. Trató de levantarse pero un fuerte mareo y dolor en su rodilla derecha lo contuvieron. Miró el reloj que colgaba de la pared 6:30 marcaba con firmeza. No sabía si eran de la mañana o de tarde. Sintió ruido y voces que venían desde fuera de la habitación.

María, María -voceó dos veces- La puerta de su cuarto se abrió y en ella apareció la hermosa mujer precedida de

Esteban. En su alegría corrió a besar los labios del joven, la frente, los ojos. Esteban, mira, tócalo, ya no tiene fiebre -dijo con emoción- Estaba eufórica.

Orlando esperó pacientemente que pasara el arrebato de la mujer para comenzar a hacer preguntas.

-Esteban se adelantó- Has estado muy mal y tienes algunas heridas muchacho —comenzó a decirle- Cuando llegamos al lugar de la cita a recogerte, desde el carro vimos que te caías. María se apresuró a alcanzarte en lo que yo estacionaba cerca de tí. Entre los dos te metimos en el auto y salimos a toda prisa del lugar. Los transeuntos quizás pensaron que estabas borracho. Cuando te trajimos hasta aqui estabas ardiendo en fiebre y lo único que hacias era preguntar por Vega y Javier. Los mencionabas constantemente. Estabas delirando.

Javier está muerto, lo sé pero, por favor, díganme de Vega —interrumpió Orlando –

Vega fue detenido. Está vivo pero tiene dos balas alojadas en su cuerpo. Una le atravezó el pulmón y la otra en el estómago. Está grave, de todas maneras si se salva lo van a fusilar. Hay dos agentes de la seguiridad muertos y otro también herido de gravedad. Acusan a Vega de una de las muertes y a Javier le atribuyen el otro muerto y el herido. Javier murió quemado cuando le explotó el carro.

No –volvió a interrumpir Orlando- Javier murió de un balazo en el cuello, casi en la nuca y otro en la espalda pero que le salió por el pecho. Estaba junto a él, vi el borbotón de sangre saliendo. Nos disparaban con fusiles de grueso calibre, lo se porque la herida de salida en el cuello y pecho de Javier eran muy grandes.

Si, quizás San Cristóbal o Garant que son las que casi siempre usan en sus carros los de la Seguridad.-dijo Esteban- Orlando se quedó mirando fijo al hombre que aún permanecía de pie junto a la cama.

¡Esteban, estas de pie, sin tu silla de ruedas! ¿Cómo lo has...? No terminó la pregunta, Esteban, sin darle tiempo cortó sus palabras para decirle:

Muchacho, nunca he sido invalido. Desde mi accidente estuve dos o tres semanas sin poder caminar, ya para ese entonces comenzaba a trabajar contra los comunistas. A mi médico y a mí se nos acorrió que permaneciera en silla de ruedas. Esto nadie lo sabe, sólo el doctor, que ya no está en el país, Maria y ahora tú. Voy a seguir simulando otro poco de tiempo, no se hasta cuando porque ya hay sospechas sobre mi persona. No se me informa de todo y a veces me doy cuenta de que por el contrario lo que hacen es desinformarme.

¿Será por mi culpa? -preguntó Orlando- ¿Es que te han visto conmigo?

No –contestó Esteban- Desde hace unos meses, antes que tú aparecieras, alguien en el departamenro de inteligencia me sorprendió husmeando en determinados papeles que no debían estar a mi alcance por el nivel de clasificación que le dieron. Simulé todo lo que pude asegurando que fue un error mio de torpeza. No obstante la persona no quedó muy convencida, los papeles que revisaba eran sobre un alto dirigente de la revolución y estaban clasificados como ultra sensibles.

No trabajo para ninguna organización en particular, más bien trabajo para el gobierno de los Estados Unidos a la vez que trato de ayudar a todos los combatientes.

¿Por qué me cuentas estas cosas que no debo saber? – Preguntó el joven- es mejor no saber.

Es cierto, te cuento esto porque hemos decidido que vas a entrar en una embajada ya lo tenemos todo arreglado, no puedes negarte porque es la única forma de curarte sin correr riesgos; dentro de poco te vamos a necesitar fuera de aquí para algunos trabajos especiales que se estan gestando y para ello se necesitan personas de mucha confianza y arrojo.

El problema está en que yo, por el momento, no quiero abandonar Cuba –ripostó Orlando- Nadie puede decidir que hacer con mi persona y mi vida.

Esto no es una cuestión de valor personal sino de usar la cabeza. Tú bien sabes que de un momento a otro te van a capturar y contigo posiblemente caigan otras personas. Debemos trabajar con la cabeza, de no ser así vamos a perder esta guerra. Ya la Unión Soviética está entrenando a los cubanos en todos los niveles. Los departamentos claves del país están en manos de los rusos, incluyendo ciertos mandos del ejército. Para una persona como tú, tan buscada, moverse en la calle es muy dificil, los Comites de Defensa de la Revolución o chivatos, están operando en casi todas las cuadras y su funcionamiento ha alcanzado altos niveles de efectividad por la forma de información a nivel de cuadras (chivatería). Tienes varias heridas, una de ellas es bien profunda y necesitas atención médica de urgencia. Si te metemos en la embajada mañana, el Embajador me prometió que te conseguiria un salvo conducto de salida en menos de 48 horas, Por tu edad el está seguro de poder conseguirlo. Lo que debemos evitar a toda costa es que las agencias de Seguridad del gobierno conozcan que estás herido porque pueden sospechar y con ello Margarita y María corren gran riesgo de ser encerradas.

María, quien sin soltar las manos del joven permanecía en silencio escuchando el diálogo entre los dos hombres, sin pedir permiso entró en la conversación.

Orlando, no me importa un bledo lo que decidas con tu vida, tienes razón, nadie puede meterse; ahora bien nadie puede meterse en la mía tampoco. Si decides quedarte yo me quedaré también y aunque trates de separarte de mí, alejándote, tengo mis contactos bien fuertes para continuar luchando. Saldré del país legal, via España dos días después que entres en la Embajada, si no entras rompo mis papeles y aquí me quedo junto a ti ¡Ahora te toca a tí decidir por la vida de los dos!

-Al terminar sus palabras, la hermosa mujer salió disparada de la habitación. No quiso que el joven la viera llorar nuevamente-

Por su parte, Orlando trató de ponerse de pie para ir tras ella pero un fuerte dolor en la herida de la rodilla y la del costado se lo impidieron. Además la presión de la mano de Esteban que caia sobre su hombro ayudaron a que no repitiera el intento.

Orlando –dijo el hombre- lo que te dijo Maria es cierto. Cuando toma una decisión, nadie se la cambia. Es terca, me costó trabajo convencerla de que ella también debía irse. Aunque el carro del accidente no estaba a nombre de ella sino de alguien que está ahora viviendo en Estados Unidos y María nunca lo usaba para ir a la ciudad, tan sólo en la playa. Sé que los policías van a investigar quien lo tenía y aunque se van a demorar en llegar a ella más tarde o temprano lo harán. Por suerte los papeles del carro estaban a nombre de una señora que salió del país hace ocho meses. De cualquier manera te dejo el problema como tarea. Mañana a primera hora vendré a buscarte por la puerta de atrás como lo hicimos días antes. Si no estás allí con María quiere decir que has decidido quedarte y dejar a María aquí. Aunque joven, eres todo un hombre así que confío sabrás decidir con inteligencia.

Al decir esto Esteban salió de la habitación yendo en busca de María quien por su parte ya se había calmado. Minutos después Orlando sintió el ruido de la silla de ruedas de Esteban y una puerta cerrándose.

El joven estaba muy débil. Había perdido mucha sangre. Los párpados le pesaban. Se quedó dormido por más de dos horas. Unos ruidos al lado de su cama lo despertaron. Era María que traía sobre un carrito pequeño, unos potes de medicina, un cubo con agua tibia, vendas etc. Al ver que el joven despertaba se apresuró en hablarle.

Ahora voy a asearte un poco, cuidaré de tus heridas, y luego comeremos algo delicioso que te hice. Debes tener un hambre atroz.

Sin dejar de hablar la joven mujer, llena de delicadeza y dulzura, se dió a la tarea de lavar todas las heridas que el joven tenía.. Luego le lavó el resto del cuerpo con paños ligeramente enjabonados. Desinfectó con paciencia tratando de no lastimarlo para al final vendar con gazas y espadadrapos las heridas.

Eres toda una profesional –dijo Orlando- pero la herida de la rodilla tiene mucho puz, la infección es grande.

Es cierto –contestó la joven- Pero estaba peor ayer y antes de ayer. Creo que estás mejorando. Tuvimos miedo cogieras septicemia, o sea, que se infectara la sangre pero te hemos dado muchas cosas para cortar la infección que al parecer te estan ayudando. Ahora mismo te vas a tomar estas pastillas que son antibióticos, y acto seguido te traigo comida, yo comeré aquí contigo.

Gracias María, eres muy buena –comenzó a decir Orlando- Puedo decir que gracias a tí estoy vivo. Eres muy valiente. Corre, tráeme algo de comer que tengo mucha hambre como bien dijiste.

Al rato apareció ella nuevamente con su carrito ahora con un bello mantel blanco bordado a mano con ramos de flores.

Te traje bistec de hígado, arroz blanco, lentejas a las que le puse dentro de todo, como para revivir a un muerto. Tambien traigo ensalada de remolacha y tomate, un vaso de leche, pan mantequilla y de postre te espera un flan de tres leches que te preparé anoche. No habrá vinos porque con los antibióticos no puede haber presencia de alcohol.

La comida la había traido lista para engullir, los bistecs de hígado cortados en pedazos pequeños. Le colocó las almohadas de manera que se pudiera recostar a ellas. Cuando lo vio cómodo, medio sentado y sin dolor o nada que le molestara puso la bandeja sobre sus muzlos sin que llegara a tocarlos gracias a las patas de plastico que servian de soporte. El joven comía despacio, en silencio, mientras que María a su lado trataba de ayudarlo para que se moviera poco. Ella no decía nada, comía muy lentamente sin dejar de observar al joven en su labor de alimentación. Se dio cuenta que este estaba absorto en lejanos pensamientos. Su mente no estaba en ella, más bien parecía ido a mucha distancia. De pronto dejó de masticar; una leve, muy leve sonrisa se dibujó en sus labios, para después mirar a la compañera que estaba a su lado.

María –dijo- mañana cuando venga Esteban a buscarme estaré listo para entrar en la Embajada como él dispuso, así que debes arreglarlo todo, preparas tu viaje para España y si algo de lo mio que estaba en la casa de Guanabo lo recuperaste me lo das para cuando esté dentro de esa prisión que ustedes llaman embajada.

La joven mujer quedó atónita, no comió más sino que soltó los cubiertos sobre el carrito y se fue disparada hacia la sala. Orlando la escuchaba hablar con alguien por teléfono. Terminó de comer como si nada hubiese ocurrido, al rato la joven regresó toda alborozada.

Ya hablé con Esteban, no te preocupes porque tenemos nuestra clave para comunicarnos, le dije tu aceptación al asilo. Créeme que me has hecho muy feliz. Cuando llegue a España me comunicaré contigo en la Embajada si es que estas allí todavía, sino tendrás mi número de teléfono en Madrid para que me llames. Nos encontraremos en EU, yo puedo viajar sin problemas a ese país.

Mientras hablaba iba recogiendo todo y colocándolo en el carrito para llevarlo de regreso a la cocina. Al rato se apareció con el prometido postre para completar el almuerzo de Orlando.

Te voy a dejar solo por unas pocas horas. Tengo que hacer arreglos para el viaje. En cuatro días hay un vuelo en el que trataré de irme.

¿Tienes permiso de salida? –Preguntó el joven-

Claro, eso es lo principal, recuerda que soy española de nacimiento -respondió ella- Nací en Madrid, aunque me trajeron a Cuba cuando tenía apenas un año. También mi pasaporte está listo sólo tengo que arreglar lo del vuelo y comprar algunas cosas.

No te preocupes, puedes irte que voy a dormir, nuevamente tengo sueño y me duele un poco el lado derecho de la espalda.

Es lógico –contestó ella- todo ese lado está todo morado, ahí fue donde más fuerte te diste cuando se volcó el auto. María, me gustaría saber algo sobre la familia de Vega y de Javier. Es horroroso lo que sucedió. –Al decir esto y casi antes de terminar de hablar se había quedado dormido. María fue a tocarlo. Estaba muy caliente, la fiebre le había comenzado a subir. Con gran esfuerzo le pudo dar dos pastillas de calmantes OK para bajarle la fiebre en lo que ella iba a resolver los pasajes. Antes de salir hizo una llamada a la compañía de pasajes para que se lo tuvieran listos. No quería perder tiempo. Se cercioró primero de que había asientos disponibles para el próximo vuelo. Pidió asientos en primera clase y se marchó a recogerlos.

Antes de una hora estaba de regreso. Fue corriendo a la habitación del joven. Al tocarlo encontró que aún tenía fiebre. No quiso darle otras pastillas, más bien se sentó con unos paños de agua fría para pasárselos por la frente.

Tengo miedo dejarte ir así como estás –comenzó a decir ella- Aunque nos prometieron que te darían atención médica, no confió.

No te preocupes, estaré bien dentro de poco –respondió él con cierto desgano en sus voz- Tienes que dar gracias que estoy vivo. Las vueltas que dio ese carro tuyo fueron muchas y después para escapar anduve demasiadas horas sin poder contener la sangre.

De pronto el agudo timbre de la puerta se dejó escuchar, rápidamente el joven metió su mano bajo la almohada en busca de su pistola mientras María corría a atisbar quien tocaba. No te preocupes -gritó la joven- es Esteban.

Nuevamente aparecía Esteban en su silla de ruedas. Traía consigo unas ampolletas de estreptomicina y equipo para inyectar, además empuñaba un par de muletas de madera. Saludó al joven procediendo a preparar la primera inyección para él mismo ponérsela. Mientras la preparaba dijo que esas muletas eran para que él pudiera caminar hasta el carro y luego dentro de la embajada.

Orlando, luego de sentir el pinchazo miró a María y con cariño preguntó por su pistola que no estaba debajo de la almohada.

La tengo escondida –contestó ella- aún estoy asustada por lo que pueda sucederte pero si quieres te la regreso en unos minutos.

Muchacho –comenzó a decir Esteban- María me informó de tu decisión, creo has hecho lo más inteligente. Ha habido cambios en la forma y hora de recogerte. Esta noche a las 9:00 PM vendré por ti, saldrás por la misma puerta que saliste la otra vez. A las nueve en punto estaré allí esperándote. Ya todo está arreglado –y volviéndose hacia María preguntó- ¿Ya tienes listo tu pasaje para España? No me has dicho cuando te vas.

Oh, si ya lo tengo –respondió ella- hoy mismo lo conseguí. El vuelo es para el miércoles a las ocho de la mañana. Discúlpame, no te dije nada porque mi mente esta en Orlando, lo veo muy mal y tengo miedo dejarlo solo. He estado pensando en entrar con él a la embajada.

No –gritaron los dos hombres al unísono- Tú no puedes hacer eso –prosiguió Esteban- el muchacho te va a necesitar allá. Te prometo que le conseguiré atención médica cuando esté dentro del edificio de la embajada. Quiero advertirles a ambos que ya están investigando el carro y hablan de unas huellas de sangre que hallaron cerca. Sospechan que en el auto iba otra persona que logró escapar. También los exámenes balísticos arrojaron que la pistola que hirió gravemente a uno de los agentes en Guanabo no era la de Javier ni la de Vega. Los agentes están convencidos que había alguien más involucrado en el tiroteo, ahora dirigen las investigaciones en esa dirección. A la larga van a saber quién estaba usando el carro del accidente y por ahí pueden atar muchos cabos. No les digo más, prepárense para salir en unas horas. Tú iras conmigo María porque debemos ir al Cabaret Tropicana donde estará el carro oficial de la embajada esperando por nosotros. El Embajador y su chofer nos esperarán dentro disfrutando del Show.

Esteban se despidió de Orlando, en camino a la puerta, María, apoyada en la silla de ruedas y en tono muy bajo le expresó sus miedos por el joven en cuanto a su estado de salud.

Despreocúpate –dijo él- estará mejor en una horas. Antes de salir vuelve a inyectarle otra estreptomicina y le colocas entre sus cosas las restantes con todos los desinfectantes, gazas etc. Se pondrá bien.

María, con un cariñoso beso en la mejilla de su amigo, lo despidió. Confiaba en él y sabía que si tuviera alguna duda en cuanto a la salud del joven no lo abandonaría en una embajada. Volvió junto a Orlando para comenzar a arreglar lo que le iba a dar para llevar a la embajada.

 A las nueve de la noche ambos esperaban la llegada de Esteban en la puerta que daba al parqueo del edificio. Cuando sintieron el claxon del carro salieron para que Orlando se acostara en el suelo de la parte trasera del coche cubierto con ropas y María corría a sentarse junto a Esteban.

Sin tropiezos llegaron al parqueo del Cabaret. Un valet parking se dirigió al carro para ofrecer sus servicios pero Esteban, sacando su carnet como oficial de Ministerio del Interior, se identificó a la vez que le decía al trabajador que prefería hacerlo él mismo. A esa hora y siendo día entre semana no estaba muy lleno el parqueo. Esteban no tuvo que dar muchas vueltas para localizar el carro de la embajada. Se estacionó al lado del mismo, salió del auto sentándose en su silla de ruedas con la ayuda de María y mirando a todas partes. Todo estaba tranquilo. Entonces se dirigió a la puerta trasera de su vehículo la abrió y le dijo al joven.

Orlando cuando salgas del carro no te pongas de pie, en la posición que estoy parqueado nadie podrá verte entrar al auto del embajador. Yo tengo la llave y la luz no se va a encender cuando abras la puerta, está desconectada con intención. Es posible que ellos te pongan en el maletero cuando vengan a buscar el carro y eso va a suceder en cuanto María y yo entremos al cabaret. Cuando nos vean ellos sabrán que estás ya dentro del auto y se irán. Haz lo que te digan y ten cuidado de no utilizar tu pistola si no es necesario, un abrazo y que Dios te acompañe de ahora en adelante. Ya tendré noticias tuyas y tú mías.

María lloraba, quiso despedirse del joven pero Esteban la empujó hacia un lado.

Pásate ahora al otro carro, trata de arrastrarte lo más posible que yo desde mi silla te ayudaré. Sé que estas adolorido pero debes aguantar un poco, vamos.

Adiós Orlando te veré pronto fuera de aquí, nos encontraremos. Te quiero mucho –Se oyó decir a María entre sollozos-

Luego de cerciorarse que el joven estaba cubierto por las sábanas oscuras, cerraron el carro con llave dejando las ventanillas traseras un poco abiertas. Había mucho calor pero era la vida de él la que estaban cuidando.

A modo de despedida Orlando sólo dijo: Gracias por todo, nunca olvidaré lo que han hecho por mí, adiós.

Esteban y María salieron del parqueo y se adentraron en el edificio del Cabaret. No hablaron con nadie. Los acomodaron en una de las mesas disponibles y decidieron que trago pedirían al camarero. Un poco más allá en otra mesa, dos hombres que observaban a la pareja salieron del Cabaret y fueron al parqueo en busca del coche donde se escondía Orlando. Media hora más tarde el coche con placa diplomática traspasaba las puertas metálicas de la embajada que Esteban junto a Miguel habían escogido. Una vez fuera de peligro y dentro del recinto sacaron a Orlando del vehículo quien, más adolorido aún por la posición, no podía tenerse en pie. Sudaba copiosamente. Los dos hombres casi lo cargaron llevándolo a una habitación privada donde rápidamente alguien fue a atender sus heridas.

María y Esteban no estuvieron mucho tiempo en el Cabaret, cuando creyeron que era oportuno irse salieron. La hermosa mujer apenas podía hablar. Sufría la separación del joven. Esteban trataba de consolarla arguyéndole razones de todo tipo, no obstante, muy en sus adentros, sabía que nunca más volvería a ver al muchacho.

Tres días más tarde de Orlando haber entrado en la embajada, María partió rumbo a España. Soñaba en el reencuentro con el joven y se hacía planes para la ocasión. Ella prefería el encuentro en España pero quizás –pensó– sería mejor para él en Estados Unidos.

Treinta días después de María haber abandonado el país, Orlando, dentro de la embajada, recibió una nota que decía.

María salió hace veinticinco días; también la familia Albornás se ha marchado a España y tengo informes de que tú estás mejor de tus heridas. Cuando quieras puedes salir, todo está arreglado con el embajador. Tenemos que seguir luchando por la libertad de nuestra patria.

Esteban.

Segunda Parte

Regreso al sueño, a la esperanza,
Y como espejo
Reflejo el pasado,
Hecho del polvo de los otros,
Que hicieron el camino de los primeros tiempos
-Raúl Carménate.

Llovía a cántaros. Orlando sintió el golpear de las fuertes gotas empujadas por el viento contra su ventana. Se acercó para abrirla levemente y mirar hacia afuera. Las gruesas gotas también golpeaban el techo de lozas rojas. El agua rodaba hacia una canal empotrada a los aleros del techo en derredor de la casa, luego iba descendiendo hacia una esquina del patio donde era recibida por un tanque de cincuenta y cinco galones que serviría luego esa agua para la limpieza de la casa y otros usos domésticos. Una vez el latón lleno del agua que caía se desbordada para buscar el declive del terreno, formando un muy pequeño arroyuelo que cruzaba la cerca que dividía la finca de la bondadosa señora donde ahora él se escondía. De las otras fincas colindantes también bajaban pequeños torrentes del agua lluvia para ir a parar a una larga cañada donde todas las aguas se acumulaban formándose una ancha laguna o riachuelo que cargaba las inmundicias que el agua arrastraba consigo.

Orlando comenzó a envidiar la libertad del agua para abrirse paso entre los obstáculos y salir luego airosa en algún lugar determinado para después ser absorbida por la tierra. Muchos truenos caían incrustándose en lugares distantes. Miró lejos hacia la oscuridad de la noche. Sabía que a unos cinco o diez metros de frente a su ventana sólo habían árboles a los que casi no distinguía por la oscuridad.

De pronto un rayo caído relativamente cerca le alumbró la distancia, fueron segundos, pero con la fuerte luz que produjo, pudo distinguir movimientos como de personas. Sí, eran cuerpos de personas, sombras y no de animales, sombras humanas.

El joven no vaciló un instante, corrió a la habitación de Tata, la buena señora que le estaba dando protección desde hacía tres meses. Tata -dijo- me voy, viene mucha gente, pueden ser soldados y tengo la impresión de que se mueven hacia acá. Se están protegiendo con la fuerte oscuridad y detrás de los árboles. Los pude ver desde mi ventana. Voy a salir por detrás de la casa, aún están lejos. Ya usted sabe, no me conoce y nunca ha tenido a nadie aquí escondido. Me llevo las pocas cosas que tengo para que no las encuentren. Lo otro que quede diga que son de su difunto esposo. Muchas gracias y adiós.

Tata lo miró en silencio, asintió con la cabeza sin decir palabra alguna mientras detrás de sus espejuelos fueron formándose dos gruesas lágrimas. Ella cuidaba del muchacho como si fuera el hijo que nunca logró tener. Permaneció allí sentada frente a su vieja y destartalada máquina de coser mientras Orlando corrió hacia el fondo de la casa intentando huir de lo que consideró era una búsqueda del ejército y los cuerpos represivos contra él.

Recordó el recorrido del agua, su forma de evadirse hasta llegar a la cañada. Trató entonces de imitarla lanzándose al suelo para arrastrarse junto a las corrientes que se formaban. En unos segundos estaba él también como el agua que minutos antes, con envidia, miraba desde su ventana. Ya en la cañada el torrente era más fuerte y la profundidad evitaba que sintiera a veces el terreno duro por lo que tenía que nadar. Era lo mejor para él porque podía hundirse en el agua y evitar así ser visto. Oyó voces, muchas voces dando órdenes. Pensó que estaba en el punto más cercano a los militares que avanzaban hacía la casa de la señora. Los truenos y relámpagos continuaban cayendo por segundos, alumbrando los alrededores. Por las voces supo que se alejaba vertiginosamente siendo ayudado por la corriente que lo empujaba lejos de la zona de peligro. Cuando se sintió lo suficientemente distante como para salirse de la cañada y correr, así lo hizo. Llegó encima de una loma y trató de ver hacia la casa que antes habitaba. La oscuridad y los árboles se lo impedían. Tuvo miedo por Tata, la campesina que lo había protegido. Estaba seguro que la buena señora no tenía miedo alguno y sí mucho rencor contra los comunistas que trataban de botar de la isla a los sacerdotes de la pequeña iglesia que había en un poblado cercano y que le quitaban las fincas a los campesinos. No era una mujer culta ni sabía de política pero le molestaba la gente que estaba contra su Dios. Era una mujer creyente y piadosa. Sólo a Dios tenía en este mundo después de haber perdido a su esposo.

Pensó el joven en el tiempo que llevaba allí escondido sin noticias ni saber de nadie. Tres meses desde que recibió dentro de la embajada la nota que le envió Esteban diciéndole que ya podía salir para continuar la lucha; que todo estaba arreglado con el Embajador para que este lo sacara. Al salir de la Embajada lo montaron en un carro con alguien enviado por Margarita. Este hombre desconocido lo llevó a esa finca y nada más supo del mundo. Se dio cuenta Orlando que allí nada podía hacer y lo mejor era alejarse de la zona antes que escampara. Fue en busca de una carretera para encontrar transporte que lo llevara para la ciudad. Quería llegar a la Habana cuanto antes Al encontrar la calzada continuó caminando en espera que algún vehículo se detuviera. Al fin pudo parar un carro que le pidió seis pesos por llevarlo. El chofer del auto trató de sacarle conversación, sería aburrido abarcar tanta distancia, bajo la lluvia, por esas carreteras tan oscuras sin hablar con nadie, eso le daría sueño. Lo mejor sería hablar.

¿Es usted de por aquí o de la Habana? —Preguntó el chofer-

No, no soy de aquí -respondió Orlando- vine a visitar una tía que vive acá, me ha cogido esta horrorosa lluvia la que no le permite a uno esperar por la guagua. Mire lo mojado que estoy. Además, tengo una cita con una muchacha esta noche y creo que voy a llegar tarde. Quiero que me deje en la Víbora, por donde está el Asilo de Veteranos. En el parque que está al lado me espera la muchacha si es que por allí no está lloviendo.

No, de Rancho Boyeros para acá es que cae esta horrible tormenta -le hizo saber el chofer- Vine hace un rato de Luyanó a traer una familia que venía a una fiesta aquí en el campo.

El chofer continuó hablando de su viaje pero Orlando ya apenas lo oía, tan solo pensaba que iba a hacer en la Habana sin sus contactos. La mayoría de ellos huyeron al extranjero por la persecución extrema del gobierno, otros ya habían sido asesinados en las calles o fusilados en las prisiones donde a diario los mataban uno a uno con juicios falsos porque ya venían sentenciados desde el Departamento de Seguridad Estatal. Los dirigentes comunistas daban la orden según sus conveniencias. Lo importante era sembrar el terror no hacer justicia por un delito cometido. Lo importante era matar la persona para aterrar al pueblo, no castigar el delito. Recordó entonces a María y su casa en Guanabo. Quizás estaba en alguna ciudad de España esperando que yo salga de la Embajada hacia Estados Unidos o a lo mejor Esteban le había dicho la verdad que lo de la Embajada era para que me curaran las heridas y que ella se fuera para sacarla del peligro en que estaba. Esteban. ¡Sí, Esteban! -se dijo- Sí, ese era el hombre. La persona a quien debía contactar. El me dio un número de teléfono. - Orlando hizo un esfuerzo mental por recordarlo, ese era uno de sus últimos recursos- Si, ya lo recuerdo.

El chofer no dejaba de hablar, Orlando miró hacia afuera, no llovía. Se dio cuenta de que ya estaban por Arroyo Naranjo. Pasaban por el reparto Las Cañas, pronto llegaría a su destino.

¿Conoce por aquí? –preguntó el chofer al verlo interesado

mirando de uno a otro lado de la carretera-

No, no conozco esto, es que no tengo ni idea de por dónde andamos -mintió Orlando- si lo conocía de memoria calle por calle. Por allí vivía Antonio, un poco más atrás en Calabazar Juanito, Pepito, Leandro Palenzuela, Carlitos y otros muchos jóvenes cómo él que trabajaban en acción y sabotaje. Sabía dónde vivía la familia de Antonio (Tony) y su hermana dulcita, pero era gente muy vigilada por sus actividades contra el gobierno;   ya en ese entonces el hermano de él estaba preso en Isla de Pinos-

Estos pueblitos de por aquí –dijo el chofer- tienen ahora muy mala situación económica. Su principal economía son las fábricas de tejas y tubos de barro, artesanías en general y todo lo que se puede hacer con esa tierra tan roja. Los dueños de los tejares, es como le llaman, se están yendo del país. Hasta las tierras están sin sembrar. Todo lo que se ve son montes de yerba mala, mucha manigua. Los dueños de tierras, fábricas y otros negocios han cogido miedo por las intervenciones y la llamada Reforma Agraria. Temen de eso que están llamando Comunismo. El gobierno dice que esta revolución es tan verde como nuestras palmas, pero si no es así y si es comunismo yo mismo me voy de aquí aunque sea para la luna; todo el mundo está asustado en este país, ricos y pobres.

Lo menos que quería el joven era que le hablaran de política y peor aún con un desconocido. Cuando se bajó del auto notó que sus ropas además de muy mojadas tenían lodo por todas partes. Aunque eso no llamaba tanto la atención porque el gobierno mantenía entretenida a la población sembrando en todos los campos y a los hombres abriendo trincheras para una supuesta invasión de los Estados Unidos. No obstante necesitaba cambiar esas ropas por otras secas y limpias Recordó a Calixto quien vivía muy cerca de donde él se encontraba ahora.

Calixto era enemigo del sistema, pensaba irse del país pero no hacía nada por derrocarlo. Si él tenía miedo, la familia tenía más. De pronto se vio tocando en la puerta del joven estudiante. Una señora gruesa abrió la puerta, cuando vio a Orlando sus ojos se abrieron asustados.

Buenas noches Leonora, ¿Se encuentra Calixto? La asustada señora iba a decir que no estaba con la idea que Orlando se fuera pero en eso Calixto apareció detrás de ella.

¡Orlando, que sorpresa! Ven, entra y siéntate ¿Cómo estás? Se dicen muchas cosas de ti pero veo que muchas son falsas por lo menos estás vivo.

Gracias –contestó Orlando mientras entraba- Estoy bien y como ves, aún vivo. Tan sólo pasé a verte por un rato. Tengo urgencia de cambiarme estas ropas y pensé que tú podías ayudarme. No tengo a nadie más por aquí a quien recurrir.

Mientras Orlando hablaba a Calixto, Leonora, la madre de este no dejaba de mirar al joven de arriba abajo mientras el corazón le latía con fuerza del miedo que sentía.

Calixto se llevó a Orlando para su habitación y allí, una vez solos el joven comenzó a explicarle que en el campo llovía mucho y que lo cogió ese aguacero en una finca. Ahora necesito cambiarme y solo tú puedes ayudarme –dijo-

Después de bañarse y cambiarse de ropas Orlando se sintió nuevo. Calixto le regaló cincuenta pesos para que comiera algo y buscara un lugar donde dormir. Leonora, la madre, cuando vio al joven marcharse se santiguó como si algo malo hubiera salido de su casa.

Cuando estuvo lejos del lugar el joven buscó un teléfono público para llamar a Esteban. Nadie contestó del otro lado. Fue entonces a una fonda cercana donde comió sopa y pan. Mientras comía pudo pensar en nombres para contactar. Recordó a Beba; ella era una gran amiga y meses atrás trabajó en acción con un tal Gutiérrez que luego cayó preso. Después de eso no se había vuelto a meter en nada más aunque siempre mantuvo su relación con ciertos activistas y hasta con él mismo. Recordó la dirección de la joven en la Habana Vieja y luego de pagar buscó un ómnibus para dirigirse a su casa.

Cuando llegó era un poco tarde en la noche. Una vez frente a la puerta de la casa pensó en la hora sin decidirse a tocar. Los padres de la muchacha eran gentes oscas, de mal carácter pero en el fondo no eran malas personas. Dio tres golpes con el aldabón de la puerta y esperó, al rato era la misma Beba quien le abría la puerta.

Gracias a Dios que eres tú quien me abres, temía fuera tu mamá o papá" -dijo Orlando sin siquiera saludar- Necesito hablar contigo a solas. ¿Puedes salir? –agregó-

Claro que sí puedo salir –contestó ella- pero, ¿No puedes hablar aquí en mi casa? Ven, entra. Estoy sola, mis padres fueron a Camagüey por varios días y no sé cuando regresan. Aquí podemos hablar con más calma y sin que nadie nos esté escuchando.

¿Dónde estabas metido? – preguntó ella-

Eso no importa ahora, he perdido los contactos y debo recuperarlos.

Creo que eso sí importa –replicó la joven- Tu familia debe estar desesperada. Yo no he ido a verlos porque no sé quiénes son ni donde viven pero imagino que deben estar sufriendo mucho con todas las cosas que se dicen de ti. Supe que te metiste en una Embajada y al poco tiempo saliste para desaparecer. Por ahí se decía que te habían matado en un tiroteo con la policía, otros dicen que resultaste herido, en fin muchas cosas hablan.

Olvida lo que dicen, lo importante es que estoy aquí frente a ti. No tengo familia en este país. Ahora mismo no sé qué hacer. El lugar donde estaba escondido hace unas horas atrás, está siendo registrado por el ejército o las milicias y no tengo donde quedarme esta noche. Además, debo comenzar de nuevo a luchar, llevo demasiado tiempo escondido sin hacer nada. Necesito me ayudes a contactar gentes de confianza que estén luchando. Orlando iba a continuar pero ella lo interrumpió para decirle que había personas de la clandestinidad buscándolo.

¿Sabes quiénes son? –preguntó él-

No estoy muy segura pero creo que hay uno llamado Andrés que iba con otro hombre vestido de militar. No los vi pero si mal no recuerdo fue Dulce quien me lo dijo. Hay también un tal Esteban buscándote o preguntando por ti.

¡Esteban dices! Lo llamé justamente antes de venir a verte pero nadie contestó el teléfono. Debo insistir.

Aquí tengo teléfono y puedes usarlo pero si es alguien que esta quemado es mejor llamar de la calle y usar un teléfono público.

No, él es un agente del gobierno, podemos llamar desde aquí si me lo permites.

Unos minutos después Orlando se comunicaba con Esteban.

Cuando sintió la voz del otro lado de la línea el joven preguntó ¿Esteban?

Sí, soy Esteban ¿Quién Habla?

Te habla "Moñi " –Orlando le dio la clave para que supiera que era él-

¡Coño mi sobrino lindo! ¿Cómo está mi hermana?

Mami está cada vez más jodedora y loca, parece que tiene la menopausia y no hay quien la aguante. El joven sabía que Esteban simulaba por si mi teléfono o el suyo estaban cogidos.

¿Dónde y cuándo nos podemos ver? Tengo deseos de darte un abrazo –dijo Esteban-

Si quieres y puedes esta noche nos podemos ver allí donde te vimos mami y yo la última vez. Yo estoy con mi novia, así la conoces –al decir esto Orlando miró a Beba para notar que ella lo miraba extrañada.

-La última vez que comieron juntos fue en Guanabo, muy cerca de la casa donde vivió con María-

Está bien, nos veremos donde hacen los emparedados cubanos dentro de una hora –contestó Esteban del otro lado del teléfono. Así de paso me como una media noche porque aunque tengo hambre ya va a hacer un poco tarde.

No se dieron ninguna dirección; si la llamada estaba siendo

monitoreada por la Seguridad del Estado tenían que seguirlos y ellos sabrían despistarlos.

Orlando fue a dos direcciones distintas en diferentes autos de alquiler antes de partir hacia la cita. Por su parte Esteban hizo lo mismo. Iba en su carro pero no solo dio muchas vueltas sino que además se paraba de pronto al doblar una esquina y cuando se convenció de que no lo seguían tomó rumbo a Guanabo.

Cuando Esteban llegó ya Beba y Orlando estaban en el sitio. El restaurante, a pesar de estar distante de la carretera principal, era muy visitado por la exquisita comida. La cocinera era una señora morena, bastante entrada en años y muy exigente en la cocina. No era la dueña pero actuaba como si lo fuera. Si el sitio tenía clientes era gracias a ella. "La reina de la cocina" le decía, nadie como ella.

El lugar era espacioso, algo rústico con mesas y taburetes gastados por el tiempo. Los jóvenes se apartaron de la zona de los ventanales buscando una mesa apartada. De pronto él vio llegar a Esteban, le señaló a Beba quien era la persona y la envió en su busca.

Beba, muy dispuesta siempre, fue hacia donde Esteban quien se había detenido a la entrada para desde allí buscar a Orlando con la vista y ver las caras de los clientas. Este se sorprendió cuando ella tocándole la mano le dijo de pronto, vamos conmigo, es allá donde estamos. Soy Beba la novia de "Moñi", él me dijo que te buscara.

-Esteban, saliendo de su sorpresa, sonrió a la joven que lo tomaba de la mano a la vez que le decía- encantado Jovencita y ¿Cómo está mi sobrino?

Ahora mismo lo vas a ver, míralo. Orlando fue a ponerse de pie para abrazar a Esteban pero este se lo impidió para no llamar la atención. Se dieron la mano por encima de la mesa. Esteban se cambió de asiento para estar más cerca del joven a la vez que en tono muy bajo le preguntó cómo se sentía y como estaban sus heridas.

Esteban -dijo Orlando- Beba en realidad es amiga mía y de

toda mi confianza, puedes hablar delante de ella sin problemas.

Para mí, jovencito, solo yo soy de mi confianza. Ella es de tú confianza pero no es de la mía. Es algo que debes aprender.

Beba al escuchar esto se fue a levantar para alejarse del lugar pero Esteban, cogiéndola de la mano, le ordenó que escuchara.

Jovencita, no se retire ni se moleste conmigo –comenzó a decirle Esteban con voz cariñosa- Ustedes son jóvenes y deben aprender; a veces detrás de la amistad se esconde la traición. Si este sistema trabaja destruyendo la familia, haciendo que entre padre, hijos y hermanos se traicionen ¿Qué no harán entre amigos? Por mi parte desconfío de todo y de todos. Deben tener esto presente: no traten de conocer a quien no deben conocer ni de hablar a quien no tienen necesidad de hablar ni de oír lo que no les incumbe, ni decir a más de uno lo que solo debe saber una persona determinada.

pero bueno, no he venido para dar este tipo de charla -les dijo Esteban- No me has dicho como estas, ni cómo están tus heridas, ni que has hecho durante todos estos meses.

Nada, solo esconderme y escapar –contestó Orlando- Hace unas horas atrás el ejército estaba haciendo un cerco a la casa donde me escondía pero pude escapar gracias a una tormenta de agua y rayos que había para Bejucal y de mis heridas ni me acuerdo, ya no tengo nada pero me gustaría me hablaras de la familia Albornás y de María ¿qué sabes de ellos?

Esteban fue a contestar pero la presencia repentina de la camarera lo detuvo. Pidieron emparedados y refrescos. Luego de marcharse la camarera Esteban contestó al joven.

De la familia Albornás no he tenido noticias, estoy seguro de que no me han llamado ni escrito por no perjudicarme. De María sí he sabido. Está furiosa por haberse ido y por haber sido víctima de un engaño nuestro para que abandonara el país. Dice que ha dejado atrás a las dos personas que más quería aquí. Puedo decirte que la casa de Guanabo no ha tenido problemas, no la han asociado con ella ni con el incidente del carro. El caso, aunque no está cerrado, nadie se ocupa del mismo. Pienso que si quieres pasar unas semanas en la casa de Guanabo puedes hacerlo. Yo traje una llave conmigo.

¿Qué piensas hacer tú Esteban? –Preguntó Orlando- veo que dejaste tu silla de ruedas.

Mi silla la deje en el carro porque pienso que aquí nadie me va a ver y en cuanto a lo que voy a hacer, lo sabrás en un futuro próximo. Pronto tendrás noticias mías. Toma, este es el juego de llaves que te traje de la casa de Güanabo por si quieres usarla. La casa está tal como la dejaste. De todas formas estamos muy cerca del lugar y si quieres quedarte desde esta noche puedes hacerlo. Puedo dejarlos allá, creo que va a llover porque cuando venía estaba relampagueando lejos.

Orlando miró a Beba, ella asintió con la cabeza. Él no podía quedarse en Güanabo y dejarla abandonada. La joven que hasta ese momento no había hablado se dirigió a Orlando para decirle: Me puedo quedar contigo, mis padres no regresan por ahora de su viaje a Camagüey puedo seguir haciendo el papel de novia esta noche aunque estés pensando en una tal María. Iba a seguir hablando pero de pronto se oyó la voz de Esteban quien,   con una sonrisa en los labios, se apresuró a decir. Ah, las mujeres, no pierden un instante para insinuar o para dar la bofetada sin manos. Creo que esto no merece aclaración porque ella va a creer lo que quiera por mucho que se le diga y Orlando es de pocas palabras. Mejor pago y nos vamos.

Unos minutos más tarde estaban instalándose los jóvenes en la casa de Güanabo. Esteban ni se bajó del carro, prefirió seguir, no sin antes pasarle una nota a Orlando sin que Beba lo notara.

Una vez   dentro de la casa, el joven cedió a Beba la habitación principal, la que fue de María, y él escogió la misma que había usado antes en la parte de atrás, cerca de la cocina. Cuando quedó solo en la habitación leyó la nota que le había pasado Esteban. Orlando, por nada del mundo uses el teléfono de la casa. Trata de llamarme mañana a las diez AM de un teléfono público al número que está al final de la nota. Grávalo en tu memoria. No llames ni antes ni después, tienes que estar solo y a las en punto. Si cuando me llames mañana te digo que sí, nos veremos en Monte y Diez de Octubre a las tres de la tarde, no lo olvides. Ahora mismo vas a la cocina y quemas este papel.

Sin que Beba lo sintiera el muchacho fue a la cocina, prendió una hornilla de la estufa. Buscó un sartén, le dio fuego al papel dejando que las cenizas cayeran dentro del sartén. Allí esperó a que se quemara el último pedacito del papel. Después, con sus manos destruyó las cenizas tirándolas por el fregadero, luego abrió la llave del agua dejando marchar, por el tragante, el polvo negro que había quedado. Apagó la hornilla, lavó el sartén y lo guardó para irse a dormir.

Al despertar en la mañana, el calor era sofocante a pesar de la brisa que llegaba de la no muy lejana costa. Lo primero que hizo fue ir a la habitación de Beba para ver si aún dormía. Entreabrió la puerta del cuarto y pudo ver a la joven dormida. Sin hacer ruidos cerró la puerta. También en silencio se bañó y vistió cuidando no despertar a la joven. Miró su reloj de pulsera 9:45 AM debía salir de inmediato para llamar a Esteban a la hora acordada. Se apresuró para hacerle una nota: "Beba, voy a salir a hacer compras para el desayuno y almuerzo regreso pronto. Disfruta tu sueño. Dejó la nota donde ella pudiera encontrarla cuando despertara y fue hacia la puerta. Cuando tomó el puño de la cerradura para salir, una voz con cariñosa fuerza desde sus espaldas le dijo. ¿Dónde vas pilluelo que dejas descuidada a una joven mujer, sola y encerrada en un cuarto sin decirle tan siquiera adiós?

Perdóname, no quise despertarte –contestó Orlando sin virarse- Te dejé una nota a la entrada del cuarto de baño; además, también te dejé cepillo de dientes y una toalla limpia. Al decir esto Orlando fue volteándose lentamente para ver que la joven estaba plantada detrás de él envuelta en una sábana con los pies desnudos. El la miró de arriba abajo. Ella ruborizándose corrió a su cuarto. Orlando sin hacerle caso abrió la puerta y salió a la calle.

A las diez en punto llamó a Esteban y este le dijo que sí se verían en el lugar y la hora acordada. Cuando el joven colgó el teléfono fue en busca de un lugar donde comprar huevos, leche, pan, carnes y lo necesario para uno o dos días. Debía apresurarse para llegar a tiempo al lugar de la cita. A pesar de que para ese entonces comenzaban a escasear los artículos de primera necesidad, el joven pudo encontrar lo que necesitaba.

Al regresar Orlando a su nueva casa la joven aún dormía. El muchacho soltó los víveres sobre la mesa de la cocina y fue al cuarto para despertarla. Ella, al sentirlo llegar se apuró a cubrirse con la sábana que reposaba a su lado. Traje las provisiones necesarias para alimentarnos dos o tres días, tengo hambre y me vendría bien un buen desayuno –dijo Orlando al entrar- quiero te levantes para hacerlo juntos.

Sí, me voy a levantar, no lo había intentado antes porque lavé toda mi ropa, incluyendo la interior cuando aún dormías –contestó la joven- Sal de la habitación para poder darme una ducha y buscar algo para cubrirme.

Está bien –dijo el joven- estaré en la cocina, voy a hacer un poco de café mientras te espero.

Quince minutos más tarde apareció Beba para encontrar al joven sentado a la mesa frente a una humeante taza de café. Orlando miró a la joven de arriba abajo felicitándola por el atuendo que traía puesto. La muchacha se había colocado una toalla blanca, playera, amarrada a la cintura y para cubrir sus pechos y espalda se enredó en una sábana, también blanca. Su espeso pelo largo y negro caía sobre la blanca sábana logrando un hermoso contraste que la hacía lucir hermosísima ante los ojos de un buen admirador.

Orlando, luego de mirarla detenidamente por un rato dijo. Te felicito Beba, eres más bonita de lo que hasta ahora había notado, pareces un ángel. Es bonito tener una amiga como tú.

Gracias Orlando, por ese piropo te mereces el mejor desayuno del mundo –contestó la joven- y ya estoy dispuesta a comenzarlo.

Luego del suculento desayuno ambos se separaron yéndose cada uno a sus respectivas habitaciones. A las dos de la tarde Orlando fue a la habitación de la joven informándole que iba a salir y que vendría más tarde para comer juntos.

A las tres de la tarde estaba Orlando encontrándose con Esteban en la Calzada de Jesús del Monte y Diez de Octubre. Ambos, sin hablarse tomaron el primer autobús que pasó por esa esquina. Primero se cercioraron de que nadie montara tras de ellos para luego ir a sentarse en la parte trasera del vehículo y asegurarse de que ningún carro seguía al ómnibus. A las diez o doce cuadras se bajaron, uno detrás del otro sin hablarse. Se salieron de las calles principales y comenzaron a caminar despacio, ya juntos, por las calles interiores donde casi nadie andaba, solo muchachos callejeros y alguno que otro transeunte que regresaba de sus labores cotidianas, El primero en hablar fue Esteban.

Orlando, quería verte a solas porque he tomado la decisión de irme a pelear en la Sierra del Escambray. Voy a alzarme en armas junto a algunos compatriotas de aquella zona montañosa y algunos otros oficiales compañeros míos del ejército rebelde que no aceptamos el rumbo comunista que ha tomado la revolución. Te digo esto porque quiero invitarte a que vengas con nosotros. Aquí en la Habana más tarde o temprano nos van a detener y fusilar. Lo mejor es ganar las montañas y allí vamos a recibir ayuda de los americanos.

Una vez Esteban hubo terminado con su exposición el joven tomando unos segundos para pensar comenzó a desarrollar la de él.

Pienso Esteban que la lucha en las montañas contra un sistema como este se extendería mucho a un costo muy grande de vidas humanas. Tienes que fijarte en las movilizaciones que los comunistas están haciendo hacia las montañas donde están los focos de guerrillas ya formados. Son miles contra uno. Recuerda que operan con un ejército que no les cuesta. La dictadura pasada contrató jóvenes a los que les pagaba $33.33. Este no paga los milicianos, son voluntarios que van resueltos a matar. Pienso que lo más práctico sería un atentado que acabe con la vida de este hombre o demonio que nos ha traicionado a todos los que luchamos junto a él y ahora engaña nuestro pueblo, a la parte más débil de nuestra población para implantar su sistema de hambre y miseria

Tienes razón si se pudiera realizar –ripostó Esteban- Este es el hombre más cuidado del mundo. Los que hasta ahora lo han intentado están fusilados sin que lleguen a la acción. Nadie, ni los oficiales más allegados a él pueden ir armados. Cuenta con un sistema de seguridad muy sofisticado dado por la Unión Soviética a quienes no les conviene perderlo porque Cuba va a ser su medio de chantaje contra Estados Unidos en esta llamada Guerra Fría. Yo estoy bien adentro, trabajando en los servicios secretos y no lo intentaría porque sé que es un fracaso. Los únicos que quizás pudieran hacer algo son los comandantes más allegados a él y ni a ellos los dejan acercarse armados Esa bestia desconfía de todo y de todos. Las medidas de seguridad son extremas.

Si, Esteban, creo en lo que me dices y sé bien que es así. No te quiero quitar tu idea de ir a las montañas pero no la comparto. Tú ya tuviste experiencia en lucha de guerrillas porque luchaste junto a él en la Sierra Maestra. Yo no tengo esa experiencia, prefiero quedarme aquí y ver qué puedo hacer. De todas formas puedes contar conmigo para lo que quieras desde ahora mismo y después.

Gracias Orlando sé que puedo contar contigo, no hace falta me lo digas -lo interrumpió Esteban- Toma, te traje $500.00 pesos; sé que tú no tienes dinero y te hace falta, yo tengo de sobra y no lo voy a utilizar. Cuando me vaya te daré más, sé que lo vas a necesitar. Trata de cuidar la casa de Guanabo para que no pases trabajo por ahí sin tener donde dormir. Tengo planeado irme la semana que viene si todo sale bien. Ya sospechan de mí en el departamento de inteligencia y de trabajos especiales. Mis contactos en el extranjero me recomendaron fuera hacia Estados Unidos lo antes posible o que utilice los contactos de las embajadas pero prefiero combatir aquí antes de irme al exilio. No vamos a despedirnos, nos veremos dentro de tres días en el mismo lugar y a la misma hora, yo doblo en la siguiente esquina a la derecha y tú a la izquierda. ¡Hasta pronto!

¡Hasta pronto! –contestó Orlando separándose de su amigo. El joven quedó preocupado acerca de la seguridad de Esteban. Sabía que era un alto oficial y si lo detenían iban a fusilarlo. Si, pensó el joven, lo mejor para él era irse a las montañas o al exilio.

Antes de las seis de la tarde Orlando estaba en Guanabo donde ya lo esperaba Beba con la cena preparada. Al sentir la puerta corrió ella a recibirlo depositando un beso en la cara del joven. Luego de bañarse fue a sentarse a la mesa y mientras ella servía la cena, él comenzó a hablarle acerca de lo que necesitaba hacer al día siguiente.

Me haces mucha falta en el día de mañana porque necesito vayas al pueblo de Calabazar o mejor dicho, al reparto Las Cañas para que me contactes con Tony, el hermano de Dulcita, necesito hablar con él lo más pronto posible. Imagino que no está en su casa porque la última vez que lo vi estaba huyendo de la   policía política (G-2) pero su hermana tiene contacto con él. Somos muy buenos amigos y juntos hemos hecho cosas importantes contra el sistema. Esa hermana de él no ha tenido miedo nunca a pesar de ser tan nerviosa. Hace lo que se le pida y trata de que el peligro vaya sobre ella para cuidar a su hermano. Por mi parte la respeto mucho. También quiero saber quiénes son los individuos que preguntaron por mí en la casa de Tony o que querían verme. También necesito contactar con Trincha, es mi amigo y tiene buenos contactos. Tengo la dirección de sus padres en Luyanó y tú debes ir de parte mía y todo esto debemos comenzarlo mañana temprano si tú quieres hacerlo.

¡Claro que sí puedo hacerlo! –Contestó la joven en tono airado- Somos amigos y ambos amamos esta lucha, para mí es un deber y seguirá siéndolo hasta no ver derrotado este sistema.

Gracias Beba, no podía esperar otra cosa de ti –La interrumpió el Joven- Demás está decirte que la cena te quedó exquisita y este café bien fuerte y espumoso como a mí me gusta. -Orlando la desvió del tema político porque no quería que ella supiera mucho, trataba de cuidarla pero la muchacha, adivinando sus pensamientos, detuvo al joven sin darle las gracias.

Orlando, me interesaría saber si tienes planes y cuáles son, claro, si me los puedes decir. Pienso que después de haberte quedado sin tus contactos, nosotros juntos podemos agrupar otros jóvenes y hacer muchas cosas contra esta dictadura.

Claro que sí tengo planes pero ya no estoy interesado en hacer muchas cosas. Mi meta .por ahora es una y a eso me voy a dedicar es por ello que quiero contactar a Tony, él es de mi extrema confianza y desde hace mucho no hablamos.

Se bien que ustedes son muy buenos amigos –le dijo Beba-

Sí, es con la única persona que hablo ampliamente de todo, y a la que le cuento mis problemas más íntimos. Cuando lo vea nos pasaremos horas hablando, tengo muchas cosas que contarle.

¿Cuándo y cómo lo conociste? –Volvió a interrumpir la muchacha-

Estas preguntando mucho –respondió Orlando- Lo conocí cuando cogieron a su hermano preso. Él pensó que lo iban a fusilar porque estaba envuelto en un atentado a un líder comunista pero se le infiltraron unas personas de la provincia de Oriente y dos amigos íntimos que habían luchado junto a él contra la dictadura pasada, era un tal Rubén quien prácticamente vivía en la casa de ellos. Era un tipo que ni tenía donde vivir. Sí era valiente, el 26 de Julio lo escogió para conspirar contra Batista porque no tenía escrúpulos para nada y mucho menos, moral. Era capaz de cualquier cosa. Lo pusieron a trabajar en acción y sabotaje bajo las órdenes de Angelito, mientras que todos sus compañeros de lucha lo fueron cambiando; parecía distinto, luego de integrarse a este grupo se le veía limpio, rasurado. Parecía otra persona. Pero no, después que triunfó la llamada "Revolución" se integró al DIER, (Departamento de Investigaciones del Ejército Rebelde) bajo las órdenes de Angelito con otros más del pueblo de Calabazar que lucharon juntos en el 26 de Julio. De pronto comenzó a hablar mal de la revolución y de sus líderes. Casi todos los del pueblo de Calabazar que formaban el grupo de Acción y sabotaje contra Batista comenzaron a ponerse contra la revolución, incluyendo a este tal Rubén y otro llamado Caruzo. Este tal Caruzo en realidad sí estaba contra el gobierno de Batista pero no hizo nada contra esa dictadura él era más bien una gente aburguesada con dinero por ser dueño de un tejar y se llevaba bien con los grupos de la clandestinidad a quienes, a veces, daba dinero para ayudarlos con esa guerra. El, al triunfo de la revolución se unió al DIER junto a Angelito y también comenzó a hablar en contra de la revolución que tomaba un rumbo comunista y le iban a quitar su negocio de tejas y tubos de barro. Todos ellos estando trabajando en el DIER comenzaron a conspira contra la revolución que en lugar de verde como nuestras palmas se convertía en roja con la sangre de sus propios hijos.

Para no hacerte la historia más larga, cuando detuvieron a Angelito junto con Jorge Gamboa (Coqui) y Roberto Ramos (El Títere) los agentes del DIER, (SE)   dos de los infiltrados o delatores eran amigos, formaban parte del grupo de Angelito dentro de 26 de Julio.

Como tú sabes, a Angelito no lo fusilaron ni a los otros dos amigos pero Tony pensaba que los iban a fusilar por ser miembros del DIER, por oponerse a la revolución, porque el atentado era contra Carlos Rafael Rodríguez, uno de los dirigentes de más altura de la nomenclatura comunista y por las armas que les ocuparon cuando iban a cometer el atentado.

Tony quería matar a Rubén por ser traidor doble. Como en ese entonces yo militaba en la misma organización que él, nos presentaron para atrapar al tal Rubén, así fuimos haciendo una amistad muy estrecha. Nos veíamos casi todos los días no solo para la acción sino para hablar o leer sobre Martí y nuestra pasada guerra de independencia. Luego hicimos un par de trabajos juntos hasta que tuvimos que separarnos por la persecución que había en contra nuestra.

¿Y qué les paso a los dos traidores? –interrumpió Beba- Bueno, nada. Esa es otra historia más larga que te la contaré en otro momento. Solo puedo decirte que a Caruzo lo hicieron embajador de Cuba en un país europeo y a Rubén lo desaparecieron en otras provincias quizás para que siguiera enviando patriotas a los paredones de fusilamiento. No pudimos encontrarlo.

Estoy cansado Beba, creo que he hablado de más y tengo sueño. Mañana te despierto temprano para salir a hacer lo que te he pedido. Será un día muy agitado. Con un seco hasta mañana, Orlando salió del comedor para retirarse a su cuarto mientras la joven terminaba de fregar lo que había quedado sucio.

Al día siguiente todo lo hicieron según lo planeado. La joven visitó la casa de la mamá de trincha para dejarle el mensaje de que Orlando lo quería ver cuanto antes y que ella regresaría después de las doce del mediodía para saber la respuesta. De la casa de trincha fue al reparto Las Cañas en Arroyo Naranjo para encontrar a la hermana de Tony. Ahí tuvo suerte, Dulce estaba en casa. Se puso de acuerdo con ella para citar a Tony para ese mismo día y encontrarse en un lugar señalado. Dulce sabía de Orlando Montes pero nunca lo había visto. Acordaron verse en el Paseo del Prado, al final, cerca de la estatua de José Martí. Luego de compartir un rato las dos amigas se despidieron quedando en reencontrarse a las tres de la tarde en el lugar pre acordado.

De la casa de dulcita Beba regresó a Luyanó a la casa de la mamá de trincha. Aún no eran las doce pero ella quiso probar suerte y le resultó, el hombre estaba allí esperándola. Como Beba no lo conocía la mamá de él los presentó. Ella le dijo que venía de parte de Orlando y que este quería verlo lo antes posible.

Está bien -dijo trincha- ¿Cuando y donde puedo verlo? Para mí es de gran satisfacción saber que está vivo porque se rumoraba que había muerto o que lo habían herido en un tiroteo con la policía política.

Nada de eso –contestó ella- él está de lo mejor y en activo; Beba mirando su reloj de pulsera le hizo una pregunta a Trincha- son las once y media de la mañana, ¿Podemos encontrarnos a las dos de la tarde frente a la Plaza de Jesús del Monte?

Claro que sí –contestó el aludido-

Está todo bien entonces –dijo ella- por lo tanto me voy. Gracias a todos y que tengan un buen día.

La joven se marchó luego de despedirse para ir a encontrarse con Orlando en la Víbora, a dos cuadras del instituto donde el quedó en esperarla. Al encontrarse con él ella le narró todo lo que había hecho. El joven con una leve sonrisa de felicidad reflejada en su rostro agradeció a Beba su gestión, a la vez que, con voz amable y muy baja, le dijo: vamos a almorzar algo, ni tú ni yo hemos desayunado y ya es hora de almorzar. Te invito a una fonda de chinos que hay cerca de aquí. Beba le tomó la mano al joven para caminar hacia el sitio donde iban a comer juntos. Así llamamos menos la atención, parecemos una pareja de enamorados. Caminaron despacio para hacer tiempo pues aún era temprano, una vez en el sitio los sentaron frente a una mesa cubierta con un mantel de hule con líneas rojas y blancas. Luego de comer tomaron un ómnibus que los dejara frente al Mercado Único donde se debían encontrar con Trincha.

Al llegar al lugar de la cita el tal trincha ya los esperaba aunque aún faltaban diez minutos para la hora señalada.

Orlando lo vio a pesar de la distancia y el movimiento de gentes por ese lugar, pero no quiso dejarse ver, esperó un buen rato para asegurarse qué se movía por los alrededores o si alguien lo seguía. Este personaje era un hombre culto, hablaba inglés a la perfección por haber estudiado en los Estados Unidos. Alardeaba de tener cierta cultura y en realidad sí la tenía. No era una persona valiente aunque con mucho nerviosismo sí se arriesgaba a determinadas cosas que ponían su vida en peligro. Cuando Orlando se cercioró que todo estaba bien, faltando un par de minutos para las dos de la tarde le dijo a la joven, Beba ve tu delante de mí te le acercas, lo saludas como si fuera un encuentro casual y le dices que ni me abrace ni me de la mano, no quiero llamar la atención de nadie. Así lo hizo la joven y cuando Orlando llegó donde ellos no se notó nada. Caminaron con la expresión en el rostro de la alegría de haberse reencontrado.

Luego de los saludos cordiales Trincha preguntó al joven ¿Qué había sido de él, que estaba haciendo y que pensaba hacer? Te nos perdiste de pronto y no supimos más de ti -le dijo-

Sí, es cierto, tuve varios problemas con la policía y me escondí por un tiempo, pero lo que importa es que ya estoy de nuevo en movimiento. Por eso quise encontrarte. ¿Dime tú que haces?

Hago todo lo que se pueda, ahora estoy trabajando con otra organización clandestina que es bien violenta. Ya les han fusilado muchos hombres y otros muchos están presos. Pero tú eres mi amigo quiero me digas en que puedo ayudarte.

Aún no estoy muy seguro en qué puedes ayudarme, me es necesario conseguir un fusil de largo alcance. No quiero me preguntes para qué ni para cuando. Si me lo puedes conseguir me avisas, de todas formas vamos a seguir en contacto. Lo que necesito es que te dediques, sin llamar la atención, a buscarme lo que te he pedido.

Ahora mismo no tengo idea de quién puede tener un fusil pero déjame pensar y hacer varias averiguaciones, en un par de días te contesto. Quiero dejarte saber que dentro de unos días se van a explotar cien bombas en la Habana, se llama "La Noche de la Cien Bombas"

Me gusta –dijo Orlando- y ¿Cuándo va a suceder?

No sé exactamente pero es pronto –respondió Trincha-

¿Quienes trabajan en esa operación? - Volvió a preguntar el joven-

Te explico, Después de aquellas cosas en las que estuvimos envueltos y también después que tu desapareciste me vi solo pero con deseos de seguir la lucha. Yo soy amigo de un joven llamado Saúl y este es militante de una organización en la cual estoy trabajando ahora. Saúl me invitó a luchar con ellos y acepté de inmediato. Ya tenía noticias de que era una organización que hacía muchas acciones violentas y de inmediato le dije que sí. De esta manera llevo involucrado con ellos varios meses y trabajo en lo que es acción militar. El jefe de acción y sabotajes provincial de la organización me invitó a participar. Tú sabes que no es fácil conseguir un alto número de personas para que salgan a poner bombas en una sola noche.

Me estás dando mucha información que ni necesito ni quiero saber –lo interrumpió Orlando- Creo debes ser más cauteloso en eso.

Orlando –dijo Trincha- ¿Cómo a ti no voy a poder decirte las cosas? Eres una de las gentes más confiables en esta lucha y debes saber.

Trincha iba a continuar hablando pero Orlando en tono amable le dijo. Lo que no tengo que saber no debo oírlo, lo que no tengo que decir no debo decirlo y lo que no tengo que ver para qué quiero verlo.

OK, Orlando, una vez más tienes razón. Era que pensaba invitarte a que participaras.

No Trincha, lo siento, no me interesa, mi mente está ahora en otras cosas pero me tengo que ir ya mismo, de ahora en adelante nuestro contacto va a ser Beba, en dos o tres días ella te irá a ver para volver a vernos y hablar más amplio.

Voy a doblar con Beba en esa esquina que viene y adiós, que tengas suerte, tú sigues de largo.

En la siguiente esquina se separaron.

Una vez solos Orlando y Beba, este le dijo. Vamos ahora mismo a ver a Tony, pero a este señor Trincha no quiero que volvamos a verlo, ni tu ni yo. Está hablando demasiado me contaba todo lo que no me importa y si no lo paro sabrá Dios de cuantas cosas más hubiera hablado. Me da pena con él porque sé que no es mala gente y sus padres son maravillosos pero no, si a este lo apresan, la policía política no tiene que torturarlo para que hable, se los dice todo con puntos y comas. Creo que es un peligro para todos.

Mientras el joven hablaba con su amiga y compañera caminaron hacia una parada de guagua que los dejara cerca de donde Tony los esperaba. Llegaron a Prado y Neptuno, se bajaron del ómnibus y caminaron a encontrar el Paseo del Prado, cuando habían avanzado más de una cuadra Beba divisó a Tony que caminaba despacio por la acera opuesta algo lejos de ellos. Orlando estaba contento de poder encontrarse con su amigo. Le había tomado mucho cariño y respeto a pesar de que ambos eran más o menos de la misma edad. De la misma manera, también Tony lo respetaba. El encuentro resultó de gran alborozo para ambos, Beba disfrutabas sonriente y en silencio el abrazo de los dos amigos. Tony fue el primero en hablar.

Orlando, no sabes la alegría que me ha dado saber que estás bien. Me habían dicho que te habían matado en un encuentro con los esbirros de la dictadura. De todas formas se rumoran muchas cosas de ti; decían que te habías marchado para el exilio y eso me tranquilizaba a pesar de dudarlo. Pero bueno cuéntame, tenemos mucho de qué hablar.

Orlando fue a contestar pero en eso la voz de Beba los interrumpió para decirles que los iba a dejar solos para ir a su casa y buscar algunas ropas que le hacía falta. Fue entonces que Tony recordó que no había saludado a la joven a pesar de ser muy buenos amigos.

Antonio Pons

Perdóname Beba no te había saludado –al decir esto se le acercó y le dio un beso en la mejilla- ¿Cómo has estado? Qué bueno que andas junto a Orlando, por mucho tiempo formamos un buen grupo de acción. ¿Qué me cuentas? ¿Cómo te empataste con Orlando?

Tengo poco que contarte -respondió Beba a Tony- Orlando te dirá como nos empatamos pero yo quiero saber dónde dejaste a Dulcita, ella me dijo que iba a venir contigo y así hablaríamos un poco.

Es cierto –respondió Tony- ella quería venir pero se lo impedí pidiéndole que me era necesario fuera a otro lugar a buscar un dinero que me iban a dar, realmente no era cierto del todo, más bien lo que deseo es cuidarla. No quiero que caiga presa conmigo o por mí. Es necesario que esté bien y en libertad para que cuide a mis padres y visite las prisiones. Además ella junto a Rosa, la esposa de mi hermano, es la que va a Isla de Pinos a visitar a Angelito. Si ella cae presa eso sería un desastre para mis padres y para mi hermano Ignacio.

Entiendo – respondió Beba- ahora me voy para que ustedes dos hablen todo lo que quieran y nosotros dos Orlando, si quieres te espero en la casa de la playa o te veo por aquí más tarde.

No, nos vemos en la playa voy a invertir mucho tiempo con nuestro amigo.

Nos veremos pronto –dijo ella a modo de despedida marchándose-

Los dos amigos quedaron solos durante más de cuatro horas, Orlando le contó a Tony todo lo que le había sucedido es esos meses pasados y a su vez Tony hizo lo mismo con Orlando.

¿Qué piensas hacer ahora que estás de nuevo luchando en las calles? -Preguntó Tony–

Mi hermanito -comenzó a responder Orlando a su amigo- tú sabes que mi obsesión ha sido siempre matar al dictador, pienso que "muerto el perro se acaba la rabia". Sé que hay una gran mayoría de la población confundida pero también engañada. Ellos dicen que van a convertir los cuarteles en escuelas y es cierto, cogen un cuartel y lo hacen una escuela y a esa escuela le hacen mucha propaganda pero en realidad, sin que el pueblo se entere, por ese cuartel que quitaron abren diez bases militares y traen entrenadores soviéticos para si los americanos nos ataca sin hacerles a esos diez nuevos cuarteles, propaganda alguna para que ni se hable o se sepa nada de esas construcciones militares. Están convirtiendo, en silencio, toda la isla en un cuartel con un ejército de milicianos que ni les dan salario alguno, los mandan a morirse de gratis para que defiendan la bandera Rusa y los ideales comunistas, o los tienen abriendo trincheras en toda la isla, entreteniéndolos, como tontos útiles que son, para guarecerse de la amenaza americana.

Ya te hablé de mi amigo Esteban, a él le debo la vida. En estos momentos está en condiciones difíciles porque sospechan de él y en cualquier momento podrían detenerlo y tú sabes, lo fusilan después de torturarlo para que hable. En un par de días nos vamos a encontrar en un lugar determinado, quizás sea la última vez que lo vea porque piensa irse para las montañas a pelear. Como te dije antes, no me gusta la idea pero posiblemente vaya con él para contactar la persona que los lleva a las montañas y quedarme con ese contacto para enviar gentes que estén muy señaladas aquí en la Habana.

Si, tener ese contacto de las montañas es muy importante, para nosotros -respondió Tony-- ahora mismo yo tengo varios amigos que necesitan irse pero nos falta el contacto para que los guíen.

Tengo pensado hablar con mi amigo para que me deje acompañarlo a Las Villas -interrumpió Orlando a Tony- y me presente el contacto. Ellos se quedan y yo regreso solo a la Habana.

Esa idea no me gusta –dijo Tony- Hay otras formas de conseguir contactos con los alzados en armas en las montañas no quisiera que fueras con ellos.

No te preocupes, en dos días me reuniré con él y veré las opciones que tengo. Se me ocurre que en dos días, pasado mañana me esperes frente a la panadería de Toyo a las 3:30 PM. Me agradaría que participaras de mi entrevista con Esteban pero este no acepta a nadie que él no haya conocido previamente. Vámonos ahora, llevamos mucho tiempo aquí sentados, voy a coger el primer ómnibus que pase por aquella esquina. Recuerda, a las tres y media en dos días nos vemos. Cuídate.

Ambos jóvenes se dieron las manos a modo de despedida. Media hora más tarde Orlando llegaba a su morada en Guanabo donde lo esperaba su amiga Beba con la comida preparada y caliente.

Luego de comer, ambos se retiraron a sus respectivas habitaciones. Orlando estaba intranquilo, necesitaba un fusil, quería tirarle al dictador, todos sus pensamientos estaban puestos en esa idea. Iba a vigilar todos los movimientos del hombre que había vendido nuestras libertades a la Unión Soviética. Al hombre que asesinaba bajo los paredones de fusilamiento a los elementos que hicieron posible la Revolución, los mejores hijos de la patria, al monstruo que lentamente iba destruyendo el país. Esa misma noche tomó una decisión, conseguiría un fusil al día siguiente de todas formas, por las buenas o por las malas.

A la mañana siguiente se fue a la habitación de su amiga. Beba –le dijo- voy a salir durante casi todo el día para hacer distintas gestiones. Y mañana me reuniré con Esteban, el hombre que nos ha metido en esta casa. El piensa irse para las montañas pronto, aún no sé cuándo pero mañana lo sabré. Pienso ir con él hasta las Villas para conseguir un contacto de las montañas y regresar el mismo día si es posible. Esto que te digo no es seguro depende si el me lo permite.

Yo no quiero que hagas eso, -casi gritando contestó Beba- es muy arriesgado para ti. Sería mejor que yo fuera en tu lugar. Como mujer llamo menos la atención, además estás siendo buscado y yo no.

Déjame terminar, -la detuvo el joven- Esteban no confía en nadie. Es posible que ni a mí quiera llevarme. Hoy mismo en la tarde te voy a necesitar en otra operación. Entre las seis o las siete de la noche te voy a llamar al teléfono de esta casa. No lo puedes contestar pero voy a dejar que de un timbrazo y voy a colgar, luego volveré a marcar y cuando suene el timbre, enseguida cuelgo nuevamente. Cuando esto suceda irás a mi habitación, allí tengo una maleta larga vacía tienes que poner algunas ropas tuyas para que no se note vacía y vas a ir a esperarme a la calle Zanja donde está el paradero de la ruta 31. Allí cogeremos juntos un carro de alquiler y, sin hacer preguntas, metes lo que yo lleve en las manos dentro de la maleta. Ahora quiero me lo repitas todo quiero estar seguro si lo has entendido bien.

Después del mediodía Orlando se despidió de su amiga para ir a deambular por la Habana en busca de algún lugar donde pudiera conseguir el fusil, estaba dispuesto a quitárselo a algún militar o miliciano a la fuerza. El joven no tenía carro su medio de trasporte era las guaguas o los carros de alquiler. Llevaba consigo una manta, dos bolsas largas de papel y su pistola colt 45 a la cintura. En ese entonces muchos comerciantes entregaban sus negocios para marcharse del país y el gobierno ponía uno o dos militares a cuidar el sitio. Otros comercios estaban siendo intervenidos acusando a sus dueños de contra revolucionarios y enviando a los infelices a prisión, la mayoría de las veces sin prueba algún pero también allí, en esos negocios, ponían guardias a cuidar.

Luego de horas de deambular por diferentes sitios, moviéndose de un lugar a otro en guaguas y anotando en su mente los lugares donde había postas o centinelas decidió uno en la calle Infanta. Pasaban de las cinco de la tarde. Esperó después de la seis para llamar a Beba con la contraseña y luego esperar a que se hiciera más de noche para comenzar su operación. Después de las siete y ya oscuro, se acercó al lugar. Era un cine al que meses antes habían intentado darle candela en vano porque lograron apagar las llamas antes que se propagaran por el edificio. Sólo una sala había sido afectada, las demás funcionaban pero el sitio no era muy visitado, primero por temor y luego porque las películas que estaban poniendo eran de propaganda comunista o películas Rusas sin sentido alguno. Orlando sacó su entrada para asegurarse de cuantas personas estaban dentro y hacia donde llevar al miliciano que custodiaba el lugar.

La sala era de tres filas, en la fila primera de la izquierda, cerca de la pantalla, una pareja de jóvenes se entretenía besándose. El miliciano o custodio pasaba más tiempo afuera mirando las personas pasar para esa manera distraerse, a la vez que lucía su fusil, y su traje azul de miliciano, aparentemente nuevo, que lo hacía sentirse importante. De vez en cuando entraba a la sala de proyecciones para echar un vistazo y ver un trozo de la proyección. Orlando colocó en la última hilera de sillas de la parte derecha de las tres filas el bulto que llevaba consigo, luego se quitó los cordones de sus zapatos y los puso en sus bolsillos. Esperó a que el militar hiciera su entrada a la sala para ver su trozo de película. Cuando lo vio acercarse sacó su pistola y como si fuera a marcharse pasó por el lado del miliciano. Le puso la pistola en el costado izquierdo presionándolo con fuerza a la vez que le decía en voz baja pero autoritaria. ¡Si te mueves o gritas o tratas de usar tu arma te vacío el peine de mi pistola en las costillas y te mueres! Orlando, aprovechando el susto y la sorpresa del miliciano, le arrebató el fusil a la vez que lo empujaba hacia donde había dejado su bulto. Allí obligó al militar a acostarse en el piso con las manos hacia atrás para amarrarlas fuertemente con el cordón de uno de sus zapatos. Posteriormente le ató los pies para luego ponerle su pañuelo dentro de la boca para que no gritara. Envolvió el fusil en la manta, lo puso dentro de las bolsas y salió del cine como si nada hubiera sucedido. Antes de llegar a la esquina tomo un carro de alquiler que lo llevó hasta la calle Jesús del Monte y de ahí en una guagua encontrarse con Beba en la calle Zanja. Poco tiempo después los dos jóvenes llegaban a su hogar en la playa de Guanabo.

Orlando estaba feliz con su fusil, era como un juguete nuevo para él, siempre había tenido en sus manos pistolas y revólver pero nunca había tenido un fusil. No conocía de armas y en ese momento no sabía qué clase de fusil tenía en sus manos. Luego de darle vueltas y más vueltas aprendió a quitarle el peine y a rastrillarlo mientras Beba a su lado, algo nerviosa le recomendaba precaución para que no se le escapara una bala y tuvieran que salir huyendo de esa casa.

¿Cómo conseguiste ese fusil? -Preguntó la joven-

Me lo dio un amigo –contestó él- sin mirarle a la cara, siempre atento al arma que tenía en sus manos.

Vete a dormir –dijo ella- deja eso para cuando Esteban venga por aquí que te enseñe a usarlo, debes tener sueño.

No - contestó el joven- ahora mismo no tengo sueño. Vete tú a la cama.

Al rato de haberse ido la joven, Orlando fue a su cuarto, necesitaba pensar mucho, debía elaborar un plan para el atentado contra el llamado dirigente de la destrucción del país. El joven no podía dormir a pesar de sentirse cansado después de haber deambulado por toda la Habana en busca de su presa para conseguir el fusil. Después del atentado, si salgo vivo subiré a las montañas - pensó Orlando- Sé que es difícil salir vivo, porque a ese hombre ahora lo cuida la KGV Soviética. Debe ser el hombre más cuidado del mundo. Él es la cabeza pensante, los demás son sus títeres a los que vamos a poder derrotar con mayor facilidad.

Con esos pensamientos se fue quedando dormido. Unos golpes en la puerta de su cuarto lo despertaron, era Beba, saltó de la cama y fue a abrirle.

Siento haberte despertado –dijo ella- sé que tienes cosas que hacer y ya tengo el desayuno listo desde hace mucho.

Está bien, discúlpame. Me dormí con la ropa puesta, déjame darme una ducha y enseguida estoy en la cocina.

Te espero en la cocina y con mucha hambre –dijo Beba retirándose.

Más tarde, mientras desayunaba, le dijo a su amiga- Beba, hoy me reuniré con Esteban, como ya te dije, voy a tratar de ir con él hasta la provincia de las Villas y regresar el mismo día. Antes de irme voy a ver a Tony pero si algo pasa le das a él, sólo a él, el rifle que está bajo el colchón de mi cuarto. Quiero recuerdes la contraseña que te di con el teléfono; nunca contestes, tan solo te vas a la calle Zanja, como hiciste ayer, a las seis de la tarde y me esperas allí. Le dio un beso en la mejilla a la muchacha para luego dirigirse a la puerta de entrada. ¡Hasta luego, te veré más tarde!

A la hora acordada se encontraron Orlando y Esteban luego de asegurarse que nadie los seguía. Ambos hombres tomaban todas las medidas de seguridad posibles en un esfuerzo supremo por despistar los esbirros de la Seguridad del Estado. Una vez juntos el primero en hablar fue Esteban.

Orlando todo ha cambiado me voy hoy mismo para la provincia de las Villas y mañana estaré en las montañas. Somos cuatro los que vamos. No me voy en mi carro, este lo he dejado parqueado frente al edificio donde vivo, salí de allí en otro carro que me recogió por el mismo lugar que te saqué a ti meses atrás. Es el carro de un amigo que nos va a llevar hasta las Villas e inmediatamente regresa.

Pero, ¿qué ha pasado? Preguntó Orlando al saber que Esteban se iba ya mismo.

Sucedió –dijo el hombre- que ya anoche fueron a detenerme a mi apartamento. Ellos pensaron que yo estaba allí pero desde hace dos días he estado yendo a mi apartamento pero de inmediato salía por detrás. Ellos al ver mi carro estacionado donde siempre, no imaginaron que me iba a dormir a otro sitio. No voy a dejar que me cojan así tan fácil. Esperé hasta ahora para verte y despedirme.

Espera Esteban -dijo el joven- necesito ir contigo pero no para las montañas, quiero me presentes el contacto que los va a llevar arriba. Necesito ese contacto para enviar las personas que estén muy perseguidas aquí en la Habana y que quieran alzarse para salvar su pellejo.

Sí, eso me parece inteligente de tu parte -dijo Esteban- lo único es que ya no tienes tiempo de regresar a tu casa porque de aquí voy a recoger a alguien en los Castellanos para irnos de inmediato. Hay un carro esperándome cerca de aquí.

Yo no tengo ningún problema con eso, puedo irme ahora mismo –contestó el joven- lo único que necesito hacer es ir hasta la esquina de Toyo para verme con un íntimo amigo y enviar con él un mensaje a Beba para que sepa que no iré a dormir esta noche. El amigo me espera a las 3:30, dentro de un rato donde te dije.

De acuerdo –respondió Esteban- De regreso del reparto los castellanos te recojo allí, frente a la esquina de Tollo. Separémonos ahora pero antes despide a tu amigo, no quiero vea el carro en el que me muevo ni la cara del chofer.

En la primera esquina se separaron. Orlando fue en busca de una guagua que lo moviera hacia donde lo esperaba Tony quien ya estaba allí esperándolo.

Orlando le dio todos los detalles a su amigo, incluso le contó lo que hizo para conseguir el fusil que tanto necesitaba. Tony lo escuchó en silencio, cuando Orlando terminó le dijo. Creo que vas muy de prisa. Ese viaje tuyo a las Villas no me gusta y lo que hiciste anoche ha sido una locura. Si el miliciano te vio la cara ahora van a redoblar tu búsqueda. Seguro los de seguridad ya saben que fuiste tú quien lo hizo.

No importa Tony –se apresuró a contestar Orlando- cuando regrese estaré un tiempo sin salir a la calle preparando las condiciones para tirarle al asesino que nos gobierna. Necesito ahora que llames a Beba al teléfono que te daré. Llamas, dejas que suene el timbre una sola vez, cuelgas y vuelves a hacer lo mismo. Ella no va a contestar sino que de inmediato se ira a la calle Zanja donde termina su itinerario la ruta # 31. Ella estará allí a las seis de la tarde. Le dices que estaré de vuelta mañana en la noche. Que se cuide y tú también cuídate. Ahora debemos separarnos. Es mejor que te alejes pues de un momento a otro vendrán a recogerme. No quiero te vean porque son cuatro personas las que vienen en ese carro y solo conozco a una. Tony, luego de coger el número de teléfono donde iba a estar Beba se fue caminando despacio para más adelante cruzar la calle y desde allí vigilar el carro donde montaría Orlando. Quería estar seguro de que nadie lo seguía.

Orlando se despidió de su amigo sin decirle que era Esteban quien no quería que vieran su carro. Minutos más tarde de despedirse de Tony un Chevrolet color blanco, recogió a Orlando para salir rumbo a la provincia de las Villas.

A partir de ese momento no se supo nunca más de Orlando. Por mucho que intentaron Tony y Beba de averiguar por él, nadie sabía nada. Casi dos años más tarde Tony, luego de caer preso es trasladado a la prisión de Isla de Pinos. Al poco tiempo de estar allí comenzó a indagar por Esteban con los presos que habían estado en las montañas y si conocieron a Orlando Montes. Nadie los conoció. Un buen día alguien se acercó a Tony para preguntarle ¿Tu conociste a Esteban? Me dijeron que estabas preguntando por un tal Esteban y un tal Orlando.

No -contestó el joven- se de él por Orlando Montes, un joven de más o menos mi edad que salió con él hacia las Villas para regresar al día siguiente y nunca más tuvimos noticias suyas.

Yo los conocí a los dos –dijo la persona a Tony- Esa es mi causa. Tu amigo debe estar muerto al igual que Esteban, Pedro y un tal Junco, que eran los otros que iban conmigo en el carro. –El hombre hizo una pausa para después soltar un profundo suspiro y decir casi sin fuerzas- ¡Sólo yo he quedado vivo!

¿Usted conoció entonces a Orlando? –atiné a preguntarle- Si, Orlando era un jovencito que conocí ese mismo día, lo mismo que a los otros. Lo recogí en la esquina de Toyo. Esteban quería mucho al jovencito. Estábamos en la carretera central, habíamos pasado ya Matanzas y entrado a las Villas. De pronto Esteban me ordenó detener el auto y a apagar las luces de mi carro, la noche me parecía más oscura que nunca, sólo las luces de los automóviles o camiones que iban y venían, daban un poco de claridad a tanta oscuridad en derredor nuestro. Esteban dio la orden de detenerme luego de que un carro color oscuro nos pasaba a pesar de lo estrecho de esa parte de la carretera. Cuando me detuve otros dos o tres carros más nos pasaron por el lado. Detrás de nosotros, algo distante, se veían más luces. Orlando- gritó Esteban- tírate ahora mismo del carro y entra en esa finca que está ahí a la derecha sin pararte, estamos en una encerrona. ¡Corre, no pierdas tiempo y no te pares para nada, oigas lo que oigas! El muchacho hizo caso de inmediato pero pude ver que sacaba un arma que llevaba en su cintura.

En ese mismo instante todo se puso de día. Los carros que venían detrás del mío eran camiones con soldados, de pronto, frente a nosotros, comenzaron a aparecer carros con sus luces largas encendidas. Me asusté mucho, no tuve fuerzas para yo también correr. Vi que los hombres que venían con nosotros tomaban en sus manos fusiles dispuestos a disparar. Se sintieron unos tiros primero y vi al muchacho que caía al suelo pero que se incorporaba de inmediato. Supuse que una bala le había dado. Esteban se bajó del carro abriendo fuego a los vehículos que tenia de frente. Los otros dos hombres hicieron lo mismo pero en realidad las balas venían de los camiones con soldados que estaban detrás nuestro, algo distantes. La voz de un alto parlante se dejó escuchar ¡No disparen, no disparen! Fue entonces que Esteban dijo casi gritando, a mí no me van a coger vivo a la vez que disparaba su arma contra los carros. Los demás compañeros de él siguieron su ejemplo. Eran muchos los disparos, yo no tenía arma alguna y ni sabía usarla. Lo que hice fue meterme debajo del timón agachado con las manos en la cabeza a esperar que una bala me matara, pero no sucedió. Los disparos fueron disminuyendo poco a poco hasta hacerse un silencio total. No se oía nada. De pronto, aparecieron luces de linternas y muchas voces hablando a la vez. Aquí hay uno muerto. Son más de uno dijo otra voz. Registren el carro. Ahora me toca a mí -fue lo que pensé- Alguien me puso una pistola en la cabeza gritándome que saliera del carro, no llegue a salir por mí mismo. De pronto me vi rodando por el asfalto y rodeado de fusiles con voces que me gritaban que no me moviera. No me pusieron esposas, sólo me amarraron con sogas manos y pies para después darme varias patadas, levantarme en peso y tirarme dentro de un carro que parecía civil. No dije nada, aguantaba asustado y escuchaba todo lo que decían. Ven Juan corre que aquí hay otro muerto pero este tiene un balazo en la cabeza. Ese debe ser Esteban pensé, dijo que no se iba a dejar coger vivo. Luego escuché que del otro lado de la carretera habían encontrado otro cuerpo. Este está vivo aun -oí decir- Dos o tres minutos más tarde sentí un disparo y una voz que decía, Ya no hay nadie vivo. No, en ese carro venían cinco gusanos falta otro, hay que seguir buscando y dense prisa porque tenemos la carretera cerrada en ambas direcciones por demasiado tiempo. Después no supe más, varios hombres de civil se montaron en el carro donde me habían metido y luego de darme varios golpes me preguntaron por mi nombre Luis, les dije y no hablaron más hasta que llegué a un edificio pequeño donde me metieron en una celda y donde nadie me molestó para nada hasta que me llevaron a mí solo para la Habana en un camión que parecía blindado. Llegué a la seguridad del Estado de Quinta y Catorce en la Habana y lo supe porque ellos mismos me lo dijeron antes de meterme en una celdita muy pequeña y tremendamente oscura. Allí me tuvieron durante no sé cuánto tiempo porque no tenía luz, siempre era de noche después comenzaron los brutales interrogatorios pero yo nada sabía ni conocía a ninguno de los que iban conmigo en el carro. Sólo conocía a Esteban porque lo veía en silla de ruedas con su uniforme de oficial y le cogí pena. Hicimos cierta amistad. Él era una persona simple que trataba a todo el mundo con la misma sonrisa dibujada siempre en sus labios. El me ofreció dinero para que lo llevara a las Villas con unos amigos sin decirme para qué, viaje de negocios pensé; ni sabía que los bultos que llevaban con ellos en el carro eran armas. Los militares me ocuparon los doscientos pesos que me había dado Estaban y tenía en mis bolsillos cuando me hicieron prisionero.

Pero ya estoy cansado y la cabeza me da vueltas. En otro momento vengo a verlo y le sigo contando. Voy a agregarle dos cosas más, la primera es que Esteban no se llamaba así, usaba ese nombre para conspirar, tenía otro nombre que aparece en mis papeles de enjuiciamiento, y lo segundo es que estoy aquí sin juicio y sin condena a pesar de las gestiones que hace mi familia para que le digan algo. No sé lo que van a hacer conmigo, a lo mejor me fusilan como hicieron con ese grupo de alzados de la sierra del Escambray que se llevaron de aquí para fusilarlos. Ya me voy, nos vemos luego o mañana.

-El hombre ahora se refería a un grupo de hombres que estaban presos por más de dos años y un buen día los sacaron para luego fusilarlos- El hombre se marchó para su espacio en el sexto piso, lo hizo caminando despacio y subiendo las escaleras de la circular # 3 como si los pies le pesaran muchísimo. Lo seguí con la vista hasta que desapareció para luego ir a recostarme en mi camastro y pensar en todo lo que el desconocido personaje me había dicho.

Todo era muy extraño para mí. Una balacera de más de dos horas contra el carro y las personas que estaban en él y nada le sucedió. Estaba sin condena ni juicio por casi dos años y fue llevado a la prisión de Isla de Pinos. Los agentes de seguridad pidiendo a los soldados de los camiones que no dispararan. Todo me pareció extraño. Quizás este era un agente de la seguridad estatal y había entregado o chivateado a Esteban y sus amigos. Lo que dijo sobre el nombre de Esteban ya lo sospechaba.

Me hice el propósito de volver a hablar con él para

interrogarlo. Debía ir con cuidado para que no me notara desesperado por saber y que no se asustara. Dejé pasar un par de días para subir al sexto piso y buscarlo. Pero la casualidad quiso ayudarlo. El día que había decidido buscarlo para invitarlo a conversar sobre el caso, me llamaron junto a otros cien o doscientos presos más con todas las pertenencias para ser trasladado a la circular # 4. Este era otro edificio que albergaba cerca de mil doscientos prisioneros o quizás más, no lo sé. Nunca volví a ver al hombre. Haciendo averiguaciones alguien me dijo que sí conoció una persona con las descripciones que yo daba pero que una tarde lo llamaron que saliera con todas sus cosas y nunca más volvió.

El encuentro con ese personaje sucedió en la circular # 3 del Presidio Modelo de Isla de Pinos en el año 1963. Ya han pasado 52 años y no he vuelto a saber nunca más de este personaje a pesar de mis averiguaciones. Tan sólo arrastro conmigo el recuerdo de Orlando Montes, un verdadero patriota que junto a otros como él, marcharon Rumbo a la Muerte en una lucha desigual contra la doctrina comunista que ha desgarrado Cuba.

Vilo y lo dije: algunos son cobardes
Y lo que ven y lo que sienten callan
Yo no: si hallo un infame al paso mío,
dígolo en lengua clara: ahí va un infame.
-José Martí.

GUERRA DESDE EL MAR

La represión se oculta tras la mentira.
Y la mentira tras la represión.
-Desconocido

Conocí a Marcelo en la prisión. Era alto, joven. De unos 25 años de edad. Conversador locuaz y ocurrente. No hicimos amistad profunda pero en la cárcel siempre buscas refugio en las personas que traen historias nuevas de fuera de las rejas y como soy buen oyente, esto fue lo que escuché y paso a relatar de ese compañero al cual nunca más he vuelto a ver. Es preciso aclarar que todos los que estábamos de oyentes éramos personas de confianza para él, es por eso que podía hablar ampliamente. Marcelo comenzó su historia de esta manera:

Soy pescador por herencia y nacimiento. Mi padre era dueño de un barco de pesca que tenía alrededor de veinte pies de eslora. Mi madre solía acompañarlo a veces en sus aventuras pesqueras las cuales los alejaban del pueblo donde vivíamos por dos o tres días. A ella le gustaba salir con él porque entre ambos hacían de la pesca una diversión. Según ella, Eloísa, me fabricaron en medio del océano, entre olas fuertes y noches de amplio azul cielo. Hacían el amor por cada cosa alegre que les sucediera, era su forma de divertirse. Casi siempre en las noches, durante las horas de descanso, se turnaban para mantener el barco en posición, lo hacían desnudos, arropados por las estrellas y las noches de luna. Mi madre decía que le encantaba ser parte del universo en su forma natural, como ella vino al mundo, sin ropajes o estorbos.

Mi madre había estudiado magisterio pero nunca llegó a enseñar por haberse enamorado de Javier, mi padre, quien sí había estudiado pero, el mismo se llamaba analfabeto, decía que él trabajaba para ella, su reina, refiriéndose a mi madre. Ella siempre estaba leyendo mientras mi padre se molestaba cuando la veía entre los libros pero nunca le decía nada, la dejaba. No les hacía falta nada más, tan solo un hijo para que fuera el heredero de su barco y mantuviera la tradición familiar de pescadores. Mi madre no pensaba así, ella aseguraba que un hijo suyo tenía que estudiar y ser un gran abogado o un doctor. No – decía mi padre- las gentes de cuello y corbata son todos unos holgazanes y ladrones que viven de los pobres además, son gentes débiles para enfrentarse a la vida. Nuestro hijo debe ser como tú y como yo que nos enfrentamos a la naturaleza a los vientos, al calor, a las tempestades, a las grandes olas con el rosario en una mano y en la otra blandiendo nuestras destrezas de marinos, ganándonos el sustento con lo que honradamente le sacamos al océano.

Mi madre lo tranquilizaba diciéndole: "está bien, tienes razón, haremos las dos cosas, lo enviaremos a la escuela y lo cultivaremos en el mar combatiendo con las fuerzas del planeta para que con una mano pueda defenderse de los de cuello y corbata blandiendo la misma sabiduría de ellos y con la otra que represente la fuerza, el valor, la moral, el trabajo como somos tú y yo, lo uno y lo otro.

Entre estas luchas y discusiones me trajeron al mundo. Me contó mi madre que había tormenta, era el mes de agosto y se acercaba un ciclón. La planta de radio avisaba a todos los pescadores que volvieran a tierra. La mar había comenzado a picarse cuando de pronto, entre los bamboleos del barco mi madre rompió la fuente. No tenía experiencia, iba a nacer su primer hijo y el último. Dio un grito pero mi padre no la pudo oír con el batir del viento y los golpes de las olas contra el barco. Gritó más fuerte y junto a su grito un fuerte rayo se estrellaba contra las olas iluminando el inmenso mar, Mi padre soltó el timón y corrió donde ella. ¿Qué te pasa? -Le preguntó gritando- No ves, -dijo ella- mira cuánta agua tengo en mis piernas y te aseguro que no me he orinado, es agua, algo está pasando dentro de mí. Ya estamos acercándonos a la costa, no te asustes las olas nos están ayudando a avanzar, en menos de una hora llegaremos a tierra, si te fijas en los alrededores verás muchos otros barcos llegando.

Antes de llegar mi madre comenzó a dar gritos de dolor. Mi padre no sabía qué hacer. Por la planta se comunicó con el barco más cercano pidiendo ayuda explicando lo que le sucedía. Por suerte todos los pescadores de esa zona se conocían. Rápidamente se acercó a ellos una embarcación que se llamaba "El Doral" era la más grande de todas y su capitán y timonel era un cubano que media más de seis pies de alto. Según mi madre este gigante dejó su barco en manos de uno de sus ayudantes y pasó al nuestro.

-Alguien del grupo que oía la narración preguntó como lo hizo, ¿cómo pudo pasar en medio de una tormenta de un barco a otro? -

-Marcelo contestó- ¡Coño no lo sé, aún no había nacido y no pude verlo! También a mi madre se le olvidó decirme esa parte de la historia y no se me ocurrió preguntarle.
-Todos reímos-

El gigante pidió a mi padre que consiguiera toallas o sábanas limpias y recostó a mi madre en una litera. Su hijo va a nacer ahora -dijo el hombre- tienes que ayudarlo a salir, para ello debes respirar profundo, aguantar los dolores y pujar como si fueras a dar de cuerpo, tienes que pujar duro.

Pero está doliendo mucho –dijo mi madre- ¡Grita carajo, grita duro! -Le respondió el hombre-
Mi padre estaba muy nervioso, hubo un momento en el que intentó quitar al gigante que permanecía entre las piernas de mi madre. No le gustaba ver a ese hombrón de frente al sexo de mi madre ¡Estaba celoso! De pronto se oyeron mis gritos, yo había nacido y la emoción de mis padres fue de gritos también al ver que tenía un rabo entre las piernas, ¡Había nacido macho!
-Nuevas rizas de los oyentes-

El gigante cortó el cordón umbilical con un afilado cuchillo que llevaba en la cintura, entonces decidieron ponerme de nombre Marcelo en agradecimiento al gigante que me había ayudado a nacer. Él se llamaba Marcelo.

Como les dije al principio, nunca me he podido separar del mar. Aunque sí estudié, todos los fines de semanas, vacaciones, días feriados etc., me las pasaba dentro del barco, esa era la vida de mis viejos y ha llegado a ser la mía. Mis padres hicieron lo imposible por tener más hijos pero no pudieron, En una ocasión escuché a mi madre que le suplicaba a Javier la dejara ir a la Habana para que un médico famoso la viera y quizás así pudieran tener otro hijo. Mi padre se negaba diciendo, si fuera una doctora te diría que sí, pero que un doctor te esté mirando por allá abajo no lo voy a permitir. En el caso de una doctora yo iría contigo.

Mi padre era muy celoso. Tanto adoraba a mi madre que la tenía prisionera, le acaparaba todo el tiempo posible aunque también a mi madre le encantaba ser la reina de tan hermoso hombre. Porque en verdad les digo que mi padre era un hombre guapo, se parecía a mi aunque quizás un poco más bajo.

-Todos reímos-

Vivíamos aislados de los problemas, principalmente de los problemas políticos. Cuando tenía 18 años, mientras cursaba mi bachillerato alguien me habló de revolución y de lo que estaba sucediendo en las montañas de toda Cuba y en las ciudades. Le comenté a mi padre y este contestó, sin darle importancia. No te preocupes de esas cosas ni te vayas a meter en nada. Todos, los unos y los otros, los de un bando y los del otro, son delincuentes políticos que cogen a la juventud para llegar ellos al poder y hacer lo mismo que hacía el que quitaron, a veces peor.

Años después triunfaron los del otro bando, los llamados revolucionarios y recuerdo a mi padre decir, ante el bullicio callejero, los perros aúllan mientras la caravana pasa. Esto es presagio de tiempos malos y difíciles. Tenemos que prepararnos para lo peor.

Lo peor no tardó en llegar, un año después de ese triunfo y de las palabras de mi padre llegaron unos militares a mi casa para informarnos que el barco de mi padre seria propiedad del gobierno, que la producción de pescados se la tenía que vender al gobierno y que las salidas y entradas de la nave debían ser reportadas de antemano para que pudieran ser controladas. Al principio Javier se negó a salir pero meses más tarde, sorpresivamente comenzó a moverse dentro del litoral pidiendo permiso a cada salida y entrada. Luego de algún tiempo cuando salía, el regreso se prolongaba hasta en cinco días. Siempre llegaba bien cargado de pescados. No dejó que mi madre saliera con él ni tampoco me permitió nunca acompañarlo por lo que comencé a sospechar que algo estaba pasando.

Ante el sufrimiento de mi madre, quien ya comenzaba a desconfiar de la fidelidad de su esposo, decidí esconderme en el barco cuando este fuera a zarpar y así lo hice. Mi madre sospechaba, al igual que yo, sobre la actitud de mi padre pero no decía nada para no preocuparme. Me escondí lo mejor que pude en el camarote donde por tantas noches ellos descansaban y se amaban, hasta la hora de mi nacimiento en que los separé un poco y digo un poco porque cuando me dejaban encerrado en el camarote se iban a hacer de las suyas por allá arriba sin pedirme permiso, tan solo me encerraban y comenzaban a traquetear.

Dos días estuve encerrado sin salir. Descubrí que mi padre no iba solo sino que alguien lo acompañaba. Pensé era una mujer y me puse furioso. ¿Mi padre traicionando a mi madre? –Me pregunté- no lo podía creer. Era una mujer sí, mi padre iba solo o con mi mamá, nunca con otra. Salí del camarote con la intención de sorprenderlo. Había ruido y lo que pensé era que hacían el amor disparatadamente. Subí las escaleritas despacio, sin hacer el menor ruido. Comencé a atisbar por la abertura pequeña de la portezuela que daba acceso a la proa del barco. Me di cuenta entonces que eran más voces y había mucha claridad a pesar de que estábamos en alta mar y era de madrugada. Abrí ligeramente la portezuela y mi sorpresa fue gigante porque lo que vi por todas partes eran armas, fusiles, balas y varios hombres hablando. Las armas las llevaban a las neveras donde se guardaban los pescados. Cerré la portezuela y volví a mi escondite, primero me procuré algo de comer, tenía mucha hambre. Había llevado agua conmigo pero no quise llevar comida para no cargar con bultos.

Una vez en mi parapeto comencé a pensar qué diablos hacia mi padre cargando esas armas y para quien seria. En qué negocio o problema se estaba metiendo. No tuve mucho tiempo para pensar, de buenas a primeras pude ver que todas las luces del camarote se encendían mientras fuertes pisadas se sentían acercarse. Todo fue muy rápido, mi padre junto con otros dos hombres, se abalanzaron sobre mi pistolas en mano. Tenía la cabeza cubierta cuando uno de los pistoleros me quito el pedazo de colcha que me servía de almohada mientras su calibre 45 se posaba en mi cabeza. Mi padre al verme dio un grito al hombre anunciando que era su hijo, que bajara el arma. Vi a Javier pálido, blanco como el algodón. Sudaba. Pensé iba a desmayarse cuando lo encerré en mis brazos. Él también me abrazó con la ternura que solo un padre, asustado por la vida de su hijo, puede dar.

Podrían haberte matado, gracias a Dios que baje con ellos.

Lo siento –dijo el hombre que me había puesto la pistola en la cabeza, mientras salía del camarote seguido por el otro hombre a la vez que guardaban sus pistolas-

Una vez solos me preguntó mi padre que hacía allí.

No tuve más remedio que contarle la verdad; le referí no tan sólo mis preocupaciones sino las de mi madre también. Ella está sufriendo mucho con tu silencio.

Bien padre, ya le hice mi historia del porqué estoy aquí, ahora usted debe decirme a que se debe esto de las armas y sus eternos días fuera de la casa. También usted debe hablar con mamá.

Esto de las armas termina pronto, me queda este viaje y otro más para luego marcharnos todos a los Estados Unidos.

Estoy ayudando a los rebeldes que están luchando en las montañas del Escambray, necesitan armas y se las estoy pasando con mi barco. Siempre voy bien lejos de las aguas jurisdiccionales de Cuba, donde estoy ahora. Aquí me esperan estos señores que acabas de ver con armas que transporto hasta otra lancha mucho más pequeña que me espera a poca distancia de las costas nuestras. Las armas van a la Sierra del Escambray para armar a los hombres que luchan contra los comunistas

Padre –pregunté- ¿Usted piensa que este gobierno que se dice revolucionario es comunista?

Si hijo, así operan los comunistas, son taimados, como las serpientes, vigilando te descuides para morderte por detrás y envenenarte. Envenenan a los pueblos con frases bonitas y promesas que se dilatan en el tiempo y el espacio y nunca cumplen, porque no se pueden cumplir. El comunismo es una falacia. Los tontos, los imbuidos de buena fe, los necesitados, los pobres creen en ello porque están necesitados. Luego se ven envueltos en eso que han apoyado y no se les hace fácil salirse.

Los que dirigen, saben todo esto que te digo pero son ególatras personas que quieren poder perpetuo y el comunismo les da la oportunidad de lograrlo legalmente en nombre de una gran mentira.

Vamos a cambiar los cuarteles por escuelas. Sin embargo están militarizando el país, la juventud y los no jóvenes, los tontos útiles corren a hacerse milicianos sin darse cuenta que están formando un ejército gratuito, todo el país será un ejército y crearan escuelas, muchas escuelas donde se enterrará la historia de Cuba para sembrar la nueva historia, la de ellos. Serán escuelas para adoctrinar a la población desde el mismo día en que los niños nacen.

Va a correr mucha sangre, por eso quiero sacar a tu mamá y a ti de aquí antes que sea demasiado tarde. Recuerda esto muchacho, todas las dictaduras son malas, no importa cómo se llamen de izquierda o de derecha pero la más violenta, la que no perdona es la que se hace llamar "Dictadura del Proletariado", o sea los comunistas. Ellos destruyen al proletariado utilizando el mismo proletariado. Se construye entonces una nueva casta que es la que ostenta el poder. El proletariado triturándose así mismo, pero no lo ven, porque es la gente necesitada que ha cerrado sus ojos tras una nueva esperanza. La esperanza falsa. La gran mentira.

Mi padre era de poco hablar, sin embargo se extendía en explicarme sobre esa doctrina que estaba envolviendo a Cuba. Iba a continuar pero los hombres que trabajaban arriba lo llamaron para decirle que todo estaba listo. Que ellos iban a partir y nosotros podíamos regresar a tierra.

Alrededor de las doce de la noche, luego de despedirnos de los dos hombres que en sus lanchas rápidas desaparecían en la oscuridad del mar, nosotros tomamos rumbo sur. Mi padre quería estar en su zona de pesca antes que amaneciera, para eso apuró la marcha del barco haciendo que los motores rugieran fuertemente. Una vez en su zona de pesca y a pesar de que ya estaba cargado de peces, continuó simulando su faena mientras nos movíamos lentamente hacia tierra.

Pasamos todo el día pescando, a veces con los motores apagados. Javier quería acercarse a tierra de noche donde unas lanchas los esperaban para recoger las armas y llegar a puerto tan sólo con pescados.

Cerca de las dos de la tarde mi padre avistó un pesquero que él conocía bien y se dirigía a tierra. Le hizo señas para que se acercara. Samuel era el marino de esa nave. Cuando estuvo cerca mi padre le grito, tengo a mi hijo conmigo pero ha estado algo enfermo y necesito lo lleves a tierra en tu pocilga para que la madre se ocupe de él. Yo no quiero regresar hasta mañana, no me ha ido del todo bien y quiero tratar un poco más con estos malditos peces. Además de haber tenido problemas con una de las rondanas de las redes de popa, que me hizo perder mucho tiempo.

Samuel, quien me conocía desde que era niño contestó ligero. Está bien yo te llevo el encargo pero no te garantizo que llegue muy saludable ya que viene infectado de ese traste tuyo que llamas barco y que a modo de contraste le pusiste "Adonis" Creo que fue tu mujer la que así le puso para sentirse aliviada, al menos con el nombre, por la pena que le daba abordar ese barco viejo.

Mi padre me fue a enviar en un bote pero no le di la oportunidad de hacerlo porque, mientras se gritaban entre amigos, me quite los zapatos y quede en short, cuando él se vino a dar cuenta me había tirado al océano y nadaba hacia la otra embarcación. Samuel me lanzó una escalera de sogas para que subiera.

Tu hijo te está dando una demostración de valor y destreza. Adiós, quiero llegar temprano a tierra que mi mujer me espera. –Le dijo el hombre-

Si, -grito mi padre- para que limpies los pisos y friegues la loza sucia que dejó el otro.

Ambos rieron inclusive yo que estaba acostumbrado a esos juegos de los hombres que vivían su mayor parte del tiempo en medio del océano.

Entré a mi hogar sin hacer ruido, había algunas personas a la entrada quienes, al verme pasar, comenzaron a susurrar entre ellas. Una vez dentro fui directo a su dormitorio, encontré a mi madre llorando, rodeada de amigas que intentaban calmarla; siempre imaginaba su preocupación por mí tan repentina desaparición pero nunca pensé le fuera a hacer tanto daño. Dentro había más de diez o doce personas, casi todos en la habitación de ella y otras las sentía en la cocina. Algo grande ha pasado –pensé- y mi corazón comenzó a latir fuertemente. Separando a las personas que se me interponían, corrí a la cama donde ella reposaba; no podía hablar del susto. Mi madre, acostada con paños mojados en la cabeza, los ojos hinchados y aun llorando por su hijo que había desaparecido después que su esposo se echó a la mar.

Al verme, ya frente a ella de un salto se sentó en la cama y más rápido aún se puso de pie y corrió a abrazarme sin parar de llorar.

¿Dónde estabas, porque me haces esto? Pensé iba a morir de la desesperación. Tú nunca habías desaparecido así, nunca me has faltado de la casa. Sus cuestionarios y quejas eran interminables no se daba cuenta que quería contestarle pero no me dejaba. El círculo de personas hacia silencio sin dejar de mirar la escena que se desarrollaba entre mi madre y yo. Cuando, al fin, pude hablar, tranquilizándola la senté al borde de la cama para explicarle que estaba pescando con papá y que este me había enviado con otro pescador porque supo por boca mía que tú no sabías que estaba con él, mi papá llegará mañana. Quiso pescar un poco más.

Mi madre, más tranquila, miró en derredor percatándose que la habitación estaba llena de personas, si antes habían diez o doce ahora eran más de veinte que al correrse la voz entre las mujeres de mi aparición corrieron para saber qué había pasado, una porque querían a mis padres y otras por chismear. Con mucha cortesía y locuacidad agradeció a todas el gesto de apoyo y ayuda que le dieron y aparentando un muy fuerte dolor de cabeza pidió la dejaran sola, a la vez que me pedía le consiguiera unas pastillas de OK para aliviar el dolor y tratar de dormir un poco. Cuando quedamos solos tiró las pastillas a un lado, se levantó de la cama corriendo hacia mi desesperada. ¿Dime, es verdad que estabas con tu padre? Quiero saber con quién está pescando ahora que no quiere llevarme a mí, su esposa. ¿Qué otra persona está con él en el barco? Tú eres mi hijo y debes decirme la verdad.

Con cariño le puse la mano en la boca. Estás celosa madre –le dije- Yo también lo estaba, sentía que algo extraño estaba sucediendo con mi padre y también sospeché lo peor. En realidad mi padre no supo que yo estaba dentro de su barco hasta dos o tres días después de haber estado escondido en el camarote sin que él lo supiera. Puedes calmarte. Mi padre es el mejor esposo del mundo y nos adora, solo vive para nosotros. Él no nos está llevando porque en las costa hay muchos problemas con el gobierno este que se dice va a ser comunista y el teme. Eso me lo confesó sin dejar de hablarme de ti y de lo mucho que te quiere.

Le oculté lo de las armas. No quise asustarla y además no era mi asunto y si mi padre no quería decirle nada yo no era quien para meterme en eso. Creo haberla podido tranquilizar con mis palabras porque nunca más habló de eso. Mi padre nunca se enteró de los temores de mi madre.

Al siguiente día regresó como siempre cargado de camarones y langostas para que mi madre preparara enchilados de langosta o langostas al horno rellenas de camarones. Y rabirrubias fritas, tan sabrosas, fritas al estilo cubano, con sal, mucho limón y ajo, doraditas. También pargos de todos los tamaños. Eran muchos los que traía por lo que siempre regalábamos a los vecinos que no tenían que ver con la pesca.

Mi madre contó a mi padre el susto que había pasado con mi desaparición y a su vez mi padre contó a mi madre nuestro encuentro en el barco sin atreverse a hablarle de las armas. Le dijo que la cosa se estaba poniendo muy mala y que debíamos irnos para los Estados Unidos para salvar a nuestro hijo del Servicio Militar Obligatoria que ya estaban preparando. Nos iremos todos en mi barco, incluyendo a tus padres –dijo refiriéndose a mis abuelos maternos que vivian cerca de nosotros-. Quiero que comiences a preparar las condiciones para el próximo mes pues nos iremos antes que comience la temporada de los ciclones. Iremos a Cayo Hueso y allí nos instalaremos con nuestro barco para seguir viviendo de él. Tenemos algún dinero ahorrado y estamos a tiempo de cambiarlo por dólares, es más yo tengo a quien cambiárselo. Me dan $75.00 por cada cien pesos cubanos, la cantidad que sea puedo cambiar. Hay dos personas que me lo cambian y lo que haré es que cambiaré veinte mil con uno y quince mil con el otro. Guardaré siempre algunos pesos para llevarlos con nosotros quizás sirvan de algo.

Mi madre escuchó sin decir palabra. Se veía asustada por lo que estaba oyendo. Esperó hasta que mi padre hizo silencio luego de pedir su opinión. Ambos se miraban a los ojos. Javier –comenzó a decir ella – estoy oyendo muchos rumores acerca de esta revolución y acerca de lo que, si en realidad son comunistas, van a hacer. Respeto tu decisión aunque me parece muy precipitada, no creo sea para tanto.

¡Esperar! Esperar a que me quiten el barco y no pueda irme replicó mi padre- Ya comenzaron por controlarme la pesca, después me quitaran el barco y nos quedaremos sin nada. Tienes que recordar que el comunismo es la negación de la libertad. Seremos esclavos de los nuevos dictadores, esclavos de una nueva casta más peligrosa que una dictadura de derecha. Y nuestro hijo ¿Qué piensas que van a hacer con el muchacho? Pues lo adoctrinaran para hacerlo de ellos y si no pueden adoctrinarlo tarde o temprano terminará en la cárcel. No, no me estoy precipitando; ellos se están precipitando. ¿No has oído los discursos encendidos de ese líder? ¿No has oído como ya se deshizo de uno de sus mejores comandantes desapareciéndolo? ¿No has oído lo del acercamiento con la Unión Soviética? ¿No has oído que muchos de sus comandantes ya están presos o huyendo? ¿No has oído de los fusilamientos en nombre de la revolución? Esto es el presagio de una gran catástrofe. No permitiré que tú y mi hijo caigan en esta trampa que llaman "revolución". Quiero lo pienses bien pues iré una vez más de pesca solo y después saldremos juntos hasta que desaparezcamos de este país. Piénsalo y decide.

Mi padre dio por terminada la conversación de un tajo donde a pesar de darle la oportunidad de decidir, el mensaje era que tenía una sola opción. Mi madre, en silencio, comenzó a hacer los preparativos para viajar. No parecía estar muy de acuerdo. Se veía cada vez más triste hasta que decidí, luego que zarpó mi padre a su último viaje de pesca, hablar con ella para volcar su decisión en favor del matrimonio sin que ella sufriera.

Madre, quiero hablar con usted.

Si hijo, de que se trata, sentémonos en el comedor, te escucharé.

Fuimos al viejo comedor donde colgaban de las paredes muchos especímenes marinos y allí, rodeados de ese mundo que ella adoraba, comencé.

Mama, sé que estas sufriendo mucho con lo del viaje a Estados Unidos. Tenemos que irnos, por el bien de nuestro padre, debemos alejarnos cuanto antes. Papá está en peligro de que lo cojan y lo encierren o lo maten los comunistas.

¿Por qué, que tú sabes, que está haciendo para que eso suceda?

Mamá, no puedes traicionarme con mi padre. Le voy a confiar un secreto pero usted tiene que prometerme nunca decir nada a mi padre. El confía mucho en mí al igual que yo siempre he confiado en usted.

Está bien, pero acaba de hablar me estas asustando cada vez más, habla de una vez.

Cuando me escondí en el barco de mi padre lo que descubrí fue que él estaba transportando armas para los alzados de la Sierra del Escambray. Se demora varios días en regresar porque va lejos en su nave, en medio del golfo cargan las armas y las esconden debajo de la carga de peces que el previamente ha pescado. Luego regresa solo y otros pescadores con lanchas pequeñas recogen en la noche a pocas millas de la costa esas armas llevándolas a tierra.

Mi madre estaba atónita. Con la boca abierta y los ojos queriendo escapar de sus órbitas. Vi sus manos temblar. Tan solo atinó a decir.

No podemos esperar tanto tiempo tenemos que irnos lo antes posible. Si a Javier le pasa algo me muero.

Mi madre me dio un fuerte abrazo diciéndome, gracias hijo por confiar en mí, no te voy a traicionar, nunca te traicionaré. Me dio un gran beso en la mejilla y salió del comedor hacia su cuarto para encerrarse a llorar como una niña. Por mi parte preferí dejarla sola para que desahogara el haber pensado mal de su esposo.

A principios de 1961, en el mes de enero nos hicimos a la mar en familia., nos acompañaban los abuelos maternos. Mis abuelos por parte de padre, también pescadores, habían fallecido años atrás. La vieja costumbre de salir a pescar en familia ayudó a no levantar sospechas a los milicianos que estaban en la zona donde siempre amarrábamos el barco. A escondidas montamos a mis abuelos.

Llegamos a Cayo Hueso donde mi padre decidió instalarse. Le gustaba sentirse rodeado de agua. Con los dólares que llevaba consigo, al poco tiempo compró una casa modesta en el mismo cayo, cerca de donde guardaba su barco. No dejó de pescar ni de acercarse a las costas cubanas y tampoco dejó de ayudar a los exiliados ni a los alzados. Cuando mi madre comienza a adaptarse a su vida en Estados Unidos, meses después del desembarco de Bahía de Cochinos, una nave torpedera Rusa hunde la embarcación de mi padre en medio del Golfo. No existe información oficial del hecho, tan solo son versiones. Hay personas que achacan el hundimiento a un mal tiempo. Hasta ese momento no estaba involucrado en esto de la lucha. Obedecía a mi padre y este me mantenía alejado de todo lo relacionado con la guerra contra los comunistas.

Mi madre, meses después de la muerte de su esposo, muere de tristeza, principalmente. Tenía un cáncer, se lo habían diagnosticado desde que llegamos y nunca dijo nada. No se atendió.

Desde que llegué a estados Unidos comencé a estudiar aunque de vez en cuando mi padre me montaba en su barco para llevarme a pescar. Desde niño andando con él me aprendí todo lo relacionado al mar y más aun a los cayos que nos rodean. Desde los más pequeños hasta los más grandes. Conocía tanto la costa sur como la norte. De memoria podía decir donde estaba cada recoveco, cada ensenada, cada zona alta o baja. Los cayos completamente deshabitados, los habitados donde vivían hombres dedicados a hacer hornos de carbón con la leña que sacaban de los manglares. Muchos de esos hombres eran mis amigos porque me vieron crecer visitándolos junto a mi padre y mi madre. También fueron muchas las veces que pasábamos una o dos noches con ellos esperando a que pasara una fuerte tormenta.

En Cayo Hueso comencé a extrañar las fugas que nos dábamos los amigos de mi edad con las muchachas de la escuela y del pueblo para recorrer los cayos, divertirnos en la soledad del mar o corriendo por cada uno de esos cayos deshabitados. Me los conocía de memoria. Mi padre me permitía salir al mar con ellos aunque demoráramos más de un día fuera. Él quería que yo fuera pescador como él.

Luego de la muerte de mi madre dediqué tiempo a cuidar a mis abuelos hasta que también ambos murieron. Fue bien triste para mí el que todos se fueran y me dejaran solo, sin familia y con muy pocas amistades. En ese entonces conocí a uno de los hombres que transportaban armas a Cuba o que participaban de la lucha. No sé si lo conocí casualmente o si fue enviado. Estaba en Miami en un bar tomándome unas cervezas, con el dolor reciente de la muerte de mi madre y la angustia de no saber que sucedió con mi papá y su barco.

Un camarero me puso una cerveza de la que estaba tomando. Aún no he terminado esta –le dije- se me puede calentar, no la abra.

El camarero, sonriente me dijo que esa era de gratis porque alguien había pagado por ella.

Fui a preguntar quién era pues no conocía a nadie por allí cuando un joven de piel bronceada por el sol, musculoso, de grandes ojos negros se me acercó. El camarero dejó la cerveza alejándose.

¿Eres el hijo de Javier, verdad? –Me pregunto a la vez que aseveraba-

Si, -contesté ligero al oír el nombre de mi padre- soy su hijo, ¿Usted lo conoció?

Claro, un verdadero hombre y con agallas –Fue la respuesta que salió de sus labios-

Lo conocí en los viajes que dábamos juntos a Cuba. Entré con él muchas veces infiltrado. El sabia llevarme sin que nada me pasara.

¿Y usted sabe lo que en realidad le sucedió? ¿Cómo murió y dónde?

No lo sé. Luego que se fue de Cuba el hizo otros contactos con personas que trabajan en organizaciones del exilio. Quería ayudar a todas. Le advertí del peligro en que incurría pero no hizo caso. Cuantas veces salía a pescar se hacía la obligación de hacer algo en favor de la causa. El informe extraoficial que tengo es que desde Cuba, el gobierno lo vigilaba. Creo que se acercó mucho a las costas llevando con él unos jóvenes que pensaban ir a pelear a las montañas. Quizás desde aquí alguien lo delato, en Miami hay muchos agentes cubanos infiltrados. Los estaban esperando y realmente no pudieron hacer nada. Me han dicho que destrozaron el barco con toda la tripulación y carga. Esto sucedió fuera de las aguas internacionales por lo que Estados Unidos no pudo hacer nada. Estaban en aguas cubanas. De todas formas esto que te cuento no es oficial tengo mis dudas pero no hay formas de aclararlas. La única vía es quitando el gobierno de Cuba y ver los informes de ellos.

Dejé de ingerir cervezas. La rabia, el dolor y la angustia se apoderaron de mí y salí del sitio sin despedirme del hombre. A mis espaldas sentí que me gritaba te encuentro aquí mañana a la misma hora. Monté en el Dodge que perteneció a mi papá y Salí hacia los cayos.

Ya no teníamos barco. Una pequeña lancha de un solo motor fuera de borda era lo que mi padre había dejado. La revisé para cerciorarme que tenía suficiente combustible; también chequee los tanques de repuesto que mi padre acostumbraba tener y me lancé a la mar durante horas a mucha velocidad. Navegué siempre rumbo sur, como lo hacía mi padre cuando salía a pescar.

Quería parecerme a él, ser como él. Que desde el fondo del océano, su espíritu, donde quiera que estuviera, encontrara a su hijo desafiando el corazón del océano como él lo hizo. Hasta ese momento no había pensado en la patria, en las juventudes que daban sus vidas, en los paredones de fusilamiento o en las montañas. Todo me vino de golpe a la cabeza. Mi padre y su lucha, lo que era un ideal y la necesidad de luchar por vengar su muerte.

Una fuerte ola golpeó la lancha para traerme a la realidad. El mar estaba picado y mi lancha no era lo suficiente como para enfrentarlo. En la distancia se dejaron ver las luces de los cayos y aparecía en su lugar un cielo oscuro alumbrado por los relámpagos. Di vuelta al timón y, sin bajar la velocidad, regresé a tierra, ahora con el firme propósito de continuar la historia que comenzó a escribir mi padre, pero mis sentimientos eran de venganza.

A la noche siguiente regresé al bar donde el hombre me había contactado. En este negocio se reunían muchos cubanos, sus dueños eran cubanos y allí solo se hablaba de Cuba. El lugar era espacioso aunque limitado de luces y falto de ventilación lo que hacía que el humo de los tabacos y cigarros obligara a fumar a quienes no teníamos ese vicio. Antes de sentarme a pedir una cerveza recorrí el lugar en busca del hombre pero no lo encontré. Decidí sentarme y pedir una cerveza sin dejar de mirar hacia la puerta de entrada   en   espera   que   el   individuo   apareciera. Inesperadamente alguien tocó levemente sobre mis hombros a la vez que mencionaba mi nombre. Al virarme reconocí a la persona que había visto la noche anterior. Levantándome del asiento que ocupaba extendí mi mano en señal de saludo. Al acercarse me preguntó si podía sentarse junto a mí.

Claro que si puedes, si esperaba por ti –le dije-

¿Cómo sabes mi nombre? –pregunté a la vez que ambos nos sentábamos-

Hace mucho que lo sé, tu padre te mencionaba muy a menudo, además te hemos investigado porque sabemos que conoces muy bien las costas cubanas. Tu padre me dijo que desde chico andabas con ellos en el barco y ahí te criaste. –

Me contestó el hombre-

¿Cómo te llamas? ¿Qué quieres de mí que me has estado investigando? –pregunté-

Sí, es verdad, no me he presentado. Me llamo Joaquim y soy parte de un frente que lucha contra la dictadura. Tu padre fue parte de nosotros y ahora pensamos que tú también pudieras serlo. Necesitamos hombres capaces y de confianza que conozcan el mar y las costas de Cuba.

-El hombre hizo un largo silencio como para darme tiempo a pensar mientras le miraba a los ojos-

También sabemos que no estás trabajando y necesitas vivir de algo, tal vez pudiéramos conseguirte alguna cosa que te guste hacer.

A mí lo que me gusta es el mar. ¿Qué clase de trabajo? -me apuré en preguntar-

Para ti tenemos un barco del mismo tamaño que tenía tu padre pero más moderno y que hace muchos más nudos por hora. Pudiéramos poner ese barco en tus manos para que lo trabajes pescando, seria tu propio negocio.

-No lo dejé terminar- Entiendo –le dije- Me dan el barco para pescar pero debo también dar los viajes que ustedes me ordenen como hacía mi padre hasta que lo mataron.

Si, más o menos eso –me contestó- Tenemos necesidad de que alguien se haga cargo del barco y que nos ayude en la lucha.

Despedí a Joaquín sin darle una respuesta. Te veré en el mismo lugar –le dije- Al decirlo recordé que él sabía dónde vivía.

Esa noche apenas pude dormir pensando en la oferta de Joaquín. Me gustaba la idea aunque me molestaba tener que dejar los estudios. Estuve tirado en la cama hasta casi las doce del día siguiente y aún no había llegado a decidir nada .Me preguntaba qué hacer cuando sentí que tocaban en la puerta. Me levanté a abrir pero antes miré por la ventana. Era Joaquín con otros dos jóvenes. Esperen, les grité y regresé a mi habitación a ponerme el pantalón.

Venían a buscarme para llevarme con ellos a Miami. El resto de la tarde estuvimos juntos hasta la media noche. Me dejaron en la casa y antes de irse dijeron que volverían al día siguiente para llevarme a ver el barco. No había dicho que si a la proposición de Joaquín pero me estaba dejando llevar. A partir de ese día no me separé más del barco. Salía casi todas las semanas a pescar. Ellos se habían encargado de sacar los permisos necesarios para legalizarme como capitán de la nave a la que llamaban "El Arcángel". Los dos jóvenes uno era Alberto y el otro Rolando serían parte de la tripulación. Les gustaba el mar pero no lo conocían ni sabían guiar el barco o leer las cartas de navegación. Traté de enseñarlos. Joaquín también participaba junto con nosotros. Nos hicimos grandes amigos.

Durante más de treinta días nos dedicábamos tan solo a pescar. Un día, de buenas a primeras, Joaquín toca en la puerta de mi casa en horas de la mañana. Abrí, y casi sin darme tiempo a saludarlo, me dijo, Marcelo, tenemos una misión muy importante, debemos acercarnos a las costas de Cuba para llevar a dos personas que van a infiltrarse dentro. Hay un pescador que los va a recoger pero debemos acercarnos lo más posible.

Me puse nervioso, Iba a entrar en acción por primera vez. La idea me gustaba pero aun así no deje de temblar.

¿Cuándo debemos partir? –pregunté-

Hoy mismo. Contestó Joaquim, Debemos zarpar temprano porque hay que estar a las dos y media en esta posición.

Revisé los papeles que me entregaba Joaquín. Me di cuenta que sería por la zona de Matanzas.

A las 6.00 PM partimos. Al principio, en aguas de Estados Unidos pude apresurar los motores. En aguas internacionales hice lo mismo pero cuando ya estaba en aguas cubanas moderé la velocidad a la vez que tiraba redes profundas para comenzar a simular que pescábamos. A la una de la mañana fui buscando posición y a las dos y veinte me encontraba justo en el lugar deseado.

Joaquim de vez en cuando apagaba y encendía una luz en espera de que alguien le contestara de la misma manera. La noche era muy oscura. Estábamos muy cerca de las costas cubanas, cualquier guardacostas podía vernos e intentar detenernos. Pasadas las tres AM, un barco mucho más pequeño que el nuestro comenzó a acercarse haciendo señales muy esporádicas en respuesta a las que Joaquim les hacía. Cuando se acercaron nos gritaron si necesitábamos un poco de ayuda –Esa era la contraseña acordada-

Joaquim se apresuró en sacar del camarote a los dos hombres que iban a jugarse la vida. Me les quedé mirando. No los conocía. Ninguno de los dos pasaba de los 25 años de edad eran fuertes, llevaban ropas de las que se usaban dentro de Cuba y en sus espaldas cargaban mochilas que se veía estaban repletas. Estarían dentro de la isla una semana. Yo sería el encargado de recogerlos. Los dos jóvenes bajaron por una escalera de sogas luego que el pequeño barco se acoplaba junto al nuestro. Joaquim bajó con ellos para hablar con los pescadores y fijar la fecha y hora de recoger a los dos jóvenes. Todo se hizo en menos de cinco minutos.

Pronto iba a comenzar a amanecer. Nos movimos alejándonos a toda máquina mientras, en la distancia el barquito con los dos valerosos jóvenes desaparecía. Joaquim no soltaba los binoculares registrando la zona por si venía un guarda costas cubano. Todo nos salió bien.

Siete días más tarde salimos Joaquim, Alberto, Rolando y yo en busca de los jóvenes. La suerte no nos acompañó esta vez. Era noche de tormenta y la mar estaba muy picada. De todas formas había que seguir adelante. Si dejábamos a los jóvenes después podría ser catastrófico para ellos porque mantener el contacto no era fácil. Nunca Joaquim me dijo que iban a hacer los jóvenes dentro del territorio cubano. Algún tiempo después supe que esa había sido una misión importante, que los jóvenes dejaron explosivos y detonadores

En el barco Joaquim había instalado armas de distintos calibres entre ellas una ametralladora calibre 50. Nunca había disparado con un arma de ese tipo. Se lo dije a Joaquín y este aprovechando el ruido de las olas con la tormenta la soledad en medio del golfo, los truenos que caían me hizo tirar con una pistola primero y luego con una metralleta AK, y por último con la calibre 50. Aproveché para decirle a Joaquim que me gustaría desembarcar dentro de Cuba con alguna misión como lo habían hecho esos dos jóvenes que recogeríamos en unas horas. No me contestó, me miró en silencio, y se alejó para guardar las armas. Tuve que hacer un rodeo en mi lucha con las fuertes olas que pretendían voltear el barco.

Al fin, a las dos y media de la mañana estábamos en el lugar indicado. Esta vez tuvimos que esperar demasiado. A lo lejos vimos una embarcación. Nosotros no teníamos luces. Por la distancia y el tamaño pensamos era un guardacostas cubano. Al fin vimos el barquito acercase y por suerte el mal tiempo había pasado. Tiramos la escalera de sogas para que subieran los jóvenes. Cuando apenas habían subido, el barquito se alejó a toda marcha. Nosotros hicimos lo mismo.

Al regreso le pregunté a uno de los jóvenes Como les fue con los dos pescadores. El hombre me miró para contestarme Ellos no son pescadores, son carboneros que cortan leña para hacer carbón en los cayos cercanos. Son gentes que casi no hablan. Nos recogieron aquí y nos dejaron allá. No sabemos nada de ellos. Lo que si te puedo decir es que son muy valientes porque si los cogen los fusilan.

Lo mismo que a ustedes –pensé, si los cogen los fusilan-. No se los dije, ellos lo sabían.

De esta manera hice dos o tres viajes más hasta que un tarde Joaquim me dijo.

Hace falta ir a Cuba pero no en el barco tuyo sino en una embarcación ligera. No tenemos quien recoja a la persona que vaya por lo que debemos enviar alguien con experiencia quien debe esconder la lancha rápida en los manglares, cumplirá la misión para después hacer el regreso por su cuenta.

¿Y si le cogen la embarcación en los manglares cuando esté dentro como podrá regresar? –pregunté-

Tenemos un contacto canadiense que viaja a menudo a Cuba para hacer negocios extraños. El hombre es de confianza. A través de él contactaremos con la persona y nos encargaríamos de recogerla.

¿Quién va a ir? -Volví a preguntar-

No tenemos ahora mismo a nadie, pensé que tú podrías hacerlo –Me contestó-

Rápidamente le dije que sí. Eso era lo que yo quería hacer, meterme en medio del peligro.

¿Cuál es la misión? -pregunté-

Te lo dejo saber cuándo vayas a zarpar.

¿Y cuando tengo que irme? - Volví a preguntar- tienes que estar preparado porque puede ser dentro de pocos días, primero tenemos que darte algo de entrenamiento con armas y con el tipo de lancha que vas a guiar. Temprano en la mañana te recogeré para comenzar.

Pocos días después estaba listo, solo me faltaban las instrucciones y la orden de zarpar. Joaquín había desaparecido y no tenía forma de comunicarme con él.

Días más tarde, vino acompañado de otras dos personas. Eran puros gringos; uno de ellos no hablaba mucho español, el otro entendía más de lo que podía hablarlo. Fueron simpáticos, o al menos, trataron de serlo.

El que hablaba más español, luego de saludarme e intentar hacer dos o tres chistes, me sacó fuera de la casa, una vez en la calle preguntó arrastrando las erres con la garganta ¿Estar dispuesto a partir muchacho?

Sí, claro, -contesté a secas- Desde hace dos días estoy listo. Anoche y antes de anoche había tormenta en los alrededores de las zonas por donde debes pasar –fue la respuesta- Esta es una noche perfecta para navegar, -continuó- solo al llegar a la isla vas a encontrar algo de mal tiempo y lluvia pero eso es bueno porque te ayuda en la costa a desembarcar. En el punto de desembarco va a esperarte un carbonero de la zona quien estará aparentando arreglar una lancha. Te guiarás por la luz de esa lancha. Esa luz se apagará y encenderá cada cierto tiempo. Él debe llevarte a un lugar seguro para que en la mañana puedas partir hacia Las Villas. Vas a desembarcar por un lugar cenagoso y con mucha vegetación mala que no se cómo ustedes le llaman a esas matas que tienen muchas espinas. El hombre que te espera es experto en la zona y te sacará sin problemas, ya lo ha hecho antes.

Bueno, este viaje es muy importante pero bien peligroso. Aquí tienes dos teléfonos de Cuba. Cuando estés dentro debes llamar a una mujer. Para ella la contraseña es "YO SOY EL CABITO" Te aprendes ahora esos números de teléfono porque yo me los llevo cuando me vaya. Joaquín tiene la ropa que vas a utilizar para andar dentro de Cuba. Te vas a ver con esas mujeres, ellas son de Santa Clara, en la provincia de las Villas. Tienes que llevar dos mini camaritas fotográficas ya listas para usar. Les das una a ellas y tú mantienes la otra. Las mujeres van a fotografiar unos lugares donde se hacen extrañas excavaciones. Te entregarán la cámara de nuevo a ti, cuando terminen de fotografiar. Ellas también te darán una dirección de un lugar en la provincia de Oriente donde se hacen trabajos similares. Tienes que intentar sacar fotos de ese otro lugar y debes hacerlo por tu cuenta. No tenemos a nadie que pueda ayudarte salvo esas mujeres y el contacto que ellas tienen. Debes arreglártelas por ti mismo.

¿Son de confiar esas mujeres, y el carbonero? –se me ocurrió preguntar-

Sí, son de mucha confianza. Ellas son hermanas, sabemos de ellas porque están emparentadas con un famoso guerrillero del Escambray, Porfirio Ramírez, asesinado en 1960 por la dictadura comunista.

Aquí tienes otro teléfono, es de un canadiense. Si tienes contratiempo debes comunícate con él. Desde hace mucho hace negocios con Cuba pero trabaja con nosotros. Va a estar en el país todo el tiempo que estés allá. Le dices tú nombre y él te dirá donde verte. No hables de nada por teléfono con nadie. Si te cogen nunca digas a qué tú fuiste; es mejor decir que tratabas de recoger unas personas por dinero. Si dices que fuiste a esto te fusilan de inmediato luego de torturarte para que hables y digas nombres de personas de Estados Unidos y de Cuba.

Ahora te deseo mucha suerte. Repíteme los números de teléfono varias veces y dame el papel. No te lo puedes llevar. Son las 6:30 de la noche a las 9:00 PM debes partir. Joaquín quedará contigo hasta la hora de salida, Él te llevará donde la lancha rápida. De ahora en adelante nada más podrás hablar con él. No contestes el teléfono a nadie. Los dos americanos me abrazaron despidiéndose.

Joaquín fue a sentarse conmigo a orillas del mar.

¿No tienes miedo? -Preguntó de pronto rompiendo el silencio que había quedado mientras caminábamos hacia el mar-

Me siento algo nervioso pero no tengo miedo, al menos por ahora. Tengo ganas de acción.

Quiero pedirte otro favor, no temas decirme que no. Hay una organización con la cual coopero, es de cubanos y no tiene nada que ver con la CIA. Ellos necesitan llevar a Cuba unos explosivos, les dije que en la primera oportunidad los enviaría. Ellos no saben cuándo ni con quien. Se trata de llevarlos a un lugar que tú escojas, lo entierres en una playa; marcas las coordenadas de donde hiciste el entierro y ellos lo recogen después que hayas salido del país. Los americanos no saben nada, esto es algo entre tú, yo y la persona en Cuba, claro, si aceptas llevar los explosivos.

Seguro que sí lo haré –contesté de inmediato. ¿Dónde está el material?

Lo tengo en mi carro, te lo daré cuando vayamos a recoger la lancha... Ahora no hablemos más de esto, quiero tomarme un par de cervezas contigo antes que te vayas.

Nos fuimos caminando hasta un bar restaurant que estaba cerca. No volvimos a hablar sobre el viaje. Cerca de las 8:30

PM me llevó a coger la lancha. Esta estaba preparada para salir. Un joven, también americano, estaba dentro. Los dos hombres se despidieron dándome las manos. Joaquín me dijo que quisiera verme de nuevo sano y salvo. Tenía miedo me sucediera algo malo, la misión era difícil, arriesgada, no obstante, aún no sentía miedo o quizás me creía invencible. Más tarde aprendí la lección. ¡Supe lo que era el miedo!

A las 9: PM salí despacio rumbo sur, en una lancha rápida, con una pistola 45 en la cintura, varias libras de explosivos, dos camaritas de fotografiar, estilo James Bond y mis deseos de enfrentar el enemigo para vengar a mi padre.

Me esperaba lo desconocido, debía desenvolverme solo en una provincia, Matanzas, que nunca antes había visitado aunque sí conocía sus costas.

El mar estaba sereno, oscuro pero sereno y mi lancha se movía a muchos nudos de velocidad. Me guiaba por mi instinto, miré pocas veces los equipos que me daban las coordenadas por donde debía desembarcar. No encendí ninguna luz después de entrar en aguas cubanas. Al acercarme a la costa apagué los motores dejándome llevar por las olas que se movían en esa dirección. Ya había distinguido la luz del carbonero. Desde que me acerqué a la costa comencé a sentir que había mal tiempo, llovía a veces con fuerza, el fuerte viento me empujaba a más velocidad hacia la zona donde estaba la luz del carbonero.

Casi mi lancha choca con la del pobre hombre quien se asustó al verme. Pensó que iba a hacerle alguna señal antes de llegar para que él supiera pero aprovechando el mal tiempo, la oscuridad y el ruido del viento chocando contra los manglares, me acerqué.

¿Usted es el carbonero que tiene la lancha rota? –Pregunté, recordando que no me habían dado ninguna contraseña para este hombre-

Sí, tengo la lancha rota, es muy vieja pero ayuda en mi trabajo, y ¿usted es de por aquí? Preguntó el hombre.

Para hablar nos gritábamos de lancha a lancha. No quise hacer más preguntas ni dar más repuestas. Debo guardar mi lancha en un lugar seguro –le dije-

Está bien, ven detrás de mí. –me contestó-

Lo seguí, iba despacio y convencido que el hombre conocía la zona de memoria. De buenas a primeras nos encontramos en medio de los mangles.

Metí mi lancha en un lugar donde no se pudiera ver dentro de esas ásperas malezas que salían del agua, Creí haber encontrado el mejor lugar. Salvo alguien de la zona que pasara por allí nadie podía encontrarla.

Luego de amarrar bien la lancha subí a la del carbonero. Tanto él como yo estábamos muy mojados. Este navegó alejándose de la zona donde estábamos. Algo lejos del punto de desembarco, amarró su catastrófica embarcación a no sé qué y me instó a caminar.

Debo enterrar algo que recogeré cuando regrese. Busqué un lugar alto en ese terreno fangoso dándome a la tarea de enterrar lo que Joaquim me había dado. Registré mentalmente el lugar a la vez que fijaba en mi memoria las coordenadas del entierro. Nunca sospeché que ese mismo hombre que guardaba silencio ante mí era quien iba a recoger lo que yo estaba enterrando.

Media hora más tarde llegamos a una casa que me pareció pequeña, donde reinaban silencio y oscuridad. Solo el canto de los grillos y las cigarras podían escucharse. Entramos y guiándose en lo oscuro por su conocimiento del lugar encontró cerillos, encendió una lámpara de petróleo.

Me había quedado en la puerta con la mano en mi pistola en espera de que apareciera alguna luz. El aire que de afuera entraba a la vivienda hacía que la lámpara se moviera junto a la mecha encendida. La luz que se esparcía por la pequeña habitación proyectaba sombras de cuanto objeto había en el lugar. Taburetes, sillas, guitarras, otros adornos y todos esos objetos se agrandaban o empequeñecían al ritmo de la lámpara en movimiento formando estrambóticas siluetas. La sombra mía y la del carbonero parecían gigantescos monstruos.

Pude entonces ver la cara de mi acompañante, sonreía mirándome mientras su vista recorría toda mi persona. Pensé que si yo desconfiaba él también debía desconfiar. Ven, sígueme a otro cuarto. Te daré ropa para que te cambies y salgas de esa mojada, yo haré lo mismo. Antes voy a despertar a Tula para que nos de algo caliente de beber y comer. Me llevó a otro cuarto donde encendió esta vez una luz ¡había electricidad en la casa! –pensé-

Tengo ropa que te puedes poner esta noche y mañana hasta que Tula limpie y seque la que traes puesta. –Uniendo la acción a la palabra sacó de un escaparate un pantalón y una camisa, dándomelos.

Cámbiate –me dijo- yo estaré de regreso en unos momentos. Quítate las botas y las medias y la ropa interior también. Aquí tienes una toalla para que te seques

El hombre se alejó yendo al interior de la casa. Rápidamente me quité todo lo que tenía puesto, usé la toalla que me había dado y me puse la ropa seca. Me quedaba un poco estrecha pero serviría para el resto de la noche y el resto del tiempo en que se secaba la que traía de Estados Unidos.

Les aclaro que la ropa que traía puesta me la había dado Joaquín quizás perteneció a alguien que llegó no hace mucho a Estados Unidos. Esa era la ropa con la que debía moverme dentro de la isla.

La señora Tula resultó ser una señora delgada de buenos modales y poco hablar. Me atendió como si yo fuera un príncipe. No salí más de esa habitación hasta la noche siguiente luego de que Tula me entregara la ropa limpia y planchada.

¿Dónde quieres que te lleve? – Preguntó el hombre-

Necesito llamar por teléfono desde un lugar público y después ir a la terminal de ómnibus más cercana.

¿Tienes dinero cubano? -Volvió a preguntar-

Sí, tengo una buena cantidad.

Te voy a dar una bolsa de hule con la ropa que usaste anoche y la toalla. Ahí debes llevar la pistola; alguien puede notar tu arma y querer averiguar quién eres. Tengo instrucciones de ayudarte en todo. Tengo entendido que vas a estar aquí de regreso en una semana o diez días. Creo que es mucho tiempo para una persona clandestina. Estaré a partir del séptimo día todas las noches de 8:00 a 8:30 en la terminal de ómnibus en el mismo lugar donde te dejaré hoy. Cuando regreses no te me acerques, tan solo me sigues, yo me acercaré a ti cuando esté seguro que no viene nadie tras nosotros.

Este hombre sabía lo que estaba haciendo. Nunca preguntó mi nombre ni me dijo el suyo. Tampoco mencionó que el entierro del material explosivo que la noche anterior hice, sin su ayuda, era para él. Imagino que la señora que él llamaba Tula tampoco se llamaba de esa manera. Me entró en su casa en una noche lluviosa y oscura. Ahora me sacaba en una noche sin luna donde no se veía nada y con su casa a oscuras por dentro y por fuera.

Luego de poner todas las cosas en la bolsa de hule, incluyendo las camaritas fotográficas, nos fuimos. Me montó en un pequeño y destartalado camioncito de barandas que olía a carbón. Unos minutos más tarde me llevó a un lugar apartado donde había un teléfono público. En pocos minutos pude comunicarme con la mujer de Santa Clara. Me esperaría esa noche en la estación de ómnibus de esa ciudad, vestida con una blusa roja y un pantalón azul.

El hombre me llevó a la terminal y a modo de despedida, sin bajarse del destartalado camión me dijo. Recuerda, a partir del séptimo día y hasta el día decimo te esperaré todas las noches. Después de 10 días no vendré más. Aquí estaré de 8:00PM a 10:00PM.

Llegué a la estación de Santa Clara a las 11:30 PM, no me fue difícil encontrar a la mujer que esperaba por mí. La vi mirando al ómnibus que acababa de llegar desde Matanzas. Fui directo a ella quien me recibió con un beso en la mejilla como si me conociera de toda la vida.

Pensé me estaría esperando una persona mayor –le dije- eres casi una niña.

No se preocupe por eso – contestó la joven- allí están mis hermanas esperándonos en un carro. Iremos donde unos campesinos amigos. En ese lugar estarás seguro y saldrás sólo con una de nosotras si se hace necesario.

¿Trajiste la cámara? Me preguntó de golpe.

Si, la traje ¿Cuándo piensas sacar las fotos?

No sé bien, -contestó- comenzaré a trabajar en ello mañana mismo si me la das hoy. No va a ser fácil pero te garantizo estar lista en menos de tres días.

Tienes que darme una dirección de la provincia de Oriente –le dije- debo ir mañana mismo.

No, -contestó ella – Tendré que ir contigo, si vas solo pueden cogerte. Por allá hay un hervidero de agentes porque trataron de hacerle un atentado al hermano del dictador. Han cogido a muchas personas, pronto comenzarán a fusilar a los detenidos. Tu iras conmigo, es mejor en pareja, llama menos la atención.

Llegamos a la casa donde me darían hospedaje. Durante todo el camino, ninguna de las otras dos hermanas de la joven dijeron una palabra, ni tan siguiera contestaron mi saludo. También eran muy jóvenes aunque se notaba la diferencia de edades.

La casa construida con tablas de palma, pintada de blanco, con techo de guano era amplia. Varios perros ladraron con nuestra presencia. A pesar de la hora, la puerta estaba semi abierta y un anciano nos esperaba sentado en un viejo sillón con espaldar y asiento de mimbre.

Las tres jóvenes fueron donde el anciano para besarles las mejillas a la vez que la más conversadora decía a Juancho, este es el hombre que vino de la Habana y va a estar unos días con nosotros.

¿Cómo te llamas? –preguntó de pronto el hombre tomándome desprevenido-

Rubén –fue el nombre que me vino a la mente-

Bienvenido Rubén ¿quiere un poco de café? Mis muchachitas sí quieren y lo hice hace tan solo unos minutos. Vamos a la cocina que está calientito. También, si tienen hambre, hay comida suficiente para todos.

El hombre hablaba en voz alta, al rato comenzaron a llegar, curiosas, medias dormidas, otras personas que vivían en la casa, a lo que el señor mayor, el llamado Juancho, comenzó a presentarlas.

Esta es Dora, mi esposa. La señora había llegado a la cocina medio dormida. Detrás de ella llegó otra pareja. Mi Hijo Manuel y su esposa Dalia.

Ya no hay nadie más en la casa. –Me dijo el anciano- Te tenemos preparado un cuarto en el ala derecha que da a la arboleda. Al cruzar la arboleda hay un rio y un poco más allá comienzan las malezas salvajes. Si tienes que salir de emergencia por ahí puedes coger.

El anciano iba a seguir hablando cuando una de las jóvenes lo interrumpió. Juancho, discúlpenos pero tenemos todavía que trabajar en algo a solas. Llévanos al cuarto que le tienes reservado, por favor.

Todos se despidieron de mí dándome la mano mientras nos disponíamos a seguir al anciano. Una vez solos en el cuarto, las tres jovencitas se presentaron.

Yo soy Delia, discúlpame pero estaba algo nerviosa en la terminal.

Y yo soy Cristina -dijo la hermana quien al fin, por vez primera, decía algo; llegué a pensar que era muda. Fue Cristina quien presentó a la más jovencita y ella es cachita, la más joven de nosotras.

Las tres muchachas eran simpáticas, agradables; tenían la gracia y el ímpetu de la juventud, esa juventud sin malicia que se daba en los campos de Cuba. Eran muchachas que sabían lo que querían y la disposición para hacerlo.

¿Por qué ustedes están metidas en esto? –se me ocurrió preguntarles-

Guerra Desde el Mar

La más impetuosa, Delia, mirándome a la cara contestó:
Supongo que por las mismas razones que usted, disculpe.
Se bien que esto no contesta su pregunta. -Hizo unos
segundos de silencio para continuar- Nos van a arrebatar el
país. Dentro de poco los cubanos no tendremos nada, solo
mentiras. Los rusos se harán dueños de nuestra patria; ¡nos
quedaremos sin patria! Ya no tenemos casi bandera ni
himnos. Están convirtiendo la isla en un cuartel con muchas
prisiones. Acusan al imperialismo Yanqui, como ellos dicen,
de todos nuestros males, cuando somos el país más avanzado
tecnológica y económicamente de América, los americanos
no vivían aquí, ahora los Rusos si están viviendo en nuestras
ciudades, recorriendo las calles llenos de alcohol, burlándose
de nuestras cubanitas y por encima de todo los miles de
hombres, muchos de ellos inocentes fusilados o enviados a
las prisiones sin ningún delito probado. Los hombres que
están fusilando son los que hicieron la revolución,
Comandantes, oficiales del Ejército Rebelde. Dicen que la
Revolución devora sus mejores hijos y aquí se está dando el
caso.
Luchamos por el futuro, por la libertad; para que el día de
mañana, cuando tenga hijos y nietos puedan vivir en un país
libre.
Pero esta lucha se está convirtiendo en una guerra muy
violenta –la interrumpí-
Violenta y larga –contestó la joven- porque el pueblo está
engañado, cree en esta gran mentira por desconocimiento de
lo que es la verdadera teoría marxista-leninista. En Rusia y
los países esclavos de ella sólo hay hambre. Nuestro dictador
va a ser como Stalin. Si no lo está haciendo igual es porque
no tiene en Cuba una Siberia donde mandar a los hombres a
morirse de hambre y de frio. Envían a nuestras juventudes, a
nuestros intelectuales a Isla de Pinos y otras prisiones, lejos
de sus familias para, de esta manera, poder torturarlos física y
psicológicamente incluyendo a los familiares en esas torturas.
Primero –contesté- no sé quién es Stalin. Segundo, no

pueden hacernos mucho daño porque los Estados Unidos están a 90 millas de aquí y los rusos a muchas miles de millas de distancia.

Eso es cierto, -continuó ella- aun así no confió. Recuerde que nos dejaron embarcados en Playa Girón, para no decir que nos traicionaron. Soy demócrata, amo al pueblo Americano pero no me dejo engañar. Si bien quiero sacar a los rusos de mi país de la misma manera no confió en los gobernantes de Estados Unidos que tan solo protegen sus intereses. Ellos dicen que protegen la democracia y los derechos humanos pero es mentira, tan solo protegen sus intereses políticos y económicos. Hasta hace poco protegían todas las dictaduras del continente. Le cogieron miedo a las revoluciones y ahora están comenzando a eliminarlas poco a poco Los que antes eran sus amigos, sus aliados ahora querrán salirse de ellos. No es que esté de acuerdo con esos dictadores, por el contrario, ellos son culpables y responsables de todos esos levantamientos de izquierda, que se están dando en América. Ahora después de haber nacido esta revolución comunista en Cuba es que ellos aprendieron que América es un volcán político en erupción.

Disculpe que le diga esto sobre los americanos, -continuó la joven- quizás usted es Americano, me hizo una pregunta y le di una respuesta extensa. Lo siento.

Se equivoca, no soy Americano –me apuré en contestar— ni lucho por la misma razón suya. Yo lucho porque estos comunistas mataron a mi papá e indirectamente a mi mamá que eran las personas que más adoraba en la vida. Lucho por venganza, por odio. A mí me importa un bledo los americanos o los rusos. Para mí los dos son la misma cosa. Si hago esto no es por patriotismo, arriesgo mi vida porque no me importa vivir, prefiero reunirme con mis padres si es que existe un Dios en algún lugar del universo.

-Mis palabras me fueron alterando. No creo que le contestaba a ella, en ese momento le estaba contestando a mi propia conciencia, a mi falta de idealismo. Hasta ese momento nadie me había hablado de esa manera. Me habían contratado por mis conocimientos sobre el mar y las costas cubanas. Me pagaron con un barco y algún dinero.

Esta jovencita, campesina me había hecho pensar.

La voz de Cristina me interrumpió.

Me doy cuenta –dijo- que no vamos a ninguna parte con este diálogo. Creo es mejor usted señor nos de la cámara para poder marcharnos, ya es muy tarde y más en estos campos.

Perdonen –comencé a decir dirigiéndome a Cristina- realmente no estaba molesto con ella quizás era conmigo con mi propio desconocimiento del porqué de mi lucha. Ustedes tienen una razón válida la mía parece mezquina. Realmente quizás piense como ustedes pero nunca he pensado en eso.

Aquí está la cámara, es fácil de usar. Pueden tirar 24 fotos. Cuando terminen las 24 no traten de sacar el rollo. Me entregan la cámara. Aquí se enciende, aquí tiran las fotografía.

Delia tomó la cámara en sus manos, es pequeñita –dijo- fácil de manipular y de esconder.

Muy bien señor Rubén –comenzó Cristina a decir – Nos vamos ahora. No salga de esta habitación para nada. Mañana en la tarde sabrá de nosotras. Deséenos suerte y hasta pronto.

También Delia se despidió con un hasta mañana.

A la mañana siguiente, como a las 7:00 AM   Juancho tocó a mi puerta con una humeante taza de café negro.

Te traje café ahora pero dentro de un rato mi esposa tendrá listo el desayuno, yo mismo te lo traeré.

¿Y cómo está la Habana? - Preguntó de pronto-

Me di cuenta que las muchachas dijeron que venía de la Habana. En realidad no sabía que contestar.

No muy bien –atiné a decir- Mucho movimiento de militares.

Si, esto va de mal en peor pero yo no me voy de aquí. Nací en estas tierras, me enterraran en estas tierras junto a mis padres y un hijo que ya se murió por enfermedad.

El señor era muy conversador. Iba a continuar cuando la

esposa lo llamó desde otro punto de la casa.

Regreso más tarde con el desayuno –me dijo dándome la espalda a la vez que se retiraba para la cocina-

Por suerte no regresó, fue la señora quien me trajo huevos y tocino frito junto a un pedazo de pan calientito. Y una taza de café con leche.

No supe de las hermanas hasta la noche. Vinieron a verme llenas de alegría. Habían tomado muchas fotos.

¿Cómo lo lograron? –pregunté-

Nos fue relativamente fácil aunque si arriesgado, cerca del campamento militar donde están los misiles, vive una familia muy amiga nuestra. Fuimos a visitar como si estuviéramos de paseo. La vista, desde allí es muy bonita. Sabíamos de los misiles porque todos los días a cierta hora los descubren, encienden los motores que por cierto, hacen un ruido infernal. Después de un tiempo los apagan cubriéndolos nuevamente con una lona o algo así a modo de camuflaje. Cuando miras hacia allí parecen pequeñas obstrucciones en una sabana.

Cuando los motores comenzaron con su estridente ruido, le pedimos permiso a la señora para tirarnos todas unas fotos y tambíen al paisaje que teníamos frente a nosotras. La señora salió también a disfrutar. Nos disponíamos a tirar las fotos en otra dirección a la del campamento. Entonces me hacía como si se hubiera trabado la cámara, llamando a mis hermana, cuando ellas se acercaban aprovechaba para tirar fotos al campamento sin que la buena mujer se diera cuenta. De pronto ella misma nos dijo. ¿Por qué no tiran en dirección a la base militar, hacia allá el paisaje es mucho más bonito?

No –le contesté- hacia una base militar no se puede tirar fotos, eso es prohibido y peligroso.

Realmente ya habíamos tomado suficientes fotos. Solo hubo un percance. Cuando pensé que ya teníamos fotos suficientes, cerca de donde estábamos hay una carretera, en ese momento venia un camión del ejército con soldados cubanos, el camión traía materiales para la base donde estaban los misiles; el vehículo de pronto se detuvo y comenzaron a guiarlo los rusos. Pensamos que era para dejar a los soldados cubanos porque ellos no podían entrar al lugar donde estaban los cohetes nucleares, el susto grande fue cuando los soldados, eran tres en total, en lugar de ir hacia la base de ellos, caminaron en dirección a donde nosotras cuatro estábamos. Lo que me sucedió fue como si el aire se hubiera detenido, ¡Lo sentí detenerse! Tuve un fuerte cambio grande en mi respiración; en la medida que esos hombres vestidos de verde avanzaban, sentí el tiempo roto y el universo desprenderse sobre el corto camino que nos separaba de los uniformados. Todo me vino a la mente, el trabajo nuestro perdido, nosotras tras las rejas sin poder informar sobre la verdad de las bases. Apreté con fuerzas la cámara contra mi pecho mientras los militares, con sus armas largas sobre sus hombros se acercaron para pasar por nuestro lado saludando y sin intentar quitarnos las cámaras o detenernos, continuaron su camino hacia no se dónde De pronto todo cambió, el aire se dispersaba ante mi vista, volvía a correr frente a mis ojos bañándonos de frescura, En derredor mío mi dos hermanas y la dueña de la casa, comenzaron a charlar sin que la señora se diera cuenta el susto que habíamos acabado de pasar.

Fue un milagro –le dije a Delia-

Si, un verdadero milagro.

¿Y cómo son los misiles? – pregunté-

Parecen un avión reducido de ancho, o sea, más estrecho que un avión real, largo de tamaño y con alas cortas.

Buen trabajo, -les dije a las jóvenes-Aunque nunca se lo hice saber siempre sospeché que esas mujeres estaban envueltas en la lucha contra los comunistas en muchas cosas más que incluía a los guerrilleros y que posiblemente habían más fotos que ellas enviarían a Estados Unidos por otra vía para asegurarse que llegaran. Delia, la mayor, era quien dirigía todas las operaciones.

Si, creemos haber cumplido con suerte esta misión, ahora debemos prepararnos para su partida mañana mismo hacia

Oriente y pueda terminar esto lo antes posible.

¿Tienen la dirección? –pregunté-

No, aun no la tenemos, -contestó Delia- No podremos acompañarle como le había dicho va a ir solo hasta Santiago de Cuba, donde termina la guagua, en la terminal, lo va a estar esperando un hombre de toda nuestra confianza. Él le dirá el resto.

Las dos me llevaron, a la mañana siguiente, a tomar el ómnibus que me dejaría en Santiago de Cuba. Antes de despedirse me describieron a la persona que debía ver.

No fue difícil el encuentro en Santiago de Cuba, el hombre me reconoció de inmediato; nos dimos la mano al momento de reconocernos, me tiró el brazo por el hombro llevándome hacia un auto estacionado cerca del lugar. De ahí fuimos a su casa, enclavada en el centro de la ciudad. Vivía solo. Conversamos trivialidades, él trataba de registrarme con la vista, tenía algo de recelos, por mi parte estaba preparado para irle encima ante el primer error.

Usted debe darme una dirección –le pregunté de pronto-

Creo que hay una equivocación –contestó- usted debe darme una cámara fotográfica para sacar unas fotos. Si le doy la dirección y usted va a ese lugar lo detendrán antes de acercarse. El hombre, que se hacía llamar Rodolfo, comenzó a moverse por la habitación mientras me hablaba, fue entonces que me fije bien en él. Trigueño, fuerte. Con un genuino acento oriental. Resultó ser muy buena persona a pesar de que al principio de conocerlo me pareció un poco brabucón.

Lo tengo todo arreglado de manera fácil. La idea de las fotos no es mía, se le ocurrió a otra persona que está destacada en la base donde están los rusos montando cohetes nucleares. Entre los militares hablan de que son para atacar a los Estados Unidos. Esa persona peleó en la Sierra Maestra, bajó con los grados de Teniente pero no es comunista y si bien no quiere a los americanos por aquí, mucho menos va a querer a los rusos. El cómo militar cubano no tiene acceso a la base donde están instalados los cohetes, solo los rusos entran y salen de esa base pero esta persona sí está destacada cerca y puede divisarlos a pesar de lo camuflageado que están.

Puede usted estar seguro que en dos días tendrá las fotos.

Eso está bien –contesté- pero las órdenes que traigo son de qué debo sacar yo mismo las fotos y que usted me daría una dirección.

Es un error del mensajero. Por usted mismo nunca podrá sacar las fotos. Si quiere caer preso yo le digo donde debe ir y va solo, yo no me acerco por esos lados.

¿Trajo usted la cámara para las fotos? –preguntó de pronto-

Por supuesto –dije- Saqué la camarita enseñándosela.

El la miró por un rato como esperando que yo sacara algo más.

¿Esto es todo? –preguntó nuevamente-

Si, esa es la cámara –le dije-

Le enseñé el manejo de la misma después de lograr que se sentara.

-Ya más calmado comenzó a decirme-

Mi contacto, como le expliqué combatió en la Sierra Maestra en la columna del hermano del dictador. Le tienen confianza. Él me va a sacar las fotos. Ahora debo irme, cuídeme la casa. No salga de aquí para nada que regresaré en uno o dos días con las fotos.

Está bien –le contesté- No puede demorar más de ese tiempo. Debo estar de regreso en dos días, no tengo más tiempo. Alguien me esperará entre las ocho u ocho y media de la noche en un lugar determinado en otra provincia. –No quise darle ningún dato de donde me esperarían-

Rodolfo aprendió a manipular la camarita y se fue.

Al día siguiente en la noche se apareció.

Aquí tiene su cámara con las fotos -me dijo- Espero sean buenas.

No tengo forma de revisarlas –le respondí- confiaré en lo

que usted hizo. Debe llevarme de inmediato a la terminal de ómnibus.

Mañana en horas tempranas nos iremos a la terminal, Debo informarle que las muchachas de Santa Clara han estado en un gran peligro.

Que les sucedió –pregunté exaltado-

Nada, después que tiraron las fotos a la base –comenzó a explicarme- se fueron a su casa. Cambiaron la cámara y comenzaron a tirar fotos de paisajes y de ellas. Luego rompieron la cámara dejándola en un lugar visible de la casa. Después se marcharon, diciéndole a la madre que iban a Santa Clara. Ellas vivían relativamente cerca de la base. Luego de marcharse con la cámara verdadera para llevársela a usted, unos militares se presentaronse en la casa de la señora que vive cerca de la base y donde ellas habían tomado las fotos a los misiles, esos militares, todos con armas largas. Comenzaron a preguntárle a la señora por las tres personas que estaban tomando fotos un par de horas antes.

¡Oh sí! –Contestó la señora- Ya se fueron.

Ellas estaban tomando fotos a la base -afirmaron los militares-

No señores, ellas no le tiraron fotos a la base- respondió la señora- Yo misma les dije que en dirección a la base había un mejor paisaje pero ellas me contestaron que eso era prohibido, que hacia una base militar no se podían tirar fotos. Los militares preguntaron por la dirección de las jóvenes. Cuando la señora se las dio se marcharon.

Unas horas más tarde se presentaron en la vivienda de Delia, Cristina y cachita varios oficiales, también con armas largas. Preguntaron por las jovencitas; la madre les dijo que no estaban. Entonces interrogaron a la anciana madre preguntándole por la cámara. Luego de la madre darle la cámara que estaba en la sala sobre la mesa, los militares se fueron llevándose lo que ellos pensaban era su botín.

Y que más sucedió -Quise saber, estaba inquieto y preocupado por las tres jovencitas-

No lo sé aun, yo también me preocupo –me contestó Rodolfo-

Al día siguiente salimos. Eran las tres de la tarde. Estaba contento. Hasta ese momento la operación había sido todo un éxito. Solo faltaba el regreso.

Llegué a Matanzas al noveno día de haber desembarcado, Allí estaba el hombre en su camioncito esperándome.

A modo de saludo y con marcado acento de tristeza, me dijo. Tengo una noticia muy mala para ti -al decir esto, puso el motor de su carro en marcha con rumbo desconocido para mí- Encontraron la embarcación que trajiste, -continuó el hombre- ahora no vas a quedarte en mi casa te llevaré a otro lugar y de ahí te llevarán en carro hacia un lugar de la Habana donde te esconderás. No sé cómo sacarte del país.

No se preocupe –contesté- tengo instrucciones para si algo así sucedía.

Aquí te andan buscando por todas partes. Van a los lugares con perros amaestrados. En la Habana vas a estar en la casa de una parienta mía. Desde allí podrás hacer tus gestiones de salida clandestina.

Llegué a la Habana al siguiente día al caer la noche. Me habían dado un uniforme militar, ahora era capitán del ejército del dictador. El chofer se paró frente a una casa que tenía al frente un letrero que decía COMITE DE DEFENSA DE LA REVOLUCION.

El hombre del volante se bajó del carro conmigo y me llevó a la casa del letrero. Nos abrió la puerta una señora de unos cincuenta años de edad. Pelo blanco y corto, le dio un abrazo a mi chofer a la vez que nos invitaba a entrar. La casa estaba separada de las otras viviendas por un solar vacío a la derecha y a la izquierda por un pedazo de terreno que alguna vez tuvo un jardín. De un vistazo puse en mi memoria toda la cuadra, por suerte no había nadie en la calle.

El señor que me llevó aprovechó un instante para presentarme a la señora quien me esperaba desde un par de días atrás, según pude oírle decir.

Me llamo María -dijo al mismo tiempo que me daba la mano- Aquí estarás seguro si no sales mucho a la calle. Prefiero que si alguna vez vas a salir lo hagas sin el uniforme. El pantalón militar está bien pero no la camisa y los grados. De vez en cuando aquí vienen gentes del gobierno a buscar información y no deben verte. Por suerte ellos avisan cuando van a venir.

¿Y cuál es la información que usted les da? –pregunté-

Les informo de todo lo que sucede en el barrio y toda la información que me dan otros vecinos que no son del comité pero les gusta informar para limpiarse o les gusta el chisme. Tengo cuidado de informar lo que no haga daño a nadie.

¿Y no corre riesgo con eso? –Volví a preguntar-

No, esta es una cuadra tranquila. No viven muchos jóvenes. Casi todos somos amigos, nos llevamos como familia desde hace años.

El chofer del carro interrumpió la conversación diciendo que tenía que regresar.

No puede ser –dijo María- como vas a hacer un viaje tan largo para irte enseguida.

María, lo siento pero debo irme; quiero llegar temprano y que los vecinos me vean. Aquello esta revuelto en busca de personas que desembarcaron por la costa norte. Tengo miedo por mi primo. Sabes que él está bien metido en eso y con los alzados de las montañas.

Oyendo al chofer hablar así me di cuenta que él no sabía que quien había desembarcado era yo. Gracias a Dios – me dije- no cometí ninguna indiscreción, más bien hice el camino de regreso hacia la Habana durmiendo, acostado en la parte trasera del auto.

Está bien, al menos permíteme invitarte a un café que está en dos minutos. -El hombre aceptó, tomó su café negro y se fue luego de despedirse-

Quedamos solos María y yo. Me enseñó el cuarto que me tocaba a la vez que me hablaba de que sabía bien quien era yo porque su primo le había enviado una persona de su organización para que hablara conmigo, me dijera quien eras tú y los riesgos que correría al meterte en mi casa.. Se bien que tú fuiste quien desembarcó y a quien buscan por todas partes.

De todas formas -comencé a decirle- necesito salir a hablar por teléfono con un contacto para que me vengan a buscar lo antes posible.

Está bien –me contestó- pero yo te llevaré. Supongo no conoces esto por aquí. Quiero que hables bien lejos de este lugar. Tomaremos una guagua cuando sea más de noche.

Me llevó a un lugar que se llama "El Globo" zona de campesinos, todo era campo, allí conseguimos un teléfono público. Pude hablar con el canadiense en clave. Este me garantizó avisaría de inmediato. Le dije que tenía teléfono donde estaba -pude darle el número, también en clave-

Lo llamaré cualquier día a partir de cuatro semanas, todos los lunes entre seis y siete de la noche. Esto puede demorar un mes, quizás más –contestó en muy buen español idioma que este señor dominaba y quizás las autoridades cubanas no lo sabían.

No salí más de donde María. El cuarto asignado era mi prisión. Disfrutaba de un televisor pequeño, una cama, una butaca y una cómoda. Mi cuarto tenía acceso a un segundo baño que la vivienda tenía. Con los días fui tomando confianza, a veces me sentaba en un balance o sillón que había en la sala a conversar con ella. Me hablaba de muchas cosas, casi siempre políticas.

Ya se hace difícil conseguir comidas. Somos una isla, tenemos muchos pescados y buenos pescadores pero no alcanza el pescado para el pueblo. Se lo dan a los rusos. Somos el primer país productor de azúcar del mundo pero no tenemos azúcar, se la dan a los rusos. El café nos lo dan por cuenta gotas. El dictador nos promete en sus discursos que para dentro de tantos meses tendremos de todo. El pueblo le cree, tiene necesidad de creer, no quieren reconocer que esto es una gran mentira, ya están comprometidos. Ni vamos a tener pollos, ni huevos, ni carne, ni pescado ni nada. Esto es igual a lo que ha sucedido con los países socialistas que padecen de hambre pero más que eso, no tienen libertad. Cuando se pierde la libertad se pierde todo. Los que están muriendo fusilados o combatiendo en las calles o en las montañas son los que lucharon con él para derrocar la anterior dictadura. Internacionalmente no es un delito abandonar el país donde uno nació, delito es entrar a otro país sin permiso de entrada. Aquí te condenan hasta a veinte años por tratar de irte ilegal, como ellos llaman. Es delito tener dólares. Es delito hasta pensar contrario a la revolución.

-De pronto la señora hizo silencio. Se quedó pensativa-

Discúlpeme –me dijo de pronto rompiendo el silencio y continuando la conversación- usted sabe de estas cosas; sucede que como vivo sola y aparentando ser revolucionaria, no tengo con quien descargar lo que llevo por dentro. Le di este cuarto porque tiene dos ventanas. Una da a un solar vacío y la otra a la casa que está detrás de esta. Cualquier cosa que suceda puede salir por ahí.

María me acompañaba siempre en los desayunos, almuerzos y cenas. Mantenía su puerta de entrada a la casa cerrada. Conversábamos mucho sobre diferentes tópicos. Ella había sido una frustrada estudiante de medicina, dejó los estudios cuando estaba en el cuarto año. Ahora le pesaba pero no tenía remedio.

Entre charlas y charlas pasó la primera semana de mi encierro. Me sentía hastiado, aburrido y hasta cansado de no hacer nada. Un día, alguien tocó a la puerta en horas de la mañana; con ligereza me retire a mi habitación. Al rato, luego de María abrir la puerta la sentí hablando con alguien que tenía voz fina, juvenil. Me atreví a semi abrir la puerta de la habitación en un esfuerzo por ver quién era la de tan dulce voz. La puerta chirrió. María siempre atenta a todo levantó la vista en el mismo momento que mi cabeza se asomaba.

Ven sobrino, grito María para presentarte una vecina a quien quiero mucho

Yo llevaba puesto mi pantalón verde olivo y una guayabera blanca. Ninguna de las dos piezas quedaban bien pero no había donde escoger.

La joven, al oír las palabras de María, miró hacia la habitación en el mismo momento en que salía de ella.

Mucho gusto –le dije, acercándome y tendiéndole mi mano- Rubén, para servirle.

Gracias, el gusto es mío –contestó ella- a la vez que me tendía su mano derecha para estrechar la mía.

¡Qué bonita, que cara, que cuerpo, piernas! Desde ese mismo momento quedé prendado de ella. Nos miramos a los ojos sin decir palabras por unos segundos. Mientras aprisionaba su mano con la mía. Intentó soltarse pero una muy leve presión mía la indujo a mantenerse unos segundos más. María, rompiendo el silencio dijo "Dinora, él es mi sobrino Rubén. Es capitán del ejército rebelde. Ha venido a pasarse unos días aquí en la Habana, no se ha sentido bien y quiere reponerse.

Dinora no oía a María. Sentía tan solo el calor tibio de la mano de ese apuesto joven y las leves palabras que le había dicho tintineaban en sus oídos como lo más bello ocurrido en su vía.

Desde ese momento en que nos conocimos comenzamos una fuerte y profunda amistad la cual con el pasar de los días fue convirtiéndose en un profundo pero oculto amor. Para Dinora, yo era oficial de un ejército que ella odiaba, era su enemigo comunista. Se iba del país, esperaba la salida de un momento a otro vía España y de España hacia Estados Unidos. En ese momento los vuelos de Cuba para USA se habían suspendido por las tensiones existentes y las intervenciones de la dictadura a las empresas de EU La hermosa joven vivía con sus padres. Era hija única y juntos pensaban abandonar el país tan pronto la dictadura les permitiera abandonarlo.

Por mi parte no podía decir nada de mi situación real. Cualquier indiscreción podía costarme la vida y la prisión para la pobre María quien me abrió las puertas de su casa para esconderme. Trataba siempre de rehuir los temas políticos para evitar confrontaciones. No obstante ella siempre intentaba hablar mal del gobierno, a veces me decía, ustedes los comunista. Yo trataba de frenarla diciéndole. Yo soy un militar de la revolución sin ningún otro apellido que quieres ponerme, siempre le desviaba el tema. Al fin pude conseguir hablara sobre nosotros. El amor fue profundizándose. Venía a verme todos los días. La entraba a mi cuarto y allí, sentados juntos en la cama, tomados de las manos reflexionábamos sobre el amor, nuestro amor y la dificultad de un día casarnos

Así pasaron varias semanas sin que yo recibiera respuesta alguna de mis amigos en Estados Unidos ni ella recibía la visa de salida del país. Una tarde llegó ella algo alterada para decirme que la salida estaba al llegarle porque los habían llamado del Consulado español.

Yo no quisiera irme –me dijo, con lágrimas en los ojos- pero no puedo abandonar a mis padres viejitos en un país que ellos no conocen y sin saber hablar el idioma ingles.

Es cierto –contesté- a mí tampoco se me ocurriría abandonarlos de esa manera –al decir esto recordé a mi madre es su desespero y nerviosismo cuando partimos rumbo a Cayo Hueso- Si, te felicito, no puedes abandonarlos. Ellos te van a necesitar mucho, nunca te pediré que los dejes marchar solos. Me conformaré con haberte conocido y recibir de vez en cuando alguna carta tuya.

No, letras mías no puedes recibir –se apuró en contestar- eso te perjudicaría. Tu gobierno no permite el trato entre los del exilio y los que son comunistas o militares, o revolucionarios aquí en Cuba.

No creo que sea cierto lo que dices pero encontraré alguna forma de comunicarme contigo, recuerda que el amor lo puede todo. Romperemos todas las barreras para amarnos.

Fue un amor tierno, apasionado y loco –como dijo el poeta- el que se sembró en nuestras almas para querernos. A veces ella lloraba mientras María, junto a mí   intentábamos tranquilizarla.

Rubén, no quisiera separarme de ti, no quisiera que tuvieras ese traje verde olivo puesto, no es por odio es porque lo que están prometiendo no es realidad, están engañando al pueblo. –Solía decirme- Quisiera presentarte a mis padres, que mi madre te viera pero en estas condiciones nunca va a ser posible. Te quiero mucho, diera ahora mismo la vida por este amor pero hay un gran abismo entre tú y yo. No puedo hacer nada por salvarlo, es a ti a quien le corresponde hacerlo.

En las últimas semanas de estar juntos, a medida que se acercaba la fecha de su salida del país, se incrementaba la desesperación de la pobre muchacha. A veces llegaba a asustarme porque la veía adelgazar, como si se estuviera apagando. La misma María solía pedirle se tranquilizara porque podía enfermar. La desesperación de ambos no tenía fin.

Dos días después de esta última conversación con ella recibí la tan esperada llamada del canadiense diciéndome, en clave, que quería verme en el mismo lugar de nuestro primer encuentro pero que debía ser esa misma noche sin falta.

Allí estaré –le contesté y colgué el teléfono rápidamente para evitar un rastreo de la llamada-

Corrí a avisarle a María de que al fin me habían llamado. La buena señora saltó de alegría. Ella temía más por mi vida que por la suerte que correría ella si me encontraban allí escondido.

Por mi parte sabía que los americanos o el CIA debían recogerme. A ellos les interesaba la información que llevaba conmigo sobre la ubicación de los misiles soviéticos que eran un grave peligro para Estados Unidos. Mi información era mejor que la que ellos habían tomado con los aviones U-2 porque sabían que Cuba usaba todos los medios para esconder las bases de esos aviones espías.

El problema ahora era Dinora, nos habíamos enamorado pero era mi deber no decirle la verdad debía informarle que me reclamaban de mi base militar en la provincia de Camagüey. Aunque ella por su parte me había informado de que su salida estaba próxima pero que aún no se sabía cuándo podía ser.

Esa tarde no pude verla, era importante encontrarme con el canadiense. Luego de asegurarme de que no era seguido por la seguridad del estado, llegue al lugar indicado. Lo vi en un lugar de la Habana Vieja. Escogimos ese lugar porque la estrechez de las calles y el poco movimiento de personas hacían difícil el seguimiento a una persona preparada para evitarlo. Supuse que el canadiense también seguía las reglas de la clandestinidad y el espionaje.

El mensaje que me trajo venia cifrado en un dobladillo de su camisa que el arrancó con mucha facilidad. El saludo fue imaginario y las palabras nunca se dijeron. Nos despedimos con la vista a sabiendas que tal vez nunca más volveríamos a vernos.

Cuando llegué a la casa de María leí el mensaje que me daba, las coordenadas del lugar, el día y la hora donde iban a recogerme. Nuevamente sería por la costa norte aunque esta vez el punto de recogida lo ubicaron en Pinar del Rio. No conocía esa provincia el riesgo estaba en llegar al lugar sin saber cómo moverme. Luego de pensarlo mucho decidí comentarle a María mi desconocimiento para atravesar esa provincia, llegar a la costa sin tener una idea de donde iba a meterme, sin saber cuáles son los pueblos más cercanos, los montes que debía cruzar siempre rodeados por la milicia y el ejército comunista.

La buena señora me escuchó con mucha atención, luego, apoyando la cabeza sobre su mano izquierda meditó unos segundos para luego decirme, tengo la solución, hay contactos de mucha confianza que eran amigos de mi difunto esposo. Ellos siempre estaban hablando de los alzados en esa provincia; tengo el teléfono de uno de ellos y lo voy a llamar. No lo voy a traer aquí sino que le pediré me permita visitarlo en su casa.

Sin decir nada más salió María disparada hacia el teléfono para minutos más tarde decirme. Esta no.che visitaré la casa de Armando, el que era amigo de mi difunto.

Lo que María nunca mencionó que el tal Armando era un connotado conspirador contra el gobierno y que por lo tanto era vigilado muy de cerca por los servicios secretos. Quizás ella no lo sospechó.

Debes tener mucho cuidado con lo que dices mi buena María –le dije- debes estar segura quien es ese hombre y si corres algún riesgo en verlo.

No te preocupes, se hacer bien las cosas. –Contestó ella a la vez que iba en dirección a su cuarto para arreglarse.

La señora regresó de la cita alrededor de las doce de la noche. Cuando la sentí llegar me vino el alma al cuerpo, estaba muy preocupado por ella y por mí. Todo el tiempo estuve vigilando por la ventana que da a la calle para adivinar algún movimiento sospechoso. Sabía que me jugaba la vida y no pensaba dejarme coger con facilidad. Mi pistola 45 no se separaba de mi cintura casi nunca, la escondía tan solo cuando venía Dinora a verme.

Te traigo muy buenas noticias, -dijo ella una vez frente a mí- El amigo de mi esposo tiene un contacto, muy cercano a él que era pescador en Pinar del Rio. Mañana se va a comunicar con él y tan pronto lo haga me va a llamar. Ahora debo saber qué día tienes que estar en las costas de esa provincia.

Realmente es el domingo en la madrugada cuando van a recogerme, hoy es martes, tan solo tenemos dos días porque debo estar en los alrededores el sábado lo más temprano posible.

Pienso no vas a tener problemas, -me interrumpió la señora- A primeras horas de la mañana mi amigo, si Dios quiere, nos tendrá una respuesta positiva o negativa, él es muy buena persona -continuó diciendo- inteligente, de buenas costumbres y hasta muy buen mozo.

Desde ese momento, al ver cierto brillo en los ojos de

María, sus palabras y la ondulación de la voz, me hicieron sospechar en algo más allá de una buena amistad.

Decidimos retirarnos a nuestras habitaciones en espera de las noticias del nuevo día. Cuando recosté la cabeza en la almohada llevaba la convicción de si no aparecía alguien ese mismo miércoles saldría en busca de las costas occidentales. La tarea más difícil sería decirle a Dinora mi retirada hacia Camagüey. Casi no dormí pensando, planeando uno por uno los pasos que iba a dar. Sabía que mi vida estaba en juego y aún no había vengado a mi padre ni a los miles de hombres que sufrían a diario las torturas de este régimen hipócrita que asesinaba a los mejores jóvenes del país con el consentimiento de una chusma que gritaba paredón a sus propios hermanos e hijos. Solía escuchar en un radio de onda corta noticias "La voz de los Estados Unidos de América" para estar informado; todo lo que llegaba a mis oídos era fusilamientos, prisioneros o asesinatos en las calles de hombres que ofrendaban sus vidas para arrancar del país ese sistema de odio y crueldad.

Me alcanzó la mañana pensando cómo darle la noticia a Dinora de mi tan próxima partida. Sentí ruidos en la cocina, supuse que la buena señora tampoco había podido dormir. Fui a verla con la idea de saborear el delicioso café que ella siempre colaba.

María, parece que tú tampoco has podido dormir – le dije mientras entraba a la cocina y sin esperar respuesta continúe- Pasé toda la noche pensando en cómo darle la noticia de mi tan de repente partida a Dinora y la forma de llegar a mi punto X sin conocer la zona. Pero ahora me preocupa más ella, no puedo decirle la verdad. Desde el momento que sepa quién soy la estoy comprometiendo exponiéndola a una prisión segura, además está la posibilidad de que por amor pueda ella cometer algún error en perjuicio de nosotros tres porque usted también corre un gran riesgo de ir a la cárcel.

Tienes toda la razón, debes guardar silencio. Puedes decirle que tus superiores te llamaron para que regresaras de inmediato al cuartel general de tu provincia –Fue la respuesta de María- Ella viene hoy –continuó- ayer estaba haciendo gestiones con sus padres porque la salida de ellos también está muy cerca, de un momento a otro le llega la orden de inmigración y deben partir. Es cierto que no pude dormir pensando en Armando y el objetivo que le había dado para que cumpliera. Quiera Dios que me llame temprano porque estoy muy nerviosa por ti.

Por mí no temas María, -traté de tranquilizarla- yo se cuidarme y defenderme, nada me va a pasar. Pronto podrás ver que bien salgo de esta.

Qué sabes tú lo que son estas gentes, lo que son capaces de hacer con tal de conservar el poder y propagar en América esta doctrina de odio y crímenes la cual, con el tiempo, pondrá en ruinas a nuestro país como han hecho en Rusia y en todos los países que han dominado. Conquistan los pueblos para que se destruyan entre ellos mismos, entre hermanos, dividiendo familias, inculcando falsedades, propalando promesas que nunca pueden cumplirse. Es un sistema que destruye los pueblos mientras enriquece a sus dirigentes... Aquí en nuestro país van a correr ríos de sangre si no detenemos antes a estos monstruos de la maldad. Ellos te perseguirán donde quieras que vayas hasta encontrarte.

Si María, es cierto –repliqué- pero ellos no saben quién soy, ni mi nombre, ni tienen mi foto, nada, tan solo encontraron una lancha, buscan un fantasma. Si no cometo error alguno es difícil puedan encontrar un fantasma Por cuidarme y cuidarla a ella es que no quiero decirle nada a Dinora. De todas formas ahora mismo quiero anotes mi teléfono en Estados Unidos y mi dirección, me llamas o dices a alguien que me llame cuando Dinora vaya a salir. No me llames desde tu casa. Prefiero busques a otra persona para que lo haga por ti y no quiero que le digas nada de esto a Dinora, yo me encargaré de encontrarla en la Florida o para donde ella vaya. Hoy le pediré el número de teléfono de algún familiar cercano a ella en Estados Unidos.

Mientras hablábamos María terminó de colar el café, puso frente a mí una taza de la que emanaba un delicioso olor. Se sirvió otra taza ella a la vez que se sentaba frente a mí. Ambos nos deleitamos de la conversación y el café. Al terminar de hablar ella fue al interior de su habitación a esconder el papel con mi número de teléfono y dirección en USA.

Cerca de las diez de la mañana sonó el teléfono, lo sentí desde mi habitación. Al rato María toco a mi puerta para decirme, muchacho, llamó Armando, debo ir a verlo. Ahora me visto y salgo, demoraré un poco. No abras esa puerta a nadie, Dinora no va a venir hasta después de las tres de la tarde y posiblemente estaré de regreso antes de las 2.00 PM.

María se vistió con sus mejores atuendos. Al salir no pude menos que desearle suerte y decirle: Va usted muy bonita.

Gracias –contestó ella a la vez que cerraba la puerta tras de si- Al quedar solo pensé que María iba a tener una feliz velada además de intentar resolver mi problema-

Aproveché la soledad para desquitarme la falta de sueño de la noche anterior. Dormí hasta la una de la tarde. María aún no había llegado por lo que decidí ir al refrigerador y prepararme algo de comer. Apenas había terminado cuando sentí que alguien abría la puerta de entrada. Corrí a mi cuarto porque no llevaba encima la pistola. Por los pasos supe que era la buena señora quien acababa de llegar. Fui entonces a su encuentro en busca de noticias. Al verme, sonrió ampliamente. Su rostro reflejaba el comienzo de una nueva vida para ella. Nunca antes la había visto sonreír de esa manera. Ella notó en mi mirada la inquietud por saber el resultado de su gestión.

Hijo mío –comenzó a decir- Armando contactó a su amigo de Pinar del Rio. Mañana jueves, en horas de la noche, el vendrá, con otra persona, a recogerte en un carro. Tu saldrás por la puerta de al lado, te meterás en el auto, acostado en el piso del asiento trasero. Nadie podrá verte salir ni entrar en el vehículo. Ya ellos traerán mapas de la provincia donde vas a ir para dártelos. Lo demás no lo sé, hablaras con ellos en el camino. Sé que te piensan llevar hasta Pinar del Rio ¡Que Dios los acompañe! –al decir esto la buena señora dio un fuerte suspiro mientras se persignaba.

Que bien María, gracias a Dios tenemos una buena parte del problema resuelto –dije- ahora nos falta Dinora a quien no veo desde el lunes. Fui a continuar pero me interrumpió tomándome por el brazo.

No te preocupes por ella, la veras dentro de un rato; bien sabes que está más desesperada que tú por verte y la vida de ella no es la que está en juego, es la tuya. Es a tí a quien debemos proteger. De ella me encargaré yo cuando salgas de esta casa. Si prefieres no decirle nada y marcharte en silencio puedes hacerlo.

No, no, no –repliqué- Me voy a despedir diciéndole una mentira piadosa, le diré que marcho a Camagüey, también necesito los teléfonos de donde va a residir en los Estados Unidos con el pretexto de llamarla.

Luego de María retirarse a su cuarto quedé sentado en la sala pensando, pasaron varios minutos cuando alguien tocó a la puerta. El corazón me dio un vuelco; sabía que era ella quien venía deseosa de verme. Esperé a que María viniera a abrir. Era ella, lucia más linda que nunca. Le dio un beso a la señora en la cara y corrió donde mí para abrazarme a la vez que decía, perdóname, no pude venir ayer. Estaba con mis padres haciendo gestiones sobre la salida, visitando familiares para avisarles de nuestra partida y llegamos muy tarde, aunque tenía muchos deseos de verte mis viejos no me permitieron salir a esa hora. –Volteándose hacia María le dijo- María aquí te traigo estos papeles, inmigración nos dijo que debíamos entregarlos en el comité de nuestra cuadra. Usted los chequea y luego me dice porque ahora voy a conversar con este jovencito que tengo a mi lado.

Nos fuimos al cuarto a sentarnos, como siempre, uno junto al otro en la orilla de mi cama. Nos besamos profundamente. Ella rompiendo el idilio de nuestros besos, comenzó a decir.

189

Sé que me voy muy pronto, que dejaré de verte, quizás para siempre. Al menos estaré a tu lado hasta el día que llegue la salida del país.

Puse mi dedo índice sobre sus labios pidiéndole silencio, ella me daba pie para comenzar a hablarle, no sabía cómo comenzar pero ese era el momento indicado-

Dinora, muchachita mía –comencé- a veces la vida nos pone momentos difíciles, duras pruebas que debemos vencer, ante esos momentos es cuando más falta hace el valor, la madurez, inteligencia y mucha fe. Si este amor nuestro debe ser imperecedero, será así, y nada ni nadie nos podrán separar. Tu estas preocupada por la salida que esperas de un momento a otro y yo estoy preocupado por la mía que acaba de llegarme. Mandaron a llamarme de Camagüey. Mis superiores me necesitan. Debo estar al amanecer del viernes en mi provincia, partiré mañana en la noche.

Dos gruesas lágrimas corrían por las mejillas de Dinora para ir a caer después sobre su bonito vestido. Había bajado la cabeza. Fui a secar sus ojos con mi pañuelo pero al tocarla note que todo su cuerpo temblaba, estaba muy pálida. Le di unas palmadas en la cara a la vez que le hablaba. No respondió. Se me ocurrió llamar a María en busca de ayuda. La buena señora corrió a mi cuarto al ver la palidez en el rostro de la joven salió en busca de un vaso de jugo de naranja obligándola a tomarlo.

Minutos más tarde se veía recuperada, me duele un poco la cabeza pero estoy bien. María, ¿Usted sabe que Rubén se nos marcha rumbo a Camagüey mañana mismo?

Si hija mía, lo sé pero es algo que no se puede evitar. Él es un militar y sus superiores lo están llamando, tiene que obedecer –Contestó María-

-Nuevas lágrimas aparecieron en el rostro de la joven, cuando miré la cara de María descubrí que ella también lloraba.-

-Rubén turbado, bajó la cabeza- -Le hubiera gustado poder llorar, desahogarse. De sus labios salieron unas escasas palabras- no me merezco esto, ustedes sufren por mí. Poniéndose las manos sobre la cabeza se puso de pie para caminar dentro del cuarto mientras veía a María abrazada a Dinora en un mutuo gesto de comprensión y amor

En ese momento tocaron a la puerta. Todos se asustaron. María enjugándose las lágrimas salió a abrir. Marcelo, con mucha sutileza, sin que Dinora se diera cuenta, se acercó a su pistola.

Es tú mamá Dinora –gritó María desde la puerta- Nos vamos juntas a la cocina a preparar un poco de café y a conversar un rato. Puedes terminar lo que estás haciendo en mi cuarto.

La joven se preocupó, su madre no debe saber que ella estaba a solas con un hombre en su cuarto privado. Dirigiéndose a Marcelo en voz baja le dijo, Rubén mi mamá no puede verte, ella no debe saber que estás aquí y que estoy sola contigo en esta habitación. Ella no sabe que tú existes en mi vida; solo de saber que eres un militar y que nos queremos le puede dar algo. Es muy débil. Tan solo le he hablado a mi padre, tengo mucha confianza con él. Me hace muchas preguntas sobre ti y encuentra raro que apenas salgas de esta casa.

Dinora, -comencé a decirle desviando su conversación acerca del padre- tenemos poco tiempo para tratar lo nuestro. Definitivamente tengo que partir mañana y no te volveré a ver por no sé cuánto tiempo. Quiero me des los teléfonos de tu familia en el Norte y las direcciones. Comenzaré a escribirte y a llamarte con otro nombre y a través de otras personas. Me las arreglaré para hablar contigo cuando estés allá. Mientras te mantengas en este país será más fácil para mí hablarte. Me avisarás con María cuando te llegue la salida para intentar venir a verte antes que te marches, después comenzaremos a romper todas las barreras que se interponen en nuestro amor; la distancia, la política, tus padres, ¡Todo lo salvaremos!

Está muy bien, -contestó ella a la vez que besaba mis

labios- temprano en la mañana regresaré y almorzaremos juntos. Le diré a María que voy a cocinar para ti, ella me dejará hacerlo.

Dinora se apretó a mí dándome mil besos en toda mi cara. Me tengo que ir –dijo- Mi madre puede sospechar si ve que no salgo. Ya sentí el olor al café hace un rato. No quiero darle el disgusto que te encuentre aquí a solas conmigo.

Luego de otro millón de besos salió, casi corriendo, de la habitación.

Media hora más tarde María tocaba a mi puerta para decirme que se habían marchado. Esto quería decir que no era necesario estuviera encerrado en la habitación.

Al salir le dije a la buena señora, viste como se fue Dinora, la pude tranquilizar un poco el hecho de que llegara la madre nos ayudó. Dijo que vendría mañana temprano.

¿Y tú cómo te sientes? -preguntó de sopetón la señora-

Me siento mejor que ella –contesté- tengo la esperanza de volver a verla pronto si no me cogen o me matan antes de salir. Ella no tiene esa esperanza. Sé que pienso como ella desde el punto de vista ideológico, ella no lo sabe, supone que somos enemigos políticos o sea, su situación es más difícil que la mía. Puede asumir que es mejor esta separación por el bien de ambos, conformándose con mi retirada a Camagüey.

Después de charlar otro rato decidimos ir a dormir, la noche sería larga para ambos.

-Rubén se levantó temprano, esta vez antes que María. Trató de arreglarse lo mejor posible para recibir a Dinora. Había pasado la noche soñando con ella. En realidad estaba enamorado, nunca antes se sintió de esa manera con una mujer. Si bien la joven estaba dotada de todo, en cuanto a belleza se refiere, Marcelo era un joven apuesto, de buenas maneras. Por su forma de expresarse, su franca y abierta sonrisa, acompañado esto, de un delgado y musculoso cuerpo, solía caer bien.

María, la buena señora al levantarse sorprendió al joven

sentado en el sillón de la sala en espera de Dinora.

Es muy temprano para que ella venga –dijo, luego de los acostumbrados y rigurosos buenos días- La espero después de las diez además, creo que viene a cocinarte para que al irte lleves un último y bonito recuerdo de ella.

Tal vez sea así como usted dice –contestó- pero la imagino despierta, lista para venir, en espera de que nosotros estemos levantados. Sentada, así como yo, en la sala de su casa, sin haber podido dormir en toda la noche, pensando en que nunca más podrá verme.

¡Presuntuoso muchacho! –Refunfuñó María en voz baja alejándose de la sala-

Media hora después, a las 8: AM sonaba el acostumbrado y musical toque que daba la joven con sus nudillos a la puerta. María corrió a abrirle.

Al entrar, sin percatarse de la presencia de la señora y ver a su Rubén en el sillón sentado corrió hacia él para abrazarlo y besarlo.

Al fin te veo –atinó a decir- no pude dormir en toda la noche pensando en ti y desde muy temprano, esta mañana sentada en la sala en espera que el reloj marcara las ocho para venir. Fueron horas de angustia

Ambos jóvenes, tomados de las manos, caminaron hacia la habitación de Rubén para sentarse, como siempre, uno al lado del otro-. –Platicaron largamente sobre ellos mismos, haciendo idílicos planes futuros. Rubén sin abandonar su posición como militar y ella desde el exilio donde iría a residir.

Desayunamos juntos y juntos pasamos casi todo el día sin separarnos. Ella preparó un exquisito almuerzo que compartimos ella María y yo. Durante esas horas fuimos felices, ¡Extremadamente felices! si es que la felicidad puede alcanzar algún extremo ¡Muy felices!

Alrededor de las cuatro de la tarde decidí, por seguridad para ella, romper esos idílicos momentos. Vendrían a buscarme personas desconocidas que quizás eran muy buenas y de confianza pero no me constaba. No podía ponerla en riesgo alguno.

Dinora –le dije- este día de hoy y la última vez que estuve junto a mis padres en alta mar, pescando en un barco, donde reíamos por cada cosa que hacíamos o recordábamos, han sido los más felices de mi vida. –La tomé por los brazos a la altura de los hombros haciéndole presión con mis dedos- No quiero romperlo con una despedida de llantos o lamentos. Lo que va a suceder que suceda, no quiero verte llorar, por el contrario, la despedida debe ser con esa sonrisa que nos ha acompañado durante todo el día. Quiero te vayas ahora a tu casa y no vuelvas. Quiero me digas adiós y decirte adiós con nuestros corazones henchidos de felicidad. Confía en mí ahora y siempre. ¡Mírame a los ojos! ¡Ahora y siempre!

Sí, yo tampoco quisiera empañar estos momentos que hemos pasado juntos –contestó- pero es temprano tú vas a salir más tarde ¿Por qué debo irme ahora?

Debes irte ahora por dos razones importantes la primera es porque te he pedido te marches ahora y la segunda porque quiero comiences a confiar en mi desde este mismo momento.

Me miró a los ojos con fuerza, no se decir si en realidad reflejaban confianza o un gran desplome de sus pensamientos en relación a mí. Esa mirada y un corto beso fue nuestra despedida. La puerta de salida sonó a sus espaldas. Quedé plantado, mirando al infinito con la certeza de que había cumplido con mi deber para con ella. Minutos más tarde me entretuve planificando mi viaje y las muy escasas pertenencias que debía llevar. Coloqué las cosas en mi pequeña cartera impermeable que me acompañaba en los viajes bajo la lluvia o las olas del mar.

A las 6:00 PM vinieron a recogerme. Eran dos hombres. Parquearon el carro que traían, un Oldsmobile del 1957, color crema, en el pasillo lateral junto a la vivienda. Desde antes de llegar el vehículo, vigilaba por todas las ventanas los movimientos en derredor de la casa en busca de algo sospechoso. Todo estaba bien, no vi nada que me llamara la atención.

Avisé a María de la llegada de un carro con dos ocupantes. Ella, quien ya estaba arregladita en espera de la llegada de Armando, corrió a la puerta y sin esperar el concebido toque, abrió. En cuanto vio a Armando, su amigo, fue a abrazarlo. Luego de saludar al acompañante los invitó a entrar y sentarse. Mientras tanto me había refugiado en mi cuarto en espera de algún aviso para salir, siempre vigilando a los recién llegados Ambos, desde la corta distancia que no separaba, lucían personas francas y leales a María. Armando, de unos 48 o 50 años de edad, vestía pantalón blanco y un saco deportivo color oscuro. Su acompañante, quizás un poco mayor, lucía una camisa deportiva con dibujos de diferentes colores. Ambos se mostraban serenos. Hablaban con la señora en voz muy baja por lo que supuse se referían a mi situación.

María fue en busca mía, al verla venir fui a sentarme en la cama.

Rubén ven a que conozcas a mis amigos –me dijo al entrar empujando la puerta que estaba entreabierta-

Salí de la habitación detrás de la buena señora quien al llegar a la sala presentó a los dos hombres. Al sentarme, luego de estrecharles las manos Armando, dirigiéndose a mí preguntó a donde yo quería ir.

¿Quién de ustedes es marinero o conoce las costas de Pinar del Rio? -Contesté con una pregunta-

Ninguno de los dos, tan solo queremos saber dónde dirigirnos –Contestó- María nos informó que tenías que ir a un punto en las costas de la provincia de Pinar del Rio. Tenemos a un hombre de la confianza nuestra que fue pescador costero, él vive en la misma capital de la provincia. Quedamos en que estaríamos allá esta noche a las 10:00 PM. Debemos partir cuanto antes para llegar a tiempo sin correr mucho para no llamar la atención y nos pare cualquier carro de policía.

Estoy listo, –contesté- podemos irnos cuando quieran.

Sí vámonos. Pero primero debes ponerte esta gorra roja y este pullover rojo que te hemos traído para que nuestro amigo pueda identificarte. Tu saldrás, sin que nadie te vea, por la puerta lateral donde tenemos el carro parqueado. Te acostarás en el suelo, en la parte trasera sin poder levantarte hasta que te avisemos. Allí dejamos una almohada y mantas para que te cubras. Nosotros saldremos por el frente acompañados de María. –Concluyó Armando-

Lo último que hice en esa casa fue despedirme de mi buena María quien, con muchas lágrimas en los ojos, se despidió de mí como si fuera el hijo que ella nunca pudo tener. Cuídate, cuídate mucho, permita Dios un día poder encontrarnos en mejores situaciones. -Le volví a dar los números de teléfono donde podía localizarme en la Florida cuando llegara la salida de Dinora-

-Rubén se instaló en el carro luego de asegurarse de no ser visto por algún vecino o transeúnte. Luego de acostarse se cubrió con una manta oscura que halló junto a la almohada. Al rato, Armando y su acompañante se instalaron en los asientos delanteros para poner en marcha el motor y salir despacio en busca de la carretera central rumbo oeste. En el camino le entregaron un mapa especializado de la isla de Cuba y toda la cayera adyacente. Había caído la noche al no poder leer el mapa se lo guardó en su pequeña cartera.

Llevamos casi una hora en la carretera, pienso ya puedes sentarte –dijo Armando- pero antes de Rubén poder ejecutar movimiento alguno el chofer del automóvil dijo no, es mejor que sigas así; no estoy muy seguro, creo que nos siguen. No tengo un carro siempre detrás de mí pero he notado un par de veces cambio de luces, luego del cambio de luces el carro que viene detrás de mi algo lejos se sale en cualquier salida pero es reemplazado por otro que al rato viene para colocarse a distancia detrás de nosotros. Hace un momento nos pasó por la senda de la izquierda otro carro con dos hombres jóvenes el que iba al lado del chofer inspeccionó nuestro vehículo con la mirada como cerciorándose de que éramos nosotros –terminó diciendo el chofer-

Me mantendré aquí hasta que lleguemos, no se preocupen no estoy incómodo –contestó Rubén al mismo tiempo que sacaba su pistola de la cintura para tenerla en la mano-

Anduvimos despacio por un par de horas más, de pronto Armando me dijo que estuviera preparado porque en la primera esquina que doblara debía bajarme del carro a toda prisa y seguir caminando como si nada pasara con la gorra roja y el pullover rojo que me habían casi obligado a ponerme.

Escucha Rubén -dijo Armando- en cuanto doblemos te bajarás a toda prisa y saldrás caminando en la misma dirección en que vamos, Darás la vuelta a la manzana, siempre a la derecha. Alguien se te va a acercar y decirte que le gusta tu gorra roja. Tú te la quitas y se la entregas Nosotros, para simular seguiremos recto para después ir a hacer una visita a una familia aquí cerca, para que quienes nos están siguiendo piensen que hemos venido a hacer esta visita. El hombre con quien vas a contactar es de toda confianza y lo mejor es que no tiene miedo. Ahora suerte y prepárate que vamos a doblar:

Todo sucedió muy rápido. Doblaron, a unos 15 metros de la esquina bajaron la velocidad del automóvil para que yo pudiera bajar sin levantar sospechas de los transeúntes. Por suerte solo había uno que estaba algo distante frente a nosotros, quien no se dio cuenta de lo que había sucedido a sus espaldas. Los dos hombres continuaron adelante. La calle no estaba muy alumbrada. Al llegar a la primera esquina se me había perdido de vista el auto con los dos amigos, Quise cerciorarme de que los estaban siguiendo y para eso en lugar de seguir mi camino, en cuanto doblé vi un poste del alumbrado público; lo aproveché para detenerme detrás. A los pocos segundos vi pasar un vehículo con cuatro personas dentro. Era cierto que los seguían

Continué mi camino, en la próxima esquina doblé

nuevamente a la derecha, al llegar a la tercera esquina, alguien que estaba parado recostado a la pared se dirigió a mí para decirme que le gustaba la gorra roja que llevaba puesta. Me la quité como acordamos y me dispuse a dársela pero el hombre al ver que se la iba a entregar me dijo, móntate en ese carro que está ahí parqueado, de color negro. Te sientas delante, junto a mí, entonces hablamos.

Era un hombre delgado pero de constitución fuerte. Llevaba puesto un pullover blanco ajustado al cuerpo; a pesar de parecer bastante mayor, pienso que mucho más de 60 años de edad, se veía ágil.

Después de salir de donde estaba el carro parqueado, el hombre, luego de arreglar su espejo retrovisor y comprobar no venía nadie detrás de él, me tendió su mano derecha. Me llaman Chucho, es un placer conocerlo. No me diga su nombre, no hace falta, no quiero saberlo. Déjame saber dónde debo llevarte porque me han dado muy poca información.

Saqué el mapa de mi bolsillo a la vez que interrumpía a Chucho.

Señor, me dijeron que usted fue o es pescador costero, necesito llegar a un lugar de la costa para recoger algo que me enviaron –mentí– y luego traerlo a la Habana. No conozco esta provincia e imagino que con tantos hombres alzados en armas todos estos sitios deben estar muy controlados, máxime si se trata de las costas.

Es cierto -respondió Chucho- todo está muy vigilado por tropas especiales en luchas antiguerrilleras y un gran ejército de milicianos que los llevan para que los maten porque no tienen experiencia, solo sirven para hacer cercos. Te puedo llevar donde quieras en la costa lo mismo norte que sur de esta provincia; la conozco de memoria, lo malo es que no sé de coordenadas.

No se preocupe yo me encargo de eso –respondió Rubén. Iba a continuar pero el hombre me interrumpió-

Usted dijo que quería recoger algo y que para ello lo debo

dejar en un lugar que no conoce a recoger algo que le trajeron o que debe recoger, ¿Cómo piensa regresar cuando tenga ese algo si no conoce este sitio, no sabe dónde están los campamentos del ejército, no tiene ropas adecuadas ni tiene vehículo para ese regreso. Chucho hablaba con extrema severidad- Mire joven esto no es un juego para mí, dejarlo a usted en la costa conlleva un gran riesgo, no sé quién es usted, es mejor no trate de decirme mentiras, quiero saber el terreno que piso, a donde voy y a lo que voy. Si hay que morirse con usted, deme al menos la oportunidad de saber por qué voy a morir.

-Respiré profundo. Qué derecho tenía de arriesgar la vida de este hombre sin conocimiento de lo que estaba haciendo. Preferí decirle parte de la verdad-

Mire Chucho he venido de los Estados en una lancha rápida que dejé escondida en un lugar de otra provincia pero la descubrieron. Vine a recoger unas amistades pero todo ha fracasado. Ahora vienen por mí desde el Norte y debo estar en el lugar de recogida el sábado en la noche.

Está bien, me ha dicho parte de la verdad –contestó el pescador- Ahora quiero preguntarle ¿Puedo irme con usted hacia el Norte? No tengo familia aquí, al menos familia cercana. Mis hermanos están en Miami. Pensé irme en mi barco pero una tormenta lo desbarató estando amarrado en la costa. Si no puede no tenga temor en decírmelo de todas formas le ayudaré a llegar al lugar –concluyó-

Mi respuesta a su pregunta estará pendiente de la capacidad de la lancha que viene a buscarme. Es de vida o muerte, para mí, llegar a Estados Unidos.

Está bien, esa respuesta es sincera. Ahora voy a meterme por un camino oscuro donde podremos ver ese mapa que trae en sus manos.

Nos parqueamos en una vereda y allí revisé las coordenadas que me habían dado. Resultó ser por el archipiélago de los colorados, muy cerca de Mantua, algo distante del Cabo de San Antonio.

Cuando tenía el lugar exacto se lo dije, entonces, lleno de alegría, contestó que muy cerca de allí vivió mucho tiempo. Me conozco todo eso como la palma de mi mano. No voy a llegar a Mantua contigo sentado a mi lado, antes de llegar te meteré en el maletero del carro por si alguien nos ve que me vean llegar solo, por ahí todos me conocen y también este carro. No levantaré sospechas. Te llevaré a que te quedes en una casa de mi confianza para el mismo sábado en la noche estar en el lugar. No te preocupes es una zona bien espinosa, con mucha selva y lugares inhóspitos.

Chucho me metió, luego de sacarme del maletero del carro, en una casa que era un bohío de esos que llaman vara en tierra. El lugar era habitado por un matrimonio ya viejo. Tanto la mujer como al hombre le faltaban casi todos los dientes. Se alumbraban con un quinqué de querosene y dormían sobre columbinas separadas. Había cuatro de estos camastros, chucho me dijo que ellos tenían dos hijos pero que estaban estudiando becados en la Habana e iban a ver a sus padres una vez al mes o cada dos meses.

Por primera vez me sentí incómodo. Esas personas –pensé– no sabían quién era yo ni que hacia allí plantado en medio de la habitación de ellos.

El matrimonio y Chucho salieron fuera de la vivienda, al regresar me dijo el hombre, señor usted podrá dormir en cualquiera de estas camas. Nosotros nos vamos con su amigo a la ciudad, regresaremos mañana temprano. No vamos a dejar ninguna luz encendida. Por aquí nadie pasa a estas horas. Cogió uno de los dos quinqué que alumbraban el ancho espacio apagándolo; Antes de coger el otro quinqué ordenó que fuera a la cama porque me iba a quedar a oscuras. Voy a cerrar la puerta por fuera pero allí detrás tiene otra salida que no está cerrada por fuera quita el pestillo la empuja y se abre.

¿Y ustedes donde van a dormir? –pregunté–

No se preocupe en la ciudad está nuestra casa esto solo lo tenemos para nuestros trabajos de campo, cosechamos tabaco.

Chucho, acercándose a mí me dijo. Aquí estás seguro, no enciendas ninguna luz. Espera al amanecer ellos vienen temprano, si no vengo con ellos es porque voy a chequear la zona por donde debemos coger.

Se fueron, quedé en una oscuridad tan intensa que me hizo pensar lo que sucedería si el sol llega a apagarse. Me fui quedando dormido lentamente no sin antes pensar en Dinora. No creo haber dormido mucho, no sé cuánto tiempo pasó pero de pronto comencé a oír ruidos; eran roedores, parecía como si cientos de ratones inundaran la habitación para hacerme compañía. Los sentía en las paredes, chillaban, parecían correr por todas partes pero no podía verlos atreviéndose a cruzar por encima de mí. Sentí hambre y sed, no había comido ni bebido nada en muchas horas. Decidí entonces salir fuera y recostarme debajo de algún árbol, allí los roedores me dejarían tranquilo. Un pedazo de luna se destacaba en el cielo enviándome cierta claridad. Me acosté en el suelo bajo el árbol más cercano y en posición donde nadie me pudiera ver. Ya sin el endemoniado ruido de esos animales pude dormir.

No sé cuánto tiempo pasó cuando comencé a sentir voces. Me di cuenta que era el matrimonio que había llegado y me buscaban por todas partes al no encontrarme dentro del bohío. Estaba amaneciendo. Lejanas hileras de nubes recogían para si los primeros rayos solares que las tornaban en bellos colores naranja y púrpura.

¿Qué le sucedió que durmió aquí en la intemperie toda la noche? –Preguntó la señora-

Es que había fiesta de roedores allí dentro y no había sido invitado por lo que decidí marcharme y dejarlos solos en sus quehaceres –contesté-

¡Malditos animales! Mientras más trato de eliminarlos, más aparecen –Refunfuñó el hombre- Venga –continuó- le trajimos un termo con café, un emparedado de mortadella y queso y otro termo con leche. Usted debe tener hambre.

Si, mucha hambre pero también tengo sed.

El hombre señaló hacia otro extremo del bohío. Allí hay una llave de agua potable. Úsela, puedes hasta bañarte si quieres por allí no va nadie. Nosotros te esperamos dentro del bohío.

Luego de asearse, Marcelo comió disponiéndose a hablar con la pareja de campesinos que lo habían albergado en su casa.

¿Esta finca es de ustedes? – Pregunté al hombre-

Bueno fue de nosotros, ahora las tres cuartas partes pertenecen al gobierno. Como usted puede ver no era muy grande, tan solo cinco caballerías pero se da muy buen tabaco. La parte donde sembraba me la quitaron, tan solo me dejaron este pedazo de tierra donde ahora cultivo yuca, malanga y papas. Esto me sirve para comer e intercambiar por otras cosas que necesitamos.

¿Y quién atiende la siembra de tabaco? -Pregunté por curiosidad-

Traen jóvenes de las escuelas o mujeres que nunca habían visto una siembra de tabaco, no saben de esto. Lo que hacen es destruir las hojas.

A lo lejos se podían ver las matas de tabaco que alcanzaban casi un metro de alto con sus hojas largas moviéndose al ritmo de la acariciadora brisa.

Mi señora y yo vemos el destrozo que hacen -continuó el hombre- se nos quiebra el corazón de tristeza, nos criamos sembrando y curando tabaco pero de buenas a primeras nos lo quitan, nos dejan sin nada. Alegan que somos latifundistas y que las tierras pertenecen al pueblo. Nosotros somos trabajadores del campo y es lo que hemos hecho toda una vida. No éramos ricos ni hacemos mal a nadie. Las tierras fueron de mis abuelos. Esta llamada revolución lo está destruyendo todo, hasta la vida humana.

El buen hombre hizo silencio luego de sentir que su esposa carraspeaba detrás de él insinuándole silencio.

Parece que voy a pasar todo el día aquí –dijo Marcelo

cambiando el rumbo de la conversación- Chucho no vendrá hasta la noche.

No, el viene pronto –dijo la señora- Quiere traerle otra ropa a usted, piensa que esa no es la apropiada para andar por los montes y entre los espinales. Según dijo tienen que caminar muchas horas porque están haciendo una fuerte ofensiva en la Sierra de los Órganos y sus alrededores en busca de alzados. Hay fuerzas del ejército y milicianos por todas partes. Según dicen hay muchos muertos de ambos lados.

Nosotros nos vamos a atender los cultivos –dijo de pronto el campesino interrumpiendo a la esposa- Usted debe dormir todo lo más que pueda porque van a andar mucho esta noche. Dormí no sé cuántas horas, me despertó Chucho dándole un punta pie al camastro.

Prepárate –dijo- esta noche vamos a caminar bastante. No podemos ir en línea recta porque todo por ahí es un infierno de tropas en zafarrancho de combate. Nos alejaremos de todo esto. Debemos dar una vuelta muy grande hasta llegar a la zona de la costa que nos interesa. Caminaremos de noche. Debemos llegar antes del amanecer a un lugar donde descansaremos todo el día. Hoy es viernes. Si todo sale bien mañana a las diez de la noche estaremos en el lugar donde te van a recoger. Mi carro se lo voy a dejar a esta familia si es que logro irme contigo.

Ahí tienes –dijo a la vez que me entregaba una camisa de camuflaje con mangas largas- esto te protegerá de las picadas de los mosquitos.

Oscureció temprano, a las 7:30 PM comenzamos a caminar. A veces bordeábamos pueblos pequeños, caseríos, también cruzamos ríos y subimos lomas que no eran muy altas. No sabía dónde estaba pero él conocía bien de memoria los lugares. Por la posición de las estrellas fui calculando las horas. Ya pasadas las doce caminábamos próximo a un camino. Chucho se detuvo a la vez que se agachaba. Lo imité. Sentimos voces que se acercaban. Saqué la pistola de la cintura. Mi sorpresa fue grande cuando vi que mi compañero y guía también portaba una pistola 45.

Es una patrulla de milicianos, son más de cinco. Ellos van por el camino -logró decirme en voz muy baja-. Lo bueno es que no traen perros.

Las voces fueron alejándose poco a poco. Esperamos un par de minutos para continuar adelante. Cerca de las cinco de la mañana divisamos una casita con una tenue luz al frente. Es allí donde vamos a descansar. El hombre es mi amigo, él no va a estar ahí pero me dio la llave para entrar y quedarnos todo el día. Prefirió irse porque cogió miedo. Si nos cogen decimos que entramos a la fuerza cuando nos cercioramos que no había nadie. Estamos a tres horas del sitio donde debemos ir, esta noche a las siete comenzaremos a caminar de nuevo. Ahora a comer algo y descansar. Mi amigo dejó comida preparada para nosotros.

Chucho lo tiene todo arreglado –pensé- Demasiado sincronizado. -Comencé a sentir temor de ese hombre. O en realidad era muy astuto o era un agente del gobierno. Entré a la casa con la pistola en la mano dispuesto a todo. No había nadie. Ambos teníamos sed y hambre por lo que decidimos comer un poco de arroz y picadillo que estaban en dos pequeñas ollas. Encontramos pan y también nos lo comimos Luego de comer Chucho sacó su pistola para dejarla sobre una mesita. Voy a pasar al baño –me dijo- En cuanto cerró la puerta del baño corrí donde había dejado la pistola, le quité el peine y extraje todas las balas que tenía dentro. Volví a colocar el peine en la recamara y solté la pistola en el mismo sitio. Mi guía no notó que le faltaba peso a su arma al cogerla nuevamente para llevarla con él a la cama. Nos fuimos a dormir. El cogió el cuarto junto al baño, en la otra habitación que estaba un poco más atrás a la derecha.

No dormí bien tenía la preocupación de Chucho, ¡Todo tan perfecto! Al mediodía me levanté pasé al cuarto de baño para asearme. Vi que había una toalla seca. Cerré la puerta con su cerrojo disponiéndome a ducharme no sin antes dejar la pistola cerca de la ducha.

Luego de haberme vestido me extrañó no sentir a Chucho pensé estaba dormido. Fui a su dormitorio encontrando la puerta abierta. Miré en el interior pero este no estaba. Comencé a chequear fuera de la casa por todas las ventanas. De pronto este apareció detrás de mí con una taza de café caliente.

Te sentí en la ducha. Me bañé primero a eso de las diez de la mañana.-dijo- No acostumbro dormir mucho.

Noté no llevaba su pistola en la cintura. Aun no se había percatado de que el cargador estaba vacío.

Preparé unos emparedados –continuó hablando- también leche hervida, vamos a la cocina que tengo hambre, supongo que tú también.

Nos sentamos a la mesa. Vi la pistola de él sobre una silla. Traté de iniciar una conversación pero me interrumpió.

Rubén –me dijo- desconfías de mí, lo entiendo. Tenemos que desconfiar de todos. Me estoy jugando la vida contigo, por tí, a pesar de que eres una persona que no conozco. Quiero me regreses las balas. No me creas tan tonto. Coge mi pistola, cógela ahora –dijo con tono autoritario-

La tomé en mis manos notando que pesaba. Saque el cargador. Estaba lleno de balas.

Tú desconfianza demuestra puedo confiar en tí, y no te queda otra opción que confiar en mi hasta el último momento. A lo mejor pronto podremos ser grandes amigos. Me gusta la aventura y el mar. Me quité de la vida marina porque esta jodida revolución les hace la vida imposible a los hombres que les gusta trabajar. Nos lo quitan todo para darlo a esos vagos que nada saben ni quieren saber, les gusta vivir como polillas.

Me extendió la mano tratando de sellar nuestra amistad. Yo le tendí la mía siendo receloso. Pensé que este hombre sabía mucho, ligaba la maldad con la experiencia.

Fui oficial de la Marina. Me entrenaron en los Estados Unidos. Hablo inglés y créeme me entrenaron muy bien. También trabajé en los servicios de inteligencia con los gobiernos de Grau, Prio y dos años con Batista. Después me dediqué a la pesca, cosa que había hecho desde niño, estudiar y pescar. Mi padre se antojó ponerme en una academia de la Marina de Guerra Cubana. ¡Puedes tenerme confianza! Esa explicación sobre su vida me tranquilizó bastante. Sonreí, volviéndole a estrechar su mano. Pasamos toda la tarde conversando sobre las arbitrariedades y engaños de la dictadura comunista. A las siete de la noche nos dispusimos a caminar. Aun no era oscuro del todo pero él dijo, vámonos y partimos. Nos prohibimos hablar en todo el camino, solo nos hacíamos señas de detenernos o agacharnos cuando sentíamos ruidos raros o voces.

Al fin, luego de atravesar lugares intrincados por la maleza espinosa o terrenos fangosos, llegamos a la costa. La oscuridad era total. Nos quedamos agazapados en la manigua con la vista clavada en el océano. Los minutos parecían horas. Alrededor de las dos de la mañana, muy cerca de la costa divisamos una luz que se encendió y apagó dos veces. Cuando lo hizo la tercera salimos de nuestro escondite. No teníamos linterna, tan solo un encendedor de cigarrillos. Encendimos y apagamos un pedazo de papel tres veces. La lancha tomó rumbo hacia nosotros. Por nuestra parte corrimos al agua.

¡Móntate rápido! –Gritó el hombre de la lancha-. No, dije, este hombre tiene que irse conmigo, si se queda aquí lo matan.

Tengo instrucciones de recogerte a tí, no podemos perder tiempo en discusiones –dijo en voz un poco más alta- ¡que se monte también pero ya mismo!

Casi sin llegar a subirnos el joven timonel dio vuelta a la lancha rápida haciendo tronar los motores que hasta ese instante no se sentían. Vimos alejarse la costa poco a poco. Estábamos en mar abierto, era mi mundo, pensé en mis padres.¡Al fin, otra vez! -grité con fuerza-

Voy a tener problemas por traer con nosotros a este hombre –Grito el timonel-

No se apure –contesté- me hago responsable, yo le dije a usted que si no venía con nosotros, me quedaba en la costa. Usted no tuvo más remedio que aceptar.

De acuerdo –contestó para luego quedar en silencio-

Chucho me dio la mano a la vez que decía gracias Rubén, muchas gracias.

No soy Rubén, le dije de pronto en un abrupto rasgo de sinceridad y culpa por la desconfianza que había sentido hacia él, mi nombre es Marcelo, lo siento tuve que cambiarlo.

No te preocupes contestó mi colega, suponía que no te llamabas así. Un nombre más o menos no tiene problemas, lo entiendo.

De pronto se quedó mirando a la distancia. Mira hacia allá –dijo- Vienen dos barcos grandes.

¡Es cierto, Vienen dos barcos en esta dirección! -Grité al timonel-

Este, luego de cerciorarse, aumentó la velocidad de la lancha, haciendo que esta saltara en alta mar chocando con las olas.

¡Son muy rápidas! -gritó Chucho- Parecen guarda costas.

No se preocupen nuestro barco madre está cerca, a menos de una hora de distancia en aguas internacionales –fue la respuesta del timonel-

Sí me preocupo porque antes de una hora nos estarán ametrallando –respondí-

Eran dos guardacostas bien equipados. De pronto comenzaron a disparar. Aunque la metralla caía lejos y a pesar del ruido del mar sentíamos el retumbar de las calibres cincuenta.

¡Corre en sig sag! –Gritó Chucho al timonel- para que no puedan tomar puntería.

Sí. Lo haré –contestó el joven- aunque esa maniobra nos corta velocidad sin permitirnos avanzar mucho.

El joven al hacer los zigzag fue aminorando la velocidad mientras los dos guardacostas enemigos se acercaban y las balas de las calibre cincuenta picaban más cerca. En el cielo se vislumbraba el comienzo del alba. Los tres hombres se sentían perdidos. Marcelo sacó su pistola, Chucho hizo lo mismo. No nos dejaremos coger vivos. Marcelo se dio cuenta de que la idea de los guardacostas no era matarlos sino cogerlos vivos para sacarles información. Marcelo viendo al joven timonel titubear en sus maniobras le dijo:

Amigo, déjame guiar por un rato, quiero írmele a estos tipos.

¿Usted sabe hacerlo? -Preguntó el joven-

Si no supiera no te preguntaba, me resignaba a morir o que nos cojan vivos –contesté con violencia.

Está bien ven, a lo mejor lo puedes hacer mejor que yo.

Marcelo sin perder tiempo tomó el timón, fue a los controles e imprimiendo la máxima velocidad a la nave comenzó a avanzar en línea recta hacia el norte en busca del barco madre. A pesar de eso los patrulleros marinos continuaban acercándose al fugitivo. Estaban a menos de cien metros cuando de pronto se oyeron los altoparlantes ordenándoles que se detuvieran pues los iban a volar en mil pedazos si no obedecían.

Tienen que parar -gritaban- Los vamos a hundir.

Una fuerte explosión a unos diez metros de la lancha les enviaba el mensaje de que sí podrían destruirlos. Las balas trazadoras recorrían el espacio alumbrando el ambiente.

Marcelo comenzó a zigzaguear a la vez que aumentaba la velocidad. El cañoneo arreciaba. Si bien la pequeña embarcación se alejó un tanto de los perseguidores, la metralla podía hundir la lancha en cualquier momento. Todos se dieron cuenta de que habían comenzado a tirar para hundirlos, Chucho comenzó a disparar con su pistola junto con el joven que tenía al lado. Los potentes reflectores de los guarda costas se encendieron iluminando las olas. Estábamos perdidos, de un momento a otro nos volarían en mil pedazos, pero no hubo miedo ninguno, los tres manteníamos nuestros esfuerzos por escapar y defendernos.

¡Marcelo –gritó Chucho- No me van a coger vivo, he

guardado una bala para volarme los sesos!

No creo que eso vaya a suceder. –Le contesté- Mira, nos estamos alejando de ellos.

Notaron que las luces de las torpederas se habían apagado y que la lancha se alejaba de los perseguidores. Ninguno de los tres hombres había visto que desde el norte venían otros dos guardacostas, esta vez americanos, que llegaban en auxilio de ellos.

Marcelo fue bajando la velocidad de la nave a la vez que se dirigía en dirección a los guarda costas americanos.

Una vez a bordo el oficial de mayor rango los llevó a un camarote donde les dieron alimentos y ropa seca.

El oficial al frente del guarda costas era Puerto Riqueño. Los vamos a llevar a tierra, los dejaré en Cayo Hueso donde los esperan.

No -respondió el joven timonel- tenemos un barco madre donde debo ir y conducir a estos hombres –dijo-

Ya el barco madre debe estar llegando al Puerto. Ustedes van con nosotros. –Respondió el oficial- Son las órdenes que tengo.

Cuando llegaron a la base de la guardia costera era de día. Allí los esperaban Joaquim, Alberto, Rolando y los dos americanos que le habían dado la misión a Marcelo. A Chucho lo montaron en un Jeep militar con rumbo desconocido. Joaquín trató de evitarlo pero el americano le dijo. No te preocupes, él va a estar bien tan solo lo vamos a investigar y a hacerle unas preguntas. Regresará en unas horas.

Después de instalar a Marcelo en un lugar desconocido para él, llegaron otros hombres vestidos de civil quienes comenzaron a hacerles preguntas sobre todo lo sucedido en su viaje.

¿Cómo te fue dentro de Cuba?" -Preguntó el americano-
Estaban solos, al joven timonel se lo habían llevado o quizás se fue solo, no lo volvió a ver. Desapareció entre los abrazos y apretones de manos del grupo de amigos.

Me fue mejor de lo que pensaba. Todos los que están contra el sistema cooperan sin miedo a pesar de las persecuciones, encarcelamientos y ejecuciones. Todos los días fusilan jóvenes. Por las noches sientes las bombas que los valientes ponen. La dictadura quiere exterminar los hombres que luchan en las montañas pero en particular a mí me fue bien, tan sólo el percance de la lancha que encontraron. Pude cumplir la misión que me encargaron y aquí traigo las cámaras.

Marcelo dio amplia explicación al americano y al terminar le tendió la cartera impermeable con el resultado de su misión dentro.

Good Job, muchacho; good Job -fue la respuesta del gringo quien a la vez le daba palmadas en la espalda mientras intentaba coger lo que el joven le entregaba- Ya sabes, no puedes hablar nada sobre esa misión y tampoco sobre las personas que conociste en Cuba, eso debe ser secreto para todos.

Luego de hacer un amplio informe de todo lo sucedido desde el día que salió rumbo a Cuba hasta su llegada a Cayo Hueso, Marcelo se marchó para reunirse con Joaquim y los otros amigos a celebrar la llegada. El joven le contó a Joaquim lo de Dinora y lo enamorado que estaba.

En cuanto ella llegue voy a casarme; es la mujer de mi vida.

Pasaron dos semanas sin Marcelo recibir noticias de Dinora. María había quedado en llamarlo en cuanto supiera el día de la salida. Estaba preocupado, acostado en su cama pensando lo que iba a hacer cuando de pronto, sonó el teléfono. Tendió la mano cogiendo el auricular. Hello, ¿Quién Habla?

¿Es usted el señor Rubén? -Una voz de mujer preguntó del otro lado de la línea-

Bueno, no, más bien sí, yo fui Rubén —El joven titubeó olvidó por un instante que María no sabía su verdadero nombre-

Está bien, no importa dígale a Rubén que Dinora llega a España en dos días, o sea, el martes -Fue la respuesta de la mujer al titubeo de Marcelo-

Por favor señora ¿quién habla, quien es usted y de donde me llama? –Preguntó el joven.

Soy familia de María, -Contestó la mujer- Lo estoy llamando de New Jersey. María no pudo llamar el mensaje lo recibí por otra persona amiga de ella.

Y como está ella –preguntó Marcelo refiriéndose a María- No sé nada más, lo siento.

Muchas gracias señora, muy amable, le daré su mensaje a Rubén ahora mismo.

Hasta luego -contestó la señora colgando el teléfono-

-Marcelo se arregló lo más pronto posible, llamó a un teléfono que le había dado Dinora de un familiar suyo en Miami, quería saber qué sabía la familia sobre el viaje y cuánto tiempo durarían en España. -Alguien, con acento español, contestó del otro lado de la línea- Si buenas. Marcelo, sin presentarse, le dijo al hombre que había recibido una llamada de New Jersey informándole que en dos días Dinora y sus padres llegarían a España.

Si, ya lo sabemos hombre, ellos nos llamaron desde Cuba para informarnos –contestó el hombre con su fuerte acento español

Que bien –respondí- pero me gustaría saber cuánto tiempo van a durar en España.

Pero quien es usted –preguntó el hombre-

Perdón- le dije- Soy amigo de ellos, vine hace poco tiempo de allá y me preocupo por su situación.

Está bien, -respondió la voz- en cuanto a la demora en Madrid no puedo saberlo, los trámites gubernamentales son lentos, pero confío que en dos o tres semanas estén ya aquí.

¿Puedo volver a llamarlo para tener más información cuando ellos arriben a Madrid? –Pregunté- Cuando quiera me contestó.

Gracias señor –le dije a la vez que colgaba mi teléfono-

Marcelo cogió su carro yendo en busca de una joyería en Miami. En la joyería buscó a la mujer más joven que atendía el local quien con mucha amabilidad preguntó a Marcelo en qué podía servirle.

Si, mire yo quiero un anillo de compromiso para alguien que es tan joven como usted, quiero se haga la idea que es a usted a quien le regalaré la prenda ¿Puede orientarme, a su gusto, cual escogería?

Es difícil –contestó la muchacha- hay muchas bonitas, también depende de cuánto quiere gastar.

La jovencita comenzó a enseñarle prendas hasta que ella misma le dijo a su gusto cual preferiría.

Bien me lo quedo, pero no tengo la medida. Lo llevaré ahora pero volveré dentro de tres o cuatro semanas para la medida.

Pagó de contado, luego fue a otro establecimiento donde compró unos espejuelos baratos, muy negros, y bien grandes. También se compró una gorra oscura que le quedaba exagerada para su cabeza. Ya con esto regresó a su casa para llamar a Joaquín-

Joaquín, soy yo Marcelo, el martes en la mañana llega Dinora a Madrid, España, y pienso que en dos o tres semanas llegará a Estados Unidos. Te recuerdo que me dijiste ibas a ir conmigo a recibirla.

Seguro que sí, eso no me lo pierdo –Contestó-

-Marcelo dedicó todas esas semanas a cambiar su casa. La pinto por fuera y por dentro, a veces Joaquín venía a ayudarlo. Puso cortinas nuevas etc. Dejando su modesta casa, la que le había regalado su padre, dispuesta para enfrentar la vida matrimonial. Llamó varias veces al hombre con acento español para mantenerse informado de cómo estaban en España y de cuando partirían para América. Si los padres de Dinora no tenían un lugar adecuado para vivir, -pensaba él- les cedería la casa y se iría a vivir a otro lado hasta que se casara con Dinora.

Por fin, el señor español le había informado que Dinora y

sus padres llegarían a New York desde España la próxima semana y que en el aeropuerto los esperarían una familia de New Jersey quienes los llevarían a tomar otro vuelo, ese mismo día, rumbo a Miami,. Que todos los familiares irían a esperarlos a las 4:00 PM del próximo miércoles en Miami. Luego de dar las gracias al hombre y colgar el teléfono Marcelo, radiante de alegría, llamó a Joaquín para comunicarle la noticia y decirle que lo esperaría temprano, el día de la llegada de ella, para ir juntos al aeropuerto para el encuentro con Dinora.

Al fin llegó el día. Desde temprano en la mañana Marcelo se había preparado, sólo esperaba por su amigo para ir juntos a esperarla. Al entrar Joaquín notó el cambio. Plantas nuevas, flores, tapetes-

Vaya, vaya, lo que hace el amor –dijo- Esto está muy bonito. No te burles –contestó Marcelo- Vámonos quiero estar temprano en Miami cerca del aeropuerto. Sé que el avión no llega hasta las cuatro de la tarde pero tengo algo que hacer antes.

A las once y media estaban en el Sur de Miami. Fueron en busca de una tienda Macy's. Una vez dentro comenzó a comprar ropas para recibir a su idolatrada muchacha

Ellos vienen sin nada, hay que comprarles de todo. Me encargaré de que no les falte ninguna cosa.

Marcelo debes esperar a que esté aquí, no tienes las medidas –Dijo Joaquim- Estas cometiendo una locura. Deja toda esa ropa y vamos al aeropuerto. Recuerda que esos aviones que vienen de new York lo mismo pueden llegar en tiempo que retrasarse.

Vámonos, tienes razón. Estoy actuando como un chiquillo –contestó- pero aún es temprano, vamos primero a buscar un restaurante y comer algo.

Ya en el aeropuerto buscaron por donde saldrían los de la PanAm y allí se apostaron. Había mucha gente en espera de sus familiares. Ese vuelo traía muchos cubanos que llegaron a España para luego volar a Estados Unidos. Se notaba el nerviosismo de las personas reunidas.

Marcelo se puso los espejuelos negros que había comprado, le cubrían las cejas, luego se caló la gorra, también negra. En realidad no parecía él. Joaquim lo aprobó con un movimiento de cabeza. Los altoparlantes anunciaban que el avión proveniente de New York había tocado suelo. El joven trató de descubrir entre la multitud, los familiares de su amada, no pudo, había mucha gente.

Media hora más tarde comenzaban a arribar las primeras personas. Todo era alegría, alborozo. Abrazos, llanto, se podía ver de todo. De pronto el corazón le dio un vuelco, allá en la distancia vio alguien que su mente registró como ella, venia junto a un hombre y una mujer. Sí, era ella. Se ajustó la gorra y los espejuelos, no quería ser reconocido. Oyó entonces las voces de varias personas que gritaban el nombre de ella, del padre y la madre. Él se situó de manera que la joven tuviera que mirarlo al pasar. Así fue, lo miró e hizo ademán de detenerse pero las voces de sus familiares la forzaron a seguir. De pronto se vio la muchacha envuelta en abrazos, apretones, besos y gritos. Había más de diez personas esperándolos. Dinora miró varias veces hacia atrás, buscando la cara del hombre. Ya la comitiva caminaba rumbo a la salida del aeropuerto cuando Marcelo, adelantándose al grupo dijo.

Por favor, deténganse. -En su mano izquierda blandía un rabo de orquídeas blancas y en la derecha el estuche con el anillo de compromiso adquirido recientemente.

Señor – dijo, dirigiéndose al padre de la joven- He venido a recibirlos al aeropuerto porque aquí, en presencia de todos y con sus primeros pasos en tierras de libertad quiero pedir la mano de su hija Dinora. –Al decir esto se quitó de un golpe la gorra y los espejuelos. -Todos, sorprendidos lo miraban como si fuera un loco-

Dinora de su color rosado cambió a blanco, parecía que iba a caer. Las personas que estaban al lado de ella la sostuvieron. Marcelo corrió a su lado.

La última vez que nos vimos te pedí tuvieras confianza en mí, la tuviste. Sí, soy yo Rubén. Dinora con la cara bañada en lágrimas se prendió de su cuello, terminando en un beso largo y profundo.

-El padre de la joven acercándose a ellos preguntó con fuerza-

¿Qué es esto, quien es este hombre y que haces tú en sus brazos?

Papá, es él, es Rubén el hombre que estaba en casa de María del cual te hablaba todos los días. ¡Es él papá, es él! ¿Qué haces aquí en Estados Unidos? ¿Cómo viniste? ¿Sabes que María está presa? Y dicen que por algo muy grave en contra del gobierno –Le dijo Dinora-

Marcelo al oír lo de María guardó silencio. Luego sacudiendo la cabeza como para sacar algún pensamiento miró a su amada

Mira, este es tu anillo de compromiso, luego dirigiéndose a la madre de la joven le entregó el ramo de orquídeas y dirigiéndose al padre de la muchacha-

Señor, su hija y yo nos queremos, le pido la mano de ella delante de todos.

El pobre hombre, nervioso, no sabía que contestar-

Bueno, no sé, creo que usted debe primero aclarar su situación. Además este no es el momento oportuno. Tengo que hablar con mi esposa y mi hija en privado. Mire que nerviosa esta mi pobre mujer que ni puede hablar.

Comenzaron a andar hacia la salida del aeropuerto. No tenían que recoger equipajes porque la dictadura cubana se lo quitaba todo a quienes salían de Cuba, viajaban con lo que llevaban puesto.

Marcelo y Dinora caminaban detrás. Él le contó sobre porqué estaba donde María, Dinora no dejaba de sollozar.

Por qué no me lo dijiste, también te hubiera ayudado –Dijo ella-

No, desde el momento que tú lo supieras correrías el mismo riesgo de María. No podía decirte nada, era mejor me creyeras un comunista.

Entonces ¿Tú eres del CIA?

No, no lo soy. Trato de hacerle daño a esa dictadura donde pueda. Ellos me pidieron un favor y lo hice. Ahora me voy a dedicar a tí. Quiero que salgamos tu papá, tu mamá y yo a las tiendas, ustedes no tienen nada que ponerse.

No te preocupes Marcelo, mi familia nos ayudará en todo eso.

No, quiero hables con tu padre. Debes explicarle que estoy solo en este país, mis padres están muertos, tengo algún dinero, y casa. Pienso mudarme a un apartamento y dejarle la casa a ustedes hasta que tú y yo nos casemos. Tú familia será mi familia.

El padre de Dinora miraba atrás de vez en cuando, aun recelaba del joven. De pronto se detuvo para unirse a la joven pareja.

Señor Rubén –dijo- las tías y primas de mi hija no están muy contentas con que ella se haya ido fuera del grupo, quieren estar con ella, hablarle. Es mejor que usted la deje por unos días y después viene a hablar con la madre y conmigo.

Dinora en lugar de enfadarse con el padre se acercó a él, le dio un beso.

Tienes razón papá, él se va ahora mismo luego que le dé el número de teléfono de mi tía y anote el de él.

A todas estas, Joaquim caminaba al final del grupo sin acercarse. Marcelo volteó la cabeza y al verlo le dijo.

Joaquin, ven acércate. –Lo llamó presentándole a Dinora y al padre-

Vamos a buscar nuestro carro. Ellos se irán a Hialeah. -Los dos amigos se fueron luego de despedirse, Dinora y Marcelo sellaron el encuentro con un profundo beso de amor.

Meses más tarde los dos jóvenes se casaron. Marcelo había dejado los viajes a Cuba por un tiempo, Chucho quedó en manos de Joaquín quien lo usaba, por sus conocimientos, para esos viajes en espera que Marcelo entrara de nuevo en acción. Chucho, comenzó también a pescar a la vez que ayudaba a todas las organizaciones que luchaban contra la dictadura. Todo el que tuviera una misión él se prestaba para ayudarlo.

Marcelo por su parte trataba de ayudar a María en la cárcel enviándole cosas mediante la familia de Dinora. Condenaron a la pobre mujer a veinte años de prisión.

Marcelo si tú habías dejado de dar viajes a Cuba ¿por qué estas preso ahora aquí? –Preguntó alguien del grupo que escuchaba la narración-

Vine en busca de un matrimonio, familia de Dinora. Me cogieron en la costa esperando llegaran, pero en lugar de ellos llegaron los guardacostas por detrás y el ejército por tierra sin darme tiempo a nada. Los familiares de Dinora están presos al igual que yo.

Claro, -dijo otro- eso es lo que te orientó el CIA que dijeras si te cogían. Nosotros no somos de la seguridad del Estado. Nuevas risas de todos los que escuchábamos la historia. En los interrogatorios que me hacían los esbirros siempre dije que mis viajes a Cuba eran para recoger gentes por dinero, nunca les hable de política a pesar de que ellos insistían en que trabajaba para el CIA. En sus adentros, Marcelo sabía que había vengado de muchas maneras el asesinato de sus padres. A pesar de las torturas de que fue víctima siempre sostuvo su inocencia política.

Vivo convencido de que en un día no muy lejano voy a salir de aquí para reunirme con mi esposa en los Estados Unidos. De la misma manera confío en que todos ustedes saldrán pronto -nos dijo para dar fin a su narración-

¡Cuba tiene que ser libre! Les aclaro que nunca más hice trabajos para el CIA, me uní a las organizaciones que luchaban con sus propios esfuerzos por la independencia y soberanía cubana.

Con estas palabras Marcelo terminó su bonita historia de amor y aventuras cargadas de patriotismo. Este es un vivo ejemplo de entrega a la causa por la democratización de Cuba. Nuestro exilio dio muchos hombres como él, muertos en el mar, desaparecidos o asesinados fuera, en el extranjero o dentro de la isla.

En memoria de Diosdado (Chino) Aquit, Panchito y todos aquellos que han dedicado sus vidas en esta desigual guerra por la Libertad de Cuba desde el mar.

Antonio (Tony) Pons, nació un 22 de noviembre de 1944, hijo de Dulce y Ángel. Lo criaron, desde muy temprana edad, en medio de los quehaceres revolucionarios. Luego de haber nacido en una barriada del Cerro en la provincia de la Habana se trasladan al pueblo de Calabazar, después a Guanabacoa y por último al reparto Las Cañas de Arroyo Naranjo junto al pueblo de Calabazar de la Habana. Viviendo en extrema pobreza pero siendo sus padres, de pensamientos revolucionarios y rebeldes, se dieron a la lucha contra el Dictador Batista. Allí comenzó Tony su carrera revolucionaria. La familia toda trabajaba para el Movimiento 26 de Julio. Por su humilde hogar pasaron Armando Gamboa asesinado por los esbirros de Batista, Gerardo Abreu Fontan, dirigente del 26 de Julio y asesinado por la misma dictadura, Sergio González (El Curita), también asesinado por la dictadura, Marcelo Pla, Aldo Rivero, Miguel Brugueras y muchos más miembros todos del 26 de Julio. Tony desde muy temprana edad tuvo que esconderse en una finca que era todo monte salvaje, dedicándose a hacer hornos de carbón vegetal cuando apenas contaba sus trece años de edad.

Al triunfo de la revolución en 1959, su hermano Ángel, quien había sido jefe de acción y sabotajes del 26 de Julio, es nombrado teniente del ejército rebelde y lo llevan a trabajar al DIER (Departamento de investigaciones del Ejército Rebelde} Tony siempre andaba junto a su hermano tanto en las ideas como en la acción. A su padre lo nombran Inspector de Salud Pública y con estos puestos sale la familia de la miseria en que vivían. Esto duró poco, ellos no eran comunistas y no aceptaban la traición de los líderes de la revolución que dijeron desde el triunfo que era "una revolución tan verde como nuestras palmas" En los albores de 1960, cuando la llamada revolución comenzó a teñir de sangre toda la isla, la familia Pons se lanza de nuevo a la lucha. Todos, hembras y varones sufrieron el rigor de la prisión, incluyendo la abuela con más de 75 años de edad. Antonio cumplió tres largas condenas en las cárceles de la isla, todas políticas. En 1980, cuando el éxodo del Mariel, estando en prisión junto a su esposa Amalia y su hermano Ángel, los votan del país gracias a su hermana Celia que fue a buscarlos en un pequeño barco.

Antonio luchó dentro de Cuba y aun lucha desde el exilio contra la dictadura comunista de su país en el histórico y aguerrido Movimiento Revolucionario 30 de Noviembre "Frank País" fundado el 13 de Marzo de 1960.